企业分布式创新的机理及效应

刘国新 等 著

国家自然科学基金资助项目(批准号:70772074)

科 学 出 版 社

北 京

内 容 简 介

本书是国家自然科学基金资助项目"企业分布式创新的机理及效应研究"的研究成果,是国内率先研究企业分布式创新理论的专业著作。随着经济全球化的不断深化,企业研发活动也呈现全球化趋势,分布式创新是科技全球化的一种表现形式,是一种新型的技术创新模式,是技术创新理论的延伸和发展。本书界定了企业分布式创新的概念;阐述了企业分布式创新的基本原理;深入分析了企业分布式创新系统的组织;揭示了企业分布式创新的动力因素;构建了第 6 代创新过程模型——分布式创新过程模型及过程影响因素模型;总结了企业分布式研发网络的特征;建立了企业分布式研发网络结点选择评价体系,并以高新区为例,对企业分布式研发网络技术经济系统进行了动态仿真;提出了企业分布式创新的知识聚集、时间加速和知识创造三大效应,并对各效应进行了深入分析。

本书力图建立企业分布式创新理论的框架体系,在探索性研究过程中,课题组结合国内外企业实际,进行了大量实证和案例分析,研究成果对于如何提高企业的创新效率具有一定的参考价值。本书可供创新管理的教学、研究工作者,企业研发机构的管理人员,以及大专院校的相关专业学生参考。

图书在版编目(CIP)数据

企业分布式创新的机理及效应/刘国新等著. —北京:科学出版社,2011.8
ISBN 978-7-03-031993-7

Ⅰ.①企… Ⅱ.①刘… Ⅲ.①企业创新-研究 Ⅳ.①F270

中国版本图书馆 CIP 数据核字(2011)第 158728 号

责任编辑:张颖兵/责任校对:梅 莹
责任印制:彭 超/封面设计:苏 波

科 学 出 版 社 出版
北京东黄城根北街 16 号
邮政编码:100717
http://www.sciencep.com

武汉市首壹印务有限公司印刷
科学出版社发行 各地新华书店经销

*

2011 年 8 月第 一 版 开本:787×1092 1/16
2011 年 8 月第一次印刷 印张:15
印数:1—1 500 字数:354 000

定价:60.00 元
(如有印装质量问题,我社负责调换)

前　言

2008～2010年，我们承担了由国家自然科学基金资助的项目"企业分布式创新的机理及效应研究"(项目批准号70772074)，经过三年多的努力，已完成全部研究任务。在此期间，项目组发表相关论文25篇，本书即是该项目研究的主要成果。

分布式创新(distributed innovation)是一种新型的技术创新模式，是技术创新理论的延伸和发展。20世纪90年代开始，随着经济全球化和信息网络化的加深，跨国公司创新活动也开始走向全球化，企业的"分布式创新"活动应运而生。对此趋势，国外学术界展开了研究，并取得了初步研究成果。"企业分布式创新"既遵循技术创新的一般规律，又有其明显的特征。与集中式创新活动相比，分布式创新的组织构架、运行机制和模式、动力源泉以及产生的效应都具有明显的差异性。国内外对分布式创新还没有一个统一的定义和范式，一般是指企业内和具有合作关系(上下游)的企业之间在资源共享的基础上，在不同地域，依据共同的网络平台进行的创新活动。这种"分布式创新"具有不同地域性、协同性、合作性、网络化和资源共享的特征，它既是企业内部创新活动的分布式组织，又是企业外部(企业之间)创新活动的分布式合作。企业分布式创新的主要功能是提高跨国公司或大型企业对本土市场的适应性和反应速度，通过网络型的研发组织，提高公司的协同效应和资源利用效率，加快对本土市场的反应速度，降低公司研发成本，进而增强公司的持续竞争优势。

本专著是项目组大量研究工作的系统总结。研究性理论分析与实证研究相结合，实现了逻辑性和实用性的统一，通过对高新技术产业的跨国公司、大型企业进行重点调研，提出了企业分布式创新的概念，揭示了企业分布式创新的动力源及分布式创新过程，构建了企业内和企业间进行分布式创新的结构模型、网络组织模型及过程模型，提出并分析了企业分布式创新的知识集聚效应、时间加速效应和技术扩散效应。在研究过程中，项目组通过与德国不莱梅大学工业技术和应用科学研究所(BIBA)建立合作研究关系，在项目涉及的领域进行重点合作，取得了良好的预期效果。

本研究在以下方面做出了创新性贡献：

(1)在梳理国外分布式创新研究成果基础上，结合跨国公司实际，界定了企业分布式创新、企业分布式创新网络、企业分布式创新系统和企业分布式创新过程的概念，并从动态性、开放性、本地根植性和网络性4个方面阐释了企业分布式创新的特征，为分布式创新研究打下了重要的理论基础；

(2)对企业分布式创新组织进行了系统研究，分析了企业分布式创新系统的组织环境、技术支持环境、市场支持环境、资源支持环境、社会支持环境和制度支持环境，阐述了分布式创新网络中的知识分布特点、知识转移的主要模式、知识转移的障碍以及知识的整合与共享,构建了分布式创新系统知识网络的 4 阶段模型;

(3) 构建了第 6 代创新过程模型——分布式创新过程模型,将其创新过程划分为模糊前端、确定产品、开发、测试和商业化 5 个阶段,并从动态和网络角度揭示了企业分布式创新过程的演进机理,认为企业分布式创新过程实质上是一个分布式动态网络,而市场因素、组织因素、创新目标、资金因素和知识因素是影响企业分布式创新过程的 5 个主要因素,从而拓展和丰富了技术创新研究内容,为技术创新过程研究提供了新视角;

(4) 构建了企业分布式创新的动力因素模型,通过对一些跨国公司和大型企业的问卷调查和访谈,收集了大量数据,利用 SPSS 软件进行因子分析,验证了企业分布式创新的 5 大动力因素;

(5) 通过对企业分布式创新能力、企业网络能力、企业知识吸收能力的回归分析和相关性分析,进一步揭示了企业分布式创新过程的实质是企业在分布式创新网络中知识吸收转换整合的过程;

(6) 对企业分布式研发网络进行了研究,在对企业分布式研发网络概念界定基础上,对企业分布式研发网络的中心性、数据关系及小世界网络进行了重点分析,并建立了企业分布式研发网络结点选择评价体系,最后以高新区为例,对企业分布式研发网络技术经济系统进行了动态仿真分析;

(7) 提出了企业分布式创新的知识聚集、时间加速和知识创造三大效应,并对各效应进行了深入分析,为企业分布式创新效应研究和相关政策制定提供了依据。

本书由国家自然科学基金资助的"企业分布式创新的机理及效应研究"项目组合著,项目负责人为刘国新教授。合著者主要有刘国新教授、高小芹博士、王光杰副教授和罗建原博士。在项目历时三年多的研究工作中,武汉理工大学管理学院的领导及有关老师给予了热情支持与大力帮助。喻金田教授、喻平副教授、闫俊周博士、李梅芳博士、李霞博士、郎坤硕士、杨乾洪硕士在资料收集、数据处理、案例收集整理及全书校对等方面,倾注了心血,提供了很多帮助,在此一并表示诚挚的谢意。

本书虽然已按既定目标,取得了一定创新性成果,但有关企业分布式创新的研究仅仅是一个开始,还有许多理论和实践问题需要深入研究。我们将以此为起点,不断推进分布式创新理论研究的深化和实践成果的应用,不断丰富和发展技术创新管理领域的研究。由于作者水平所限,书中难免有不足之处,恳请读者指正。

作　者

2011 年 5 月于武汉

目　录

|第 1 章|
企业分布式创新基市理论

本章界定了企业技术创新、企业分布式创新、分布式创新网络等概念，阐述了企业分布式创新理论的历史演进过程及发展阶段模型，分析并提出了分布式创新的动态性、开放性、本地根植性和网络性的特征。

1.1　研究意义与方法

1.1.1　研究背景

分布式创新(distributed innovation)是一种新型的技术创新模式,是技术创新理论的延伸和深化。20 世纪 90 年代开始,随着经济全球化的加深,跨国公司创新活动也开始走向全球化,对此趋势,国外学术界展开研究,并取得初步研究成果。但是,对分布式创新目前国内外仍然没有一个一致的界定。

本课题旨在研究"企业分布式创新"。分布式创新是在经济全球化和信息网络化的时代背景下,特别是随着大型企业和跨国公司生产经营活动的全球化而产生的。它是技术创新理论与实践的延续和发展,既遵循技术创新的一般规律,又有其明显的特征。与集中式创新活动相比,分布式创新的组织构架、运行机制和模式、动力源泉以及过程模型都具有明显的差异性。国内外对分布式创新还没有一个统一的定义和范式,一般是指企业内和具有合作关系(上下游)的企业之间在资源共享的基础上,在不同地域,依据共同的网络平台进行的创新活动,这种"分布式创新"具有不同地域性、同时性、协同性、合作性和资源共享的特征,它既是企业内部创新活动的分布式组织,又是企业外部(企业之间)创新活动的分布式合作。

成功的创新要求多种技术、多个系统的支持,组织间的协调尤为重要。企业通过各种契约组成企业分布式创新,跨越了单纯的价格机制,跨越了时间和空间上的约束,能够实现创新所要求的复杂协调。企业通过分布式创新将外部资源纳入自我发展的轨道,企业边界越来越模糊,企业内、外部资源不断融合,使得拥有外部资源的企业必需在不同程度上参与企业的控制与决策,从而引起了公司组织模式、制度、职能的改变。因此,有必要将这种创新引入国内,结合国情进行深入研究。

1.1.2　研究意义

"企业分布式创新"的实践已领先于其理论的发展。许多跨国公司和大型企业在将其生产经营活动全球化的同时也积极探索并实践了将其研发活动本土化或跨地域分布。实践表明,分布式创新可以提高跨国公司和大型企业对本土市场的适应性和反应速度,通过网络型的研发组织,提高公司的协同效应和资源利用效率,降低公司研发成本,进而增强公司的持续竞争优势。但是,目前国内外对企业分布式创新的动力、组织过程及效应等问题缺乏系统和深入的研究,因此本课题研究具有前沿性和重要的理论意义。

随着经济全球化的不断加深,大量的跨国公司进入我国,而我国的许多大型企业也在朝着跨国经营不断迈进,分布式创新将成为他们组织研发、进入国际市场的重要方式。因此,结合中国实际,从跨国公司和大型企业的实践中,揭示出分布式创新的运行规律和过程模型,从而进一步指导他们的实践,无疑具有重要的实际意义。

1.1.3 研究内容

本课题的主要研究内容如下:

第1章介绍了本课题的研究背景和意义,并以分布式创新的概念,分布式创新管理,分布式创新过程三个方面概述国外企业分布式创新的研究现状。在国内分布式创新研究现状中,分别介绍跨国公司本土化、合作创新、虚拟企业和开放式创新的研究,最后阐述本研究的内容和研究方法。

第2章是分布式创新基本理论,通过回顾与研究有关的文献,作为建构相关研究模型的理论基础。首先是对有关技术创新、创新网络和知识的理论进行回顾。然后分析企业分布式创新历史演进的过程,并且以华为有限公司为案例进行分析,分析华为公司从自主、模仿创新阶段到合作创新阶段,到现在的分布式创新阶段的发展过程。最后界定企业分布式创新的概念,指出其具有动态性、开放性、本地根植性和网络性的特征。

第3章对企业分布式创新系统的组织进行了研究,分析了企业分布式创新网络的定义、主体和模式,并对华为有限公司的分布式创新网络进行了案例分析,研究了企业分布式创新网络的组织环境,对企业分布式创新系统中的知识转移和知识网络构建进行了分析,分4个阶段分析了分布式创新系统知识网络的构建。对企业分布式创新系统的技术支撑进行分析,重点介绍了分布式创新工具 Laboranova 创新平台及其分布式创新方法。最后,分析了分布式创新系统的系统结构。

第4章主要是对企业分布式创新动力进行研究,通过对目标跨国公司和大型企业的问卷调查和访谈,收集大量数据,利用 SPSS 软件进行因子分析,得出企业分布式创新的主要动力因素,并以此构建动力因素模型。

第5章将根据文献研究和理论分析,对创新过程的演进进行分析,提出第6代创新过程——分布式创新过程。探讨企业分布式创新过程是分布式动态网络模式,并对该过程进行阶段划分。最后,通过问卷调查和访谈获得的大量数据,进行因子分析,找出影响企业分布式创新过程的5个因素,并根据这5个因素构建企业分布式创新过程的因素模型。

第6章分别对企业分布式创新能力,创新网络能力,知识吸收能力进行能力评价,将评价结果再进行相关分析和回归分析,用以研究企业分布式创新能力与创新网络能力,知识吸收能力和企业分公司(研发中心)分布数量之间的相关性,利用 Eviews 软件进行二元线性回归,验证企业网络能力与企业知识吸收能力和企业分公司(研发中心)分布数量二者之间具有明显的线性关系,根据各个能力的相关性构建企业分布式创新的过程模型,最后提出企业进行分布式创新的实施策略。

第7章主要对企业分布式创新的效应进行研究,提出了企业分布式创新的知识聚集、时间加速和知识创造三大效应,并对各效应进行了深入分析,为企业分布式创新效应研究和相关政策制定提供了依据。

第 8 章是分布式创新的案例分析,以 V 集团公司为例,分析了公司分布式创新组织架构及其特征。

第 9 章对本课题的研究进行总结,并提出进一步的研究方向。

1.1.4 研究方法

1. 文献研究法

为了建立本研究的理论框架,本课题首先通过大量的文献检索,对以往的研究成果进行综述与回顾,从而对相关研究概念加以界定,并厘清概念之间的相互关系。其次,根据研究的需要对现有的研究成果加以总结、归纳与整合;对既有研究中尚未充分展开的部分,采用理论推演的方法,予以扩展,并在此基础上提出本研究的框架。

2. 模型构建方法

为了研究分布式创新的动力因素,本研究利用 SPSS 软件进行因子分析,得出企业分布式创新的主要动力因素,并以此构建动力因素模型。并且对企业分布式创新网络能力、创新能力、知识吸收能力进行评价,然后利用 SPSS 软件进行相关分析和回归分析,最后利用结构方程构建企业分布式创新的过程模型。

3. 问卷调查方法

问卷调查是本课题实证研究的重要环节。问卷根据所建立的假设模型和指标体系设计,经历两轮投放:第一轮投放目的在于修正指标体系及问题的范式;第二轮投放的目的是回收对问题和指标的答案。问卷调查以纸质问卷直接发放、E-mail 和网站页面三种渠道进行。问卷结果运用结构方程 SEM 和 SPSS 进行数据分析,对假设模型进行验证、修改,最终得出优化模型,并获得对研究问题的科学解析。

4. 案例研究方法

本研究重点选择了汽车、家用电器、计算机制造、电子信息装备制造等产业进行实地调研,深入分析这些产业中跨国公司和大型企业实施分布式创新的现状,总结其组织模式和效应,分析成功经验与失败教训,进一步验证提出的概念模型和假设,并得出相关结论。

1.1.5 技术路线

本研究的具体的技术路线如图 1.1 所示。

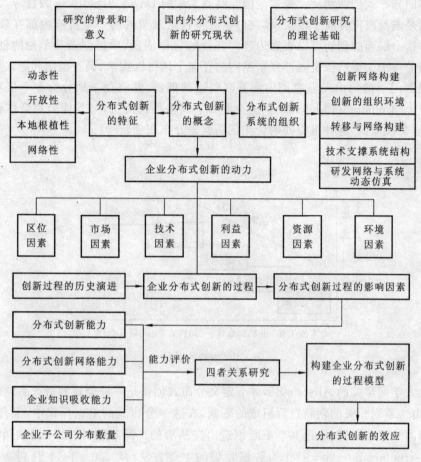

图 1.1　技术路线图

1.2　国内外研究现状

1.2.1　国外分布式创新研究现状

国外学术界展开分布式创新研究所取得的研究成果,归纳起来主要集中在理论、管理和过程三个方面。

1. 分布式创新理论研究

Chris Kelly 认为全球化意味着分布式创新[1]。分布式创新建立在产业集聚、地区生产专业化和地方化创新的基础上,本土创新和地方发展能力导致了 Florida 所著《创意阶层的崛起》中"创意阶层"的高密度[2]。Cummings 定义分布式创新是通过分布在不同地理位置的员工成功执行创意,任务或程序的创新[3],其目标是为了更好地组织企业外部和组织内部的分布式创新活动。爱尔兰国立高威大学的 David O'Sullivan 教授等人指出分布式创新是遍及或贯穿属于组织供应链内，甚至特定联盟内的一个特殊内部互联网络上的创新。这个层面的创新可以表述为各种各样的合作创新、项目创新和单独的创新。分布式创新的一个关键特征是内部互联网内的任何个体可以探求、调查组织问题，进而以他们团队或部门目的为出发点考虑内部互联网络的创新，并将创新划分为 5 个层次，如图1.2 所示[4]。Coombs 和 Metcalfe 认为企业为了快速寻找商机，与其他公司合作创新，并从中学习，交换知识，这种组织间的合作创新就是分布式创新[5]。

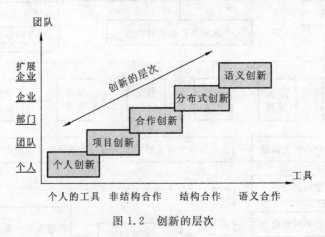

图 1.2　创新的层次

杜伦大学商学院的 Alistair Bowden 定义分布式创新是一种全新的新产品/服务开发模式，是由一系列相关的创新过程组成的创新，在这种分布式的组织模式中，来自内部和外部组织的知识和资源，通过共享不断创造出高品质的产品和服务[6]。他采用半结构访谈（semi-structure interviews）作为数据收集的主要方法，从 2004 年 11 月到 2005 年 9 月，针对在当地政府环境中的高级职员、部门负责人等，通过开放编码提取被访者的主要观点并进行数据分析，他将 200 个记录，分为 2 大类、17 个主题，最后得出了"分布式创新提供了宝贵的学习资源"这一结论。

剑桥技术管理中心的 Pete Fraser 等人从 2004 年开始进行一项题为"快速分布式创新"的课题研究，它的主要目的是探索分布式创新的主要特征，加速分布式创新进程的主要影响因素，特别是在分布式创新网络条件下如何加速和优化新产品大量上市的时间（time-to-volume），以及研究如何最大限度地利用分布式创新所提供的服务机会[7]。

美国西北大学凯洛格商学院的 Mohanbir Sawhney 和 Emauela Prandelli 指出："在网络经济的商业背景下，公司本不是孤岛，公司不能独自产生管理知识，他们需要与他们的合作伙伴和客户合作以创造知识，而分布式创新正好能够使公司从合作伙伴和客户那里获得创造力和知识。"他们并说明在管理分布式创新的一个重要问题是要寻找一个控制机构，这个控制机构能够使有序与混乱的市场达到一个平衡，即创新共同体（community of creation），并且以计算机工业为实例分析，来证明创新共同体如何有效管理分布式创新[8]。

奥尔胡斯商学院的 Ina Drejer 教授和奥尔堡大学的 Poul Human Andersen 在《集成

化产品系统中的分布式创新》一文中,以丹麦海上风力发电场为个案分析,指出最成功的组织模式应该取决于行业的特征,结合企业的目标和战略形成不同形式的组织创新是企业分布式创新成功的重要因素[9]。

美国康奈尔大学管理学院的 Aija Leiponen 和达特茅斯塔克商学院的 Constance E. Helfat 教授提出了地理位置分散化、创新成果的分散化、从而使分布式创新活动变得更有社会意义[10]。他们对芬兰 469 家制造厂商的创新活动进行了样本分析,通过访谈调查法,并以客户、供应商、竞争者、大学、非营利研究机构、专业会议及出版物、交易展览会 7种不同的外部信息来源者为访问对象,得到大量的调查数据,利用 Chamberlain 方法获得固定式效应回归模型和最大化 Logit 模型,最后得出多点研发公司取得创新成功的几率要比单点研发公司大的结论。

对分布式创新理论研究的主要贡献者还包括 Finn Valentin 和 Rasmus Lund Jensen[11],Youngjin Yoo[12]、B. E. Hirsch 和 K. D. Thoben[13],Axel Hahn[14],Jens Eschenbaecher 和 Falk Graser[15-16] 等人。

2. 分布式创新管理的研究

爱尔兰国立高威大学的 David O'Sullivan 教授定义分布式创新管理是管理创新的过程,即在组织的内部和不同网络间的组织共同合作设计、合作生产和合作服务去满足客户的需要;并介绍了支持分布式的异构异步创新的工具,在这个分布式创新中,所有雇员贯穿在一个扩展型的企业里。他论述了分布式创新管理的目标、团队、社群、行为和结果 5个关键因素,并形成了分布式创新管理的漏斗式框架结构,如图 1.3 所示;提出了分布式创新未来的发展,是基于语义合作和智能创新代理的分布式创新[4]。

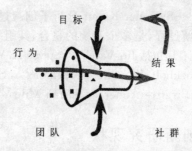

图 1.3 分布式创新管理的漏斗式框架结构

德国奥尔登堡大学的 Axel Hahn 等人讨论了在协同产业网络中非线性分布式创新管理执行的方法[14]。德国不莱梅大学 BIBA 研究中心的 Jens Eschenbaecher 和 Falk Graser 分三个阶段讨论分布式创新管理如何用于治理虚拟企业,分析了分布式创新管理在网络中是如何形成的,同时也研究了在商业网络中的分布式创新管理[15-16]。

3. 分布式创新过程研究

麻省理工学院斯隆管理学院创新和创业精神研究中心负责人 Eric von Hippel 教授

对分布式创新过程的理解是,竞争对手的诀窍交易,它是一个很有用的机制,创新者可以用它去和竞争对手分享创新利润和分摊创新成本,因此当寻求理解分布式创新时,竞争对手间的诀窍交易是能够开发的工具之一[17]。同时,他认为分布式创新过程的管理就是创新源的预测和转移。首先通过理解期望的创新利润是如何分配的,便可以预测创新的可能源;其次,通过改变期望利润的分布,有可能改变创新源泉。若能做到这两点,便是在学习如何管理一个分布式的创新过程。

Ross Dawson 认为在执行分布式创新过程中有 5 个要素:设计过程与分布式创新所要求的类型相匹配,创建组织结构以使用和协调顶尖的全球人才,共享所提供的价值,基于不同目标的谈判和整个过程完全开放[18]。

曼彻斯特大学创新与竞争研究中心的 Rod Coombs,Mark Harvey 与 Bruce Tether 教授主要通过对英国食品工业的实证研究,分析了规模(scale)是影响分布式创新过程的重要因素,并详细而有侧重点地介绍了分布式创新过程中的全境合作模式[19]。

Virginia Acha 和 Lucia Cusmano 认为分布式创新过程跨越企业的边界,如松散耦合的创新网络,技术和市场的驱动力决定了代理商的定位,并反映了他们对协同系统知识和力量附庸的需要和能力[20]。他以英国石油产业为研究对象,得出关联代理(nexus agents)是控制和发展分布式创新过程的核心要素。

Davide Consoli 和 Pier Paolo Patrucco 对英国汽车制造业进行实证研究,指出创新是涉及集体的努力和不同类型组织之间相互影响的分布式过程[21]。在分布式创新过程中的每个成员从事专门化的活动、技术工艺和知识生产,创新是他们活动结合和复合的结果。协同配合是培养分布式创新成长决定性的因素,因为它激励了被分散于组织中的各种能力形成互相补充。

另外,Jeremy Howells,Andrew James 与 Khaleel Malik 指出技术知识的源泉是分布式创新过程和其动态变化[22]。Surinder Kapur 分析了创新过程的 5 个演变历程,认为第 5 代创新过程就是分布式创新过程,是多个系统的整合,其组织模式是网络模式[23]。

在这方面具有代表性研究者还包括 Jirl Vacek[24],Steven A. Wolf[25],Serge Soudoplatoff[26],Stefan Kuhlmann,Patries Boekholt 和 Luke Georghiou[27],Steven Schooling[28],Georges Haour[29],Thomas Kalil[30],Birgitte Andersen 和 Ian Miles[31]等学者。

1.2.2 国内分布式创新研究现状

我国的技术创新研究从 20 世纪 80 年代起经历了理论引入、理论研究与实践运作相结合阶段,现在正逐步进入一个完善、发展与深化的阶段。现阶段技术创新研究已超越了单纯的经济学范畴,进入了哲学、管理学、社会学等学科领域,但是国内关于分布式创新的研究很少,仅是相关研究成果散见于跨国公司本土化研发、合作创新、虚拟企业和开放式创新等研究领域。

1. 跨国公司本土化的研究

温珂、孙一飞、林则夫通过对近 30 个跨国公司在华 R&D 机构经理的访谈调研,归纳了跨国公司 R&D 本土化过程中遇到的政策环境障碍、来自本土市场和人力资源管理等各类问题,并深入分析了 R&D 经理的个人经历和 R&D 机构城市分布对跨国公司在华 R&D 机构的影响,基于区位选择的模仿行为模型,讨论了目前国内外资研发机构过度集中的问题,并总结得出相应的政策启示[32-33]。许泰民通过建立多元线性回归模型对影响跨国公司研发投资区位选择三大基础因素进行实证分析验证了影响和决定跨国公司研发机构在中国区位分布的各个基础经济变量的有效性[34]。高建、郑京淑也分析了跨国公司海外研发的动因及区位选择[35-36]。丁源、张阳研究了跨国公司在华研发区位分布的战略特征,而且将模拟综合评价方法应用在跨国公司海外研发区位选择决策中,并以移动通信企业为例,研究了跨国公司在华研发机构设立行为的战略特征[37-38]。

楚天骄、杜德斌论述了跨国公司研发机构与本土互动的原理、作用和规律,得出结论为跨国公司研发机构与本土互动的效果是跨国公司离岸研发机构的性质、地方创新主体的研发水平及其与跨国公司研发机构之间的技术落差、地方研发人员的素质和丰富程度、知识产权保护力度、地理接近程度等因素综合作用的结果,并研究了跨国公司 R&D 全球化的影响因素和区位选择、R&D 全球化的动因、R&D 机构的组织模式和海外子公司的责任分配、跨国公司海外 R&D 机构与知识溢出效应 4 个问题[39-41]。

祝影、张仁开、杜德斌总结出跨国公司研发全球化的孤岛中心型、开放中心型、多心分散型、中心边缘型和网络协同型 5 种空间组织类型,将跨国公司海外 R&D 分为生产支撑型、技术跟踪型和资源利用型三种类型,概要分析了各类海外 R&D 的投资动机和区位选择的一般特征,重点对在华美、日跨国公司 R&D 投资区位进行比较,并指出了研发全球地理分布发展的趋势[42-45]。

吕惠娟将跨国公司本土化网络组织分为共同研发型、采购供应型和联合销售型三类本土化网络组织,根据跨国公司充分利用本土的优势资源,进入并占领中国这个世界最大市场的经验,指出了对我国企业发展的启示和意义[46]。程建华、武立永研究了跨国公司在华本土化研发的影响与对策[47]。黄楠以上海为例,论述了跨国公司研发本土化对区域创新能力的影响[48]。黄兆银论述了跨国公司全球化战略下的中国本土化策略决策[49]。闵伸、万欣荣、赵敏阐述了跨国公司 R&D 在全球范围的分散,有利于跨国公司在技术上保持领先水平,有利于东道国的技术进步并分析了跨国公司在中国设立研发机构对中国技术进步的影响[50]。周静、陈湛匀分析了对跨国公司 R&D 分散化影响因素[51]。元利兴、宣国良研究了跨国公司 R&D 全球化中的信息流动机制[52]。

2. 合作创新的研究

罗炜将企业间的合作创新作为研究重点,对合作创新的动机、优势、组织模式进行了系统的归纳总结,并将交易成本理论运用到企业合作创新过程之中,解释合作创新存在的必然性与合理性,运用博弈论对合作创新过程中的具体问题进行数理分析,建立企业合作创新的理论体系,并将这一理论用于指导中国企业的合作创新实践[53]。高文兵则将研究的重点放在了中小企业技术创新的合作创新模式[54]。宋文娇[55]研究了基于跨国技术联盟的合作创新。陈培樗、屠梅曾对产学研技术联盟合作创新机制进行了研究[56]。

戴开富、幸理总结了企业合作创新的运行机制的多样性、动态性、开发性和系统性 4 种特征,以及企业合作创新的运行机制实现条件:企业合作创新的技术基础,企业合作创新的利益均衡,企业合作创新的组织管理,企业合作创新的系统有序[57-59]。魏非[60]研究了浙江产学研合作创新的运行机制,包括政府主导的产学研合作创新运行机制和产学研自主合作创新运行机制,指出分析产、学、研之间的动力—障碍机制,增强合作创新动力,尽量减少合作创新的障碍三方面是激励产学研合作的根本所在,最后研究了金融环境、知识产权、政府作用、科技中介服务体系以及企业家精神在促进创新、降低合作交易成本上对浙江产学研合作创新机制的影响。

罗炜、唐元虎提出一种合作安排:企业、大学、政府机构和研究机构为了一个共同的创新目标协调行动,并共享资源和能力,它一般集中在高新技术产业,以合作进行研究开发(R&D)为主要形式,并总结了企业合作创新的自主创新、产权合作协议、非产权合作协议三种组织模式[61]。幸理研究了企业合作创新组织的设计原则:合作创新企业组织结构应具备分布式系统特征,是一种"众星捧月"式分布式拓扑结构,分布式敏捷化组织设计,其合作伙伴必须是敏捷企业[58]。卢福财、周鹏认为企业间网络是合作创新的有效组织形式[62]。朱桂龙、彭有福研究了产学研合作创新网络组织模式及其运作机制[63]。

3. 虚拟企业的研究

申先菊认为虚拟企业是一种特殊的企业联盟,研发与生产虚拟、销售虚拟和服务虚拟是虚拟企业的三种运行形式,并分析了虚拟企业的决策、激励约束、利益分配等运行机制[64]。马仁钊、翟运开研究了虚拟企业创新平台的运行模式:政府主导的虚拟企业创新平台和企业主导的虚拟企业创新平台[65]。李莉、李伟平、薛劲松、朱云龙对基于多智能体的虚拟企业的构建及运行进行了研究[66]。徐正、叶丹、黄涛指出虚拟企业具有分布性、动态性和异构性的特征,ONCE(open network computer environment)是支持虚拟企业运行的一组中间件集合[67]。

张成考、聂茂林、吴价宝运用改进型灰色多层次综合评价方法,对虚拟企业合作伙伴选择的三级评价指标体系进行了全面、系统的评价。在此评价过程中,利用熵技术和AHP法对评价指标进行组合赋权[68]。廖成林、宋波、李忆、杜维从虚拟企业选择合作伙伴的互补性、兼容性和协同性标准出发,在分类的基础上建立虚拟企业合作伙伴选择的离散选择模型,在虚拟企业效用最大化的前提下选择虚拟合作的最佳伙伴[69]。金琳、何建民、杨国兰、唐长平研究了基于 Web Service 的多 Agent 虚拟企业伙伴选择的方法[70]。刘宝剑、吴春旭论述了基于蚁群算法的虚拟企业合作伙伴选择[71]。

汤勇力、胡欣悦定义了子任务价值系数作为伙伴企业组织形式选择的依据,并对任务价值链上子任务价值分布与虚拟企业组织多态性的关系进行了讨论。构建了虚拟企业多元化动态组织体系,对其随任务价值链重构而动态演化的机理进行了探讨[72]。邓小健、赵艳萍主要研究基于自组织理论的虚拟企业组织模式[73]。邱允生讨论了网络环境下虚拟企业组织及其商业智能系统构建[74]。夏维力、杨海光、曾文水对虚拟企业组织网络集成框架进行了系统研究[75]。

4. 开放式创新的研究

杨武、申长江认为开放式创新理念的核心就在于强调好的解决方案可以从企业外部也可以从企业内部获取，开放式创新策略对来自内部和外部的创新同等对待，以最小的成本和最短的时间实现创新成果。开放式创新使得企业能够通过技术许可获得企业需要的技术成果，同时激活一些在封闭的创新环境下可能被抛弃的企业技术，从而获益[76]。郑小平、刘立京、蒋美英则将企业开放式创新定义为一个科技活动，也是一个经济活动，其整个过程都存在溢出效应。在开放式创新活动中，虽然有不少跨过厂商边界而进行的学术交流，但多数活动还是伴随着经济牟利的思想，而这种思想更多地表现在对技术的所有权和使用率的追逐上[77]。

后锐、张毕西主要分析了开放式创新的模型，归纳总结出开放式创新的风险与规避措施，并在此基础上指出其对我国大中型高科技企业实施开放式创新的启示和做法[78]。杨静武探讨了企业吸收能力与开放式创新[79]。杨武研究了基于开放式创新的知识产权管理理论[80]。

1.3　企业分布式创新的基础理论

1.3.1　技术创新理论

1. 技术创新的定义

技术创新概念是由著名经济学家熊彼特(J. A. Schumpoter)首先提出的。1911年，熊彼特在《经济发展理论》中，表达了有关技术创新的思想。1934年该书译成英文时，正式使用了"创新"(innovation)一词。1928年，熊彼特在文章《资本主义的非稳定性》中，指出创新是将新的资源引入实际生产过程中[81]。在1939年出版的《商业周期》中，熊彼特比较全面地阐明了创新理论。熊彼特认为，所谓创新包括5方面的内容：①引入一种新的产品或提供一种产品的新质量；②采用一种新的生产方法；③开辟一个新的市场；④获得一种原料或半成品的新的供给来源；⑤采取一种新的企业组织方式[82]。熊彼特认为，经济系统的均衡只是一种理想的状态，在实际的经济生活中是永远不可能达到的。因此，经济发展应该理解为一种变化，造成经济发展或经济变化的动因是"流量系统自发的和不连续的变化，是对均衡的扰动，永远改变和替代不了先前存在的均衡状态"。这种经济系统内部"自发的和不连续的变化"就是创新。

后来的学者将熊彼特描绘的5种创新归纳为三大类：①技术创新，包括新产品开发，产品质量的提高，新的生产方法、生产工艺的采用，新原材料的利用及新供给来源的获得；②市场创新，包括扩大原有市场份额及开拓新的市场；③组织创新，包括变革原有的组织形式及采用新的组织形式。

索罗于1951年对技术创新理论重新进行了较全面的研究。他认为，技术的变化，包括现有知识被投入实际应用所带来的具体的技术安排,技术组合方面的变化,可称之为创新。索罗指出技术创新的实现需要两个条件:①新思想来源;②以后阶段的实现的进程。这一"两步论"被学术界称为技术创新概念界定研究史上的一个里程碑。此后,许多学者,如 Maclaurin,Ruttan,Jewkes 等,对于技术创新概念的研究都与索罗的观点相似。直到1962 年,才由伊诺思(J. L. Enos)在其《石油加工业中的发明与创新》一书中首次明确提出技术创新的概念,即"技术创新是几种行为综合的结果。这些行为包括发明的选择、资本投入的保证、组织建立、制订计划、招用工人和开辟市场等。"显然,他是从行为集合的角度来定义技术创新的;而林恩(G. Lynn)则首次从创新时序过程的角度指出技术创新是"始于对技术商业潜力的认识而终于将其完全转化为商业化产品的整个行为过程"。另外比较有代表性的人物有 Freenman,Mueser,Rosenbeg 和日本的斋藤优等人,以及经合组织(OECD)和美国国家科学基金会等研究机构。他们针对技术创新的概念、类型、过程模型、创新的扩散、创新与企业规模、创新与经济发展等问题进行了大量研究,形成了技术创新经济学的完整理论体系。

我国学者也从不同角度对技术创新概念的内涵作出了深入研究。例如:吴贵生认为技术创新是指由技术的新构想,经过研究开发或技术组合,到获得实际应用,并产生经济、社会效益的商业化全过程的活动[84];傅家骥曾经提出技术创新是企业家抓住市场的潜在营利机会,以获取商业利益为目标,重新组织生产条件和要素,建立起效能更强、效率更高和费用更低的生产经营系统,从而推出新的产品、新的生产(工艺)方法、开辟新的市场、获得新的原材料或半成品供给来源或建立企业的新的组织,它是包括科技、组织、商业和金融等一系列活动的综合过程[85];汤世国定义技术创新是一个典型的融科技与经济为一体的系统概念,它不仅关注技术的创新性和技术水平的进步,更关注技术在经济活动中的应用,特别是在市场中取得的成功[86]。

2. 技术创新的特征

技术创新是科技与经济连接的桥梁,推动着社会经济的不断发展,属于一种极其复杂的社会经济活动。技术创新的特征主要表现为以下几个方面:

(1) 连续性。技术创新是一个内容丰富、环节复杂的过程,在这个过程中的各个环节都存在着内在联系,表现为不同环节或不同阶段间的有机衔接。从技术创新的发展过程来看,一方面技术创新活动呈现出技术创新的外在连续性;另一方面,技术创新过程呈现出技术创新的内在连续性。如果技术创新的连续性受到阻碍,技术创新的风险就会增大,甚至会导致技术创新活动的失败。换而言之,当一项技术创新成果出现之后,如果没有新的技术创新成果的出现,那么经济和社会发展就会停滞,甚至会有所倒退[87]。

(2) 风险性。技术创新活动的各个环节和阶段都包含许多不确定性因素,具有试验和探索的性质,成功的实现技术创新往往离不开很多失败的积累,世界各国的技术创新实践表明,创新成功的概率往往小于失败的概率。国外学者曾进行了有关调查,在 91 项技术创新项目中,成功的项目比例只占 1/3,而失败的项目比例则占到 2/3。因此,技术创新的高失败率证明了技术创新有较高风险性。

（3）结构性。技术创新的成功与否取决于生产条件、要素、组织三者重新组合之后，相应的生产经营系统能否适应或创造市场需求并给企业带来利润增长。通过分析可知，技术创新的结构性体现在，其实质是给商业化的生产和流通系统引入新产品、新工艺、先进管理方法等，以期获得更多的商业利润；其关键是新的技术及技术产品（新产品、新工艺、先进管理方法等）能否被成功地用于营利；其主体是企业和企业家，企业家必须具有战略眼光，善于洞察和抓住市场潜在的营利机会，并敢于冒险和创新。

（4）经济性。技术创新的经济性是指一次成功创新的收益远大于全部创新的投入。任何层次、规模的技术创新，都需要较大的资金投入，创新的层次越高，投入的初始成本一般也较大，否则无法实现预期的创新目标。同时，虽然技术创新的高风险性决定了创新失败的概率远远大于成功的概率，但是每一次成功的技术创新，都能获得巨大的收益，即使把失败的创新也计算出来，全部创新收益的数学期望仍然相当大，即技术创新具有高收益性[84]。

3. 技术创新的模式

技术创新模式是指由一定的创新理论作指导，为了完成特定的创新目标而形成的相对稳定的技术创新体系及其可操作性的活动规范和运作方式。技术创新模式是影响企业技术创新效果的重要因素，具有明确的目的性、相对的稳定性、具体的可操作性和运作的规范性等。

按照不同的分类标准，技术创新的模式也具有多样性。在以往的研究中，按照参与创新活动主体的不同以及企业在产业技术创新中地位的不同，一般把技术创新模式归纳为自主创新模式、模仿创新模式和合作创新模式三种。

1）自主创新模式

自主创新是指企业依靠自身的努力和探索实现技术突破，并在此基础上通过自身的能力推动创新的后续环节，完成技术商品化，获取商业利润，达到预期目标的创新活动。

自主创新的优势在于：①由于技术突破的内生性有助于企业形成较强的技术壁垒，可以形成自主创新者对技术的自然垄断，从而有利于确定企业的行业领袖地位；②在生产制造方面，自主创新企业启动早，产量积累领先于跟进者，能够优先积累生产技术和管理经验，较早建立起与新产品生产相适应的企业核心能力；③自主创新企业一般都是新市场的开拓者，能够较早建立起原料供应和产品销售网，率先占领产品生产所需的稀缺资源，开辟良好的销售渠道，使得创新产品在组织生产和市场销售方面有较强的保障，从而确立企业在市场上的垄断地位。

自主创新的劣势在于：①由于新技术领域的探索具有较高的复杂性和不确定性，需要企业具备较强的研究开发能力，并为此进行人力、物力和财力的大量投资，从而为企业带来了很高的风险；②自主创新模式对企业的生产和市场开发方面的成本都有很高的要求。

2）模仿创新模式

模仿创新是指企业通过学习模仿率先创新者的创新思路和创新行为，吸取率先者成功经验和失败的教训,引进购买或破译率先的核心技术和技术秘密,并在此基础上改进完善,进一步开发[85]。在工艺设计、质量控制、成本控制、大批量生产管理、市场营销等创新链的中后期阶段投入主要力量,生产出在性能、质量、价格方面富有竞争力的产品与率先创新的企业竞争,以此确立自己的竞争地位,获取经济利益的一种行为。

模仿创新的优势在于:①由于模仿企业可以无需像自主创新企业那样承担高投入的涉足未知探索领域的研发活动,而是主要从事渐近式的改进、完善和再开发,模仿创新企业的前期投资少,风险也小;②产品质量、性能和价格是其能否吸引客户的最直接因素,是产品竞争力的最直接体现,由于模仿创新产品不能够在研发上占有优势,只能将竞争取胜的希望后移到生产、制造和销售环节并给予充分关注,因而它能细致充分地研究市场的需求,并根据反馈的信息迅速调整生产,改进生产工艺设计,使市场开发更具灵活性,使产品更具竞争力。

模仿创新的劣势在于:①因为模仿创新很少进行研发上的广泛探索和超前投资,而是做先进技术跟进者,所以在技术方面有时只能被动适应,在技术积累方面难以进行长远规划;②模仿创新往往会受到自然壁垒和法律保护壁垒等方面的制约而影响创新实施的效果。

3) 合作创新模式

企业合作创新是指企业间或企业与研究机构、高等院校之间为了共同的研究目标投入各自的优势资源而形成的一种合作契约安排。它通常以合作成员的共同利益为基础,以资源共享或优势互补为前提,有明确的合作目标、合作期限和合作规则,合作各方在技术研发的全过程或某些环节共同投入、共同参与、共享成果、共担风险。新兴技术和高新技术产业将合作研究作为创新的主要形式[85]。

合作创新的优势在于:①有利于在不同合作主体间实现资源共享和优势互补;②有助于缩短创新时间,增强企业竞争地位;③能使更多企业参与分摊创新成本和分散创新风险;④有利于打破保护性壁垒,共同开发区域内市场。

合作创新的劣势在于:①由于合作创新带来的成果共享会造成技术在不同创新主体之间的传播和共同使用,不利于企业享有排他性的创新成果并以此形成自己的核心竞争力;②不同的创新模式会给企业带来不同的创新效果,因此需要根据企业的内外部条件加以选择,并根据环境的变化进行不断地调整。

1.3.2　创新网络理论

目前,关于创新网络的研究主要分为两个层次:一个是网络层次,虽然研究涉及网络中的活动主体,例如企业、公共机构等实体组织,研究它们的互动模式、知识溢出等外部性、创新协同等现象,但研究的对象是网络的局部或整体,得出的结论也是以部分或整体网络为背景、参考和服务对象,这些关于创新网络的研究也称之为区域创新网络研究;另一个是企业层次,虽然也考虑各种单项和多项关系,甚至是跨越关系的内容,但是将网络中的企业作为研究的出发点,企业成为焦点企业(focal firm),所有的研究内容都围绕该企业展开,主要的研究集中在如何构建和管理其关系网络,及其对结果进行合理的解释等。本课题的研究属于后者,即以焦点企业作为研究的出发点,研究的结论适用于企业层面,因而也可以称为企业创新网络。

1. 创新网络的定义

创新网络的英文表述为 regional innovation system(RIS),或 regional system of innovation,或 regional innovation network。由于翻译的不同,创新网络又称区域创新网络或区域创新体系(系统)。目前,创新网络的概念在理论上并没有严格的界定,K. Imai 和 Y. Baba 将创新网络定义为应付系统性创新的一种基本制度安排,网络构架的主要联结机制是企业间的创新合作关系[90]。C. Freeman 进而把"创新视野中的网络类型"分为合资企业和研究公司、合作 R&D 协议、技术交流协议、由技术因素推动的直接投资、许可证协议、分包、生产分工和供应商网络、研究协会、政府资助的联合研究项目等[91]。英国卡迪大学的 P. Cooke 等人对创新网络进行了较为详细的阐述,他们认为区域创新系统(创新网络)主要由在地理位置上相互分工与关联的生产企业、研究机构和高等教育机构等构成的区域性组织体系,而这种体系支持并产生创新[92]。其他国内外学者也都从不同角度论述了创新网络的概念。

综合分析已有的关于创新网络的定义,可以得出创新网络的概念至少应包括以下基本内涵[93]:①具有一定的地域空间范围和开放的边界;②以生产企业、研究与开发机构、高等院校、地方政府机构和服务机构为创新网络的主要单元;③不同创新单元之间通过关联,构成创新网络的组织结构和空间结构;④创新单元通过创新(组织和空间)结构自身组织及其与环境的相互作用而实现创新功能,并对区域社会、经济、生态产生影响;⑤通过与环境的作用和网络自身组织作用维持创新的运行和实现创新的持续发展。

基于以上几点,我们认为创新网络是在特定的社会经济文化背景下,企业与其他组织之间形成的一种合作关系,技术知识、信息和资源在组织成员间共享和传播。这样既可以提高资源的利用效率,降低成本,也可以在网络系统当中实行多角化战略和多元化经营,从而提高企业的战略灵活性。

2. 创新网络的构成

瑞典网络学派提出的网络理论模型包括参与者、资源和活动(参与者行为)三种构成要素。用该理论来分析创新网络,就是要分析该网络的参与者有哪些,资源如何,参与者能参与哪些活动等。

(1) 参与者。创新网络中的创新参与者包括企业、科研院所、大学、风险金融投资机构、政府等多元创新主体。

(2) 资源。创新网络中的技术资源主要包括两类:①纯技术资源,即已经体现在设备以及工作环境中的资源和与其相关的知识产权(专利、版权等);②R&D 人力资源。

(3) 活动。创新网络中各参与者的 R&D 活动包括:①企业、研究机构和大学直接从事的创新活动;②支持创新活动的风险金融机构的 R&D 风险投资;③创新网络中,政府的主要任务是为技术创新和高新技术企业的发展创造良好的外部环境,使创新投入与创新产出之间形成良性循环,如政府可以通过政策支持创新,引导并支持信息中心的建立和发展,为创新参与者提供便利的信息检索服务,维护创新参与者之间的公平竞争等。

创新网络中创新关系的多样性表现为创新主体的多元性、技术创新联盟的多样性,即同一创新参与者所建立的多重合作创新关系。首先,创新主体多元化。创新主体包括企业、研究机构、高等院校、风险创新投资基金等。其次,技术创新联盟的多样性。单个创新参与者的创新能力有限,而创新项目可能涉及多个知识领域,需要技术知识融合和发展才能完成创新,因此创新主体企业需要结合多种类型的创新参与者形成技术创新联盟。图1.4描述了创新网络的构成。其中,创新网络信息中心是创新网络中连接创新参与者、创新资源,促进创新活动和创新联盟形成的关键,任意相对独立的创新网络之间通过创新网络信息中心进行联系。因此,创新网络信息中心是创新网络正常运行的关键。

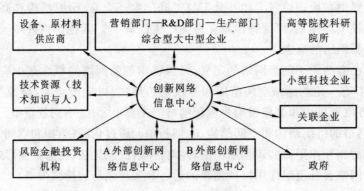

图1.4 创新网络图

3. 创新网络的特征

(1)动态性。创新网络的本质特性是动态的,表现为网络的渗透性和开放性。动态性使创新网络比同级组织灵活,比市场组织稳定。由于企业创新网络联结的各个行为主体及其相互之间的网络联系随时在发生变化,网络中流动的技术以及知识、信息等也在不断更新,因此企业创新网络的培育与形成,本质上是一个发展变化的过程。一方面是企业外部技术或市场环境具有不确定和不可预测的特点;另一方面,企业所在区域内不断发生企业的诞生、破产或者被兼并区域内企业的迁入、迁出,于是网络中的各种联系也随之发生变化,如北京的中关村,在短短的10年之间,企业由500余家增加到4 500余家,期间也伴随着大量企业消亡,而美国的硅谷每年就有上千家的企业诞生,数百家企业倒闭;最后,企业创新网络中的其他结点(中介机构、大学研究院所、金融机构等)与企业的联系也会发生改变[93]。

(2)开放性。任何系统都是耗散结构系统,系统与外界不断交流资源、能量和信息。

并且只有当系统从外部获取的能量大于系统耗散的能量时,系统才能克服熵而不断发展壮大[94]。企业亦是一个耗散结构系统,企业创新也是一个耗散过程,只有企业获取外部的创新要素大于企业内部耗散的创新要素时,企业才能不断创新,不断成长和发展。企业通过企业创新网络获取创新要素,所以企业创新网络必须是一个具有开放性的网络通路。同时,我们发现企业,特别是企业集聚区内的企业不会满足于企业集聚区的网络,而是在区外寻找更多的伙伴,获得远距离的知识和互补性资源,并不断向外部开辟新的市场。所以,企业创新网络在与外部联结的过程中,应该呈现开放性的特点[95]。另外,开放性特点还表现为企业对网络联系的自主控制,即自主决定网络联系的建立与中断、加强与减弱。

(3)互补性。企业创新网络关系并不单纯是企业与外部组织间的市场交换关系,而是各个成员之间的创新要素互补关系。每个成员都拥有自己的特定优势,并根据这种优势在网络中确立其相应的地位,通过各组织间的优势互补,可以有效降低交易成本,产生协同效应。如康柏和戴尔公司作为英特尔最新芯片的销售商而相互替代,但从供应商——英特尔公司角度看,从研发成本到建立全新的制造厂,英特尔要投资10亿美元研制新一代芯片,而英特尔可以把这些创新投资分配给康柏、戴尔和其他硬件制造商。市场越大,研究经费就分摊得越少。大量的需求使创新产品的供应者更快地修正学习曲线。同时,合作研究开发的参与者在分担创新投资时,是互补的,在完成创新后的产品市场中进行竞争,是替代的。其次,良好替代者具有互补作用。创新伙伴和良好替代者(指能起到有益作用又不会带来太严重长期威胁的替代者)合作,会促进创新。良好替代者将对创新伙伴产生有益作用,如增加竞争优势(吸收需求波动、细分市场、保护成本、增加与创新资源和政府管理者的讨价还价能力、降低反垄断风险),改善现有行业结构(如提高需求、提供额外货源、改善行业结构),援助市场开发(如分摊市场开发成本、减少风险、协助结果的标准化和合法化、协助提高技术水平)等。

(4)本土化。企业创新网络只有通过本地化过程,即在外部开放联结的同时,更重视根植性,才能不断从本地的创新环境中汲取"营养",增强网络整体的创新能力和活力[95]。当技术知识由于相互依赖和密切关联而本地化时,企业一般倾向于滞留在一个特定区域。即使当前区域内的相对价格可能比其他地区高,但本地化"学习效应"的产生,能够使企业尽快地摆脱效益和利润衰退的阶段,最终本地的学习和适宜创新的引入能够资本化,利润优势可以通过本地化的创新导入而得以重建。

4. 创新网络的主要功能

(1)知识的扩散功能。创新网络的构建将改变传统的知识创新形式,过去大学、学术团体及研究机构的知识创新研究是独立进行的,它们单方面地向社会推出自己新知识、新思想的方式将成为历史。一方面创新网络的构建增强了交流,加速了知识创新;另一方面社会的需要特别是生产实践的需要,使科学探索活动得以广泛和深入地进行,许多"从学术研究中获得技术进步的企业,自然会寻求与从事学术工作的大学和实验机构建立密切联系",从而使技术需求对知识创新产生巨大的反作用力。

(2)资源的共享功能。对区域内行为个体来讲,网络提供了各种正式和非正式的交流渠道,从而促进了知识的流动,而这种交流对于新观念的传播和创新是非常重要的。网络将企业联结到更广泛的创新系统中,使创新活动进一步在地理空间扩散,而不再像传统模式中,大多数创新活动只发生在大型企业内部的研究与开发机构或中心区域。而且,创新网络中企业间有效的合作,能降低企业间的交易费用,使边际社会成本趋于零,增强企业群体的区外竞争力。作为学习型组织的单个企业,可以通过网络联系,不断推动知识创新的增值,推动创新在区域内企业间的扩散。在经济全球化过程中,增值创新以及有效地确保企业间联系,成为提高区域竞争力的必要条件[96]。

(3)创新的优化功能。即网络的"新陈代谢"功能。由于创新网络不同于一般的交易网络单纯地作为信息传递的载体,它通过主体的活动使网络创新更具有活力,其表现为网络的筛选功能,这不仅是对网络结点的筛选,更重要的是对网络功能的筛选。由于网络中存在竞争机制,部分网络结点不能适应环境的变化和竞争的需要,而使其功能丧失,这些结点将在竞争中被淘汰,或通过竞争促使它进行优化变革,使其功能更新。这样使网络的发展呈现动态性。网络的创新功能随着网络的动态发展而不断增强[94]。

1.3.3　知识理论

1. 数据、信息与知识

世界由物质、能量和信息三部分组成。科学对信息世界的认识是沿着数据、信息和知识的路径展开的。在知识领域中,很多学者通过探讨数据、信息和知识之间的区别来定义和辨别知识。数据是对客观世界的描述,是一系列不连续的、客观的事实。数据本身没有任何意义,也不反映与其他事物的关系[97]。信息是人类所观察的有关事物(质量、能量活动系统)的差异,反映了物质和能量在时间和空间上分布的不均匀性[98]。信息是经过处理的数据,具有一定意义,可以减少决策的不确定性,可以回答 who,what,when,why 的问题。知识是对信息的收集、分析和推理,是与事实、概念、程序、解释、观点、观察以及判断相关的存在于个人头脑中的信息,可以回答 how 的问题。而智慧是根据认识的层次(特别是人类道德、伦理等)辨别和判断正误、好坏的过程。

最早区分数据、信息和知识的是 Aekoff,他认为人类对世界的认识可以划分为数据、信息、知识、智慧 4 个层次,即 DIKW 模型,如图 1.5 所示。数据是一系列事实,信息是经过处理的数据,知识是经过验证的信息[99]。信息与知识之间很难区分,从内容、结构、准确性和应用等方面它们之间没有明显的区别[100]。I. Tuomi 认为知识和信息的先后顺序是可以逆反的,知识不可以脱离主体(agent)而存在,知识是被一定的激励引发的认识过程的结果[101]。信息经过人脑的处理就变成了知识,知识一旦被表达成文字、图形或其他的符号形式就变成了信息。这一点给我们两个重要的启示:①个人对数据和信息相同的理解需要共享相同的知识基础;②知识管理系统(KMS)的组织结构同传统的没有本质的差别[100]。

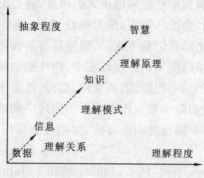

图 1.5 DIKW 模型

2. 知识的定义

知识的定义目前主要分为从哲学认识论加以界定,从认知心理学加以解读,以及从信息数据处理角度来定义三类。

(1) 知识历来是哲学中认识论研究的对象,故我们常见的知识定义是从哲学的角度提出的。在我国教育类辞书中对知识的定义是"知识是对事物属性与联系的认识,表现为对事物的知觉、表象、概念、法则等心理形式"。从哲学认识论角度,强调的是知识是客观世界的主观反映。就反映的内容而言,知识可以理解为是客观事物的属性和联系的反映,是客观世界在人脑中的主观映像。就反映活动的形式而言,知识有时表现为主体对事物的感性知觉或表象,属于感性知识,有时表现为关于事物的概念或规律,属于理性知识。

(2) 从认知心理学的角度,认知心理学家皮亚杰对知识给予了如下论述:"知识是主体与环境或思维与客体相互交换而导致的知觉建构,知识不是客体的副本,也不是由主体决定的先验意识"。

(3) 从信息处理角度,知识可以理解为是主体通过与其环境相互作用而获得的信息及其对信息的组织整合。克拉克(Clarke)定义知识是关于事物运作规律的理解,具有可预测性[102]。我国学者朱祖平将知识概念界定为知识是在对信息的推理与验证基础上得出的经验与规律,而信息是经过处理并被赋予明确意义的数据,数据则来源于原始的、不相干的事实[103]。

本课题知识管理中的知识含义采用从数据和信息角度的概念界定,研究知识与宏观经济层面、微观管理层面的作用关系。

3. 知识的分类

根据不同的分类标准,知识可以分成以下 4 种类型。

(1) 知识最基本的分类是从反映主观性和客观性的不同,将知识分为显性知识(explicit knowledge)和隐性知识(tacit knowledge)。M. Polanyik 认为隐性知识代表主观性的知识(subjective knowledge),它可以通过自身体现出来;而显性知识则代表客观性的知识(objective knowledge),它必须首先被人们所意会和应用[104]。经后续众多学者的归纳总结,显性知识被理解为那些能够以正式的语言,通过书面记录、数字描述、技术文件、手册和报告等明确表达和交流的知识,是对隐性知识一定程度的抽象和概括,上升为公式、规律、理论等,并以文字形式记载下来,从而使其容易表述和交流。隐性知识是高度个性化的、难以格式化的非编码型知识。在现实中,隐性知识通常表现为经验、技艺(能)、专长、印象、灵感、洞察力、直觉、心智模式、预见性、信仰、价值体系(观)、团队默契、组织文化和风俗等。在对显性知识和隐性知识比重关系的描述中维娜·艾莉(Verna Alee)曾形象地将显性知识比喻成大海中露出海面的岛屿,而隐性知识则是隐没在海面下庞大的海底世界[105]。

(2)根据知识表达的特征不同,B. A. Lundvall 和 B. Johnson 将知识分为事实知识(know-what)、原理知识(know-why)、技能知识(know-how)和人力知识(know-who)4类,他们认为前两种知识容易被编码而成为显性知识,后两种知识具有个性化特点,是隐性的[106]。

(3)根据知识在人脑中的表征、储存、激活和提取方式,知识可以分为陈述性知识、程序性知识和策略性知识。

(4)根据知识依附对象的不同可以分为个体知识和组织知识。

4. 知识的转移

G. Hubel 认为知识共享就是知识转移[107]。知识转移与知识共享密切相关,但知识转移不同于知识共享。知识共享只是知识转移的一个环节或前期阶段,共享知识不一定可以理解和应用知识。T. H. DavenPort 和 L. Prusak 将知识转移表达为如下的公式:知识转移=知识传达+知识接收[108]。知识转移需要首先由拥有者传递给潜在的接受者,然后由接受者加以吸收。完整的知识转移过程必须同时实现知识的传达与吸收。

知识转移是与信息转移分不开的,信息转移是知识转移的手段。Shanon 在他的信息论中提出了信息转移模型,如图1.6所示。G. Szulanski 将 Shanon 的信息论引入了知识转移研究,提出了知识源和知识接受方的概念,认为知识转移是指知识源与知识接受方之间的知识交换过程[109]。

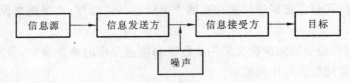

图 1.6　Shanon 的信息转移模型

5. 创新能力与知识

从企业创新能力发展的角度来看,企业竞争的优势来源于企业独特的难以模仿的能力,而企业所具有的知识则是企业所拥有的最有价值的资源。结合这两种观点,不难发现企业的技术创新能力,就其实质而言是企业整合、创造更新、应用所拥有的知识资源的具体表现。

R. M. Grant 是以知识基础观看待企业创新能力的代表人物。他认为知识是企业最重要的生产要素之一,在企业业务活动中需要不同类型的专业知识,企业创新能力的基础就是能够整合各种专业知识,完成企业活动[110]。Grant 同时还提出,企业最核心的职能就是整合员工个人所拥有的知识,以最大限度地利用员工个人知识。从这点来说,企业创新能力的关键就在于企业知识的整合运用。

从知识基础的观点来看,企业创新能力的本质就是一种知识本质,包括了从在设备、人员、流程、规程中的知识,到协调配置资源、能力的知识以及对技术发展进行战略分析等各种类型的知识。我国学者安同良在对我国企业创新能力进行实证研究的基础上提出,创新能力的发展是企业在创新过程中选择、获取、吸收、改进和创造技术(知识)并与其他资源相结合,从而进行累积性学识(知识)生产的过程[111]。建立对创新能力知识本质的理解,对于在动态发展的环境下,通过获取、整合各种知识基础,发展企业本身的创新能力,是非常有帮助的。

1.4　企业分布式创新的概念及形成背景

1.4.1　分布式创新概念的界定

国外关于分布式创新的研究始于 1998 年,Chris Kelly 认为全球化意味着分布式创新[1]。分布式创新建立在产业集聚、地区生产专业化和地方化的基础上,本土创新和地方发展导致了 Florida 所著《创意阶层的崛起》中"创意阶层"的高密度[2]。J. N. Cummings 定义分布式创新是通过分布在不同地理位置的员工成功执行创意、任务或程序的创新[3],其目标是为了更好地组织企业外部和内部的分布式创新活动。爱尔兰国立高威大学 David O'Sullivan 教授等人指出分布式创新是遍及或贯穿属于组织供应链内、甚至特定联盟内的一个特殊内部互联网络上的创新[4]。这个层面的创新可以表述为各种各样的合作创新、项目创新和单独的创新。分布式创新的一个关键特征是内部互联网内的任何个体可以探求、调查组织问题,进而从他们团队或部门目的出发考虑内部互联网络的创新。R. Coombs 和 S. Metcalfe 认为企业为了快速寻找商机,与其他公司合作创新,并从中学习、交换知识,这种组织间的合作创新就是分布式创新[5]。杜伦大学商学院 Alistair Bowden 定义分布式创新是一种全新的新产品/服务开发模式,是由一系列相关的创新过程组成的创新,在这种分布式的组织模式中,来自内部和外部组织的知识和资源,通过共享不断创造出高品质的产品和服务[6]。他采用半结构访谈(semi-structure interviews)作为数据收集的主要方法,从 2004 年 11 月到 2005 年 9 月,针对在当地政府环境中的高级职员、部门负责人等,通过开放编码提取被访者的主要观点并进行数据分析,他将 200 个记录分为 2 大类,17 个主题,最后得出了分布式创新提供了宝贵的学习资源这一结论。

我们认为"分布式创新"是一种新型的技术创新模式,是技术创新理论的延伸和深化。一般是指企业内和具有合作关系(上下游)的企业之间在资源共享的基础上,在不同地域,依据共同的网络平台进行的创新活动,这种"分布式创新"与集中式创新活动相比,其组织构架、运行机制和模式、动力源泉以及产生的效应具有明显的差异性,具有不同地域性、同时性、协同性、合作性和资源共享的特征,它既是企业内部创新活动的分布式组织,又是企业外部(企业之间)创新活动的分布式合作。

1.4.2 分布式创新产生的背景

1. 企业的空间特性

企业作为一个组织实体,是存在于特定的时空条件下的。企业的行为具有空间的属性,从传统的观点来看,主要体现在如下几个方面:

(1) 企业是对生产要素进行配置的一种制度化形式,而生产要素是具有地域空间属性的,它决定了企业经济活动的地域空间属性。企业必须以一定的生产要素作为其经济活动的基础,离开特定的地域空间,企业就不能得到和占有劳动力、土地、资本等要素。同时,无论什么类型的企业,都要在利润最大化的约束下,争取最优效率地利用这些地域空间的生产要素。否则,企业在该地域空间就将失去存在的经济合理性。

(2) 企业的产权主体不可能脱离特定的地域空间。无论是企业的所有权、经营权还是其他利益相关者的权利,最终都必须落实到个人或人格化的组织。个人或人格化的组织存在于一定的社会经济体系之中,而社会经济体系是以一定的地域空间为依托的,任何脱离一定社会经济组织的个人或人格化组织是不能组成企业主体的。所以,企业的各种产权关系及产权主体都离不开一定的社会经济制度,社会经济制度的区域相关性与差异性决定了企业的区域属性与区域的特异性。

(3) 对市场利润的追求是企业存在的前提和基本目标。企业不仅要对各种生产要素进行重新组合,更重要的是,它还要在一定的市场结构条件下,通过营销、服务创造更多的市场价值,获得市场利润。由于市场结构、增值活动的对象等具有区域差异性与区域传递性,决定了企业经济活动的地域空间选择,因而具有区域性。

2. 经济全球化

全球化是当代世界经济的一个最显著特征。20世纪80年代中期,特别是90年代以来,世界进入了经济全球化加速发展的时代,世界经济正在经历一场格局、体制、产业结构、贸易和投资布局等方面的深刻变革。而所谓经济全球化,是生产要素在全球范围的配置或重组,是国家经济、区域经济日益融合成统一经济体系的过程[112]。随着经济全球化、知识经济和信息化的飞速发展,各个国家和企业已认识到技术对企业保持国际竞争优势的重要意义。尤其是跨国公司和大型企业,开始调整其全球化经营战略的重心,以分布式创新全球化战略为核心构建其跨国投资的经营战略。从发展形势来看,不仅国家之间在技术创新上相互影响,相互依赖和合作日益加深,类似硅谷这样的全球研发中心的地位也日益突出,而且各国企业间的合作日益兴盛,企业研发活动尤其是跨国公司研发活动日益国际化。知识智力资源密集,制度环境优良的国家、地区成为研发活动追逐热点,一批创新环境较好的发展国家、地区正在或者即将成为全球新兴的研发中心,如戴姆勒与克莱斯勒、福特与沃尔沃、英国石油与阿莫科的重组除了获得产品互补和市场互补之外,一个重要原因就是在研发环节上能够实现资源互补。

3. 知识的地域特性

知识的地域特性代表了知识的分布式特性。S. Leslie 和 R. Kargon 认为由于硅谷的成功来源于许多当地特有的因素,因此在硅谷以外的地区试图通过模仿硅谷来获取成功几乎是不可能的[113]。知识的转移是高度本地化的过程,地方产业氛围可以培养身处其中的人对该产业相关知识与创新的敏感性。诸如硅谷、台湾新竹这类产业区域中,本地化知识大量以隐含经验的形式存在于日常生活之中,技术创新通过"干中学"而传承。企业分布式创新网络不仅取决于经济因素本身,而且取决于社会和文化因素。社会的亲和与信任,需要在地理和空间上促成社会联系,这些社会联系又会增强隐性知识和编码化知识的流通,进而加强产业内企业的创新潜力。利用分布在各地域企业的外部知识带来经济利益,是企业进行分布式创新的重要因素。

4. 信息及通信技术

在全球范围内如何保证知识与信息的及时与快速地交流是分布式创新成功的关键之一。信息及通信技术的发展为分布式创新提供必要的技术支持,为处于不同地理位置(包括全球范围内)的创新合作伙伴实时交流与分享大量的信息与知识提供了可能[114],这意味着分布式创新网络中任何结点上的创新伙伴可以以几乎为零的边际成本来分享知识[115]。信息与通信技术为企业通过分布式创新建立全球分布式创新网络奠定了基础。

在这4项原因中,最根本和最重要的实质上是第3点:知识的地域特性决定了分布式创新取代原来的合作创新。这是由于创新的本质是知识的创新。随着企业之间竞争的更加激烈,人们越来越认识到,企业对知识的应用能力和知识的创新能力是企业竞争优势的主要来源[116]。新产品开发是创造性思维和灵活运用已有知识和经验的过程。在对企业创新的研究中,知识的作用越来越引起学者们的重视,有学者甚至认为,"技术创新的实质就是知识向人工制品或服务的转化以及新知识的生成过程[117]。"因此,如何有效地获取知识、运用知识对提高企业创新绩效就显得尤为重要。随着知识经济时代到来和网络技术的普及,知识不再仅仅是体现在书本、资料、说明书和报告中的编码知识,也不再是物化在机器设备上的知识,而是存在于员工头脑中的隐性知识,是固化在组织制度、管理形式和企业文化中的知识。同时,知识也不再仅仅大量富集在研究室、科研院校、企业研发部门等少数专业区域,而是更为广泛地存在于普通顾客、供应商等更大的群体之中。技术的广泛传播形成了强大外溢效应,在公司、消费者、供应商、大学、新建企业之间形成了一个重要的技术蓄水池。

在知识经济时代,知识成为超越传统的土地、劳动力和资本的更为重要的资源。I. Nonaka认为知识创新不是简单地处理客观信息,而是发掘员工头脑中潜在的想法、直觉和灵感,并综合起来加以运用[118]。企业不是一台机器,而是一个活生生的有机体。在知识创新型企业中,知识创新不是研发、营销或战略规划部门专有的活动,而是一种行为方式、生存方式,在这种方式下每个人都是知识的创造者。

创新本身就是知识的创造性使用,当知识存在于更为广泛的人群中时,创新也要尽可能地将所有人包括进来。这就要求每个组织与外界组织建立联系,以实现知识在不同组织间的共享,构建知识整合、知识共享和知识创新的网络体系,为组织间的知识交流创造良好的知识环境,推动知识创新活动。因此,企业分布式创新过程也是企业从外部获得知识资源并与内部进行知识整合的过程[119]。

1.4.3 企业分布式创新的历史演进

企业分布式创新是技术创新的一种新模式,技术创新由传统的自主创新转变为模仿创新,到 20 世纪流行的合作创新。但是随着全球经济化、科学技术的快速发展,企业需要吸收世界各地的知识去提高创新能力,由此,企业分布式创新成为了技术创新的一种延伸。前面我们已经提到了自主创新、模仿创新、合作创新,这里就不一一介绍了。企业分布式创新的历史演进如图 1.7 所示。

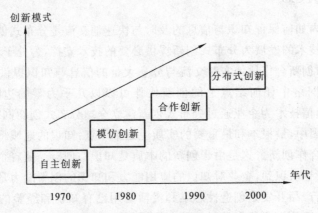

图 1.7　企业分布式创新的历史演进图

1.4.4 企业分布式创新形成案例分析

在此我们对深圳华为公司进行一个分布式创新发展过程的案例分析。

1. 华为技术有限公司概况

华为技术有限公司成立于 1988 年,民营企业,总部位于中国深圳龙岗区坂田华为基地。华为公司是全球领先的下一代电信网络解决方案供应商,专门从事通信网络技术与产品的研究、开发、生产与销售,致力于为电信运营商提供固定网、移动网、数据通信网和增值业务领域的网络解决方案,是中国电信市场的主要供应商之一,并已成功进入全球电信市场。华为产品和解决方案涵盖移动(HSDPA/WCDMA/EDGE/GPRS/GSM,CDMA20001XEV-DO/CDMA2000 1X,TD-SCDMA 和 WIMAX)、核心网(IMS,MobileSoftswitch,NGN)、网络(FTTX,XDSL,光网络,路由器和 LANSwitch)、电信增值业务(IN,mobile data service,BOSS)和终端(UMTS/CDMA)等领域[120]。

华为在全球建立了 8 个地区部、55 个代表处及技术服务中心,销售及服务网络遍及全球,服务 270 多个运营商,其中包括世界电信运营商 50 强中的 22 家,产品已经进入德国、法国、西班牙、巴西、俄罗斯、英国、美国、日本、埃及、泰国、新加坡、韩国等 70 多个国家。据 Dibtterner 统计,华为 NGN 系统全球市场占有率 18%,全球排名第一,交换接入设备全球出货量连续三年居第一;据 Gatner 统计,华为 DSL 出货量全球排名第二;据 RHK 统计,华为光网络市场份额全球排名第二;华为是全球少数实现 3GWCDMA 商用的厂商,已全面掌握 WCDMA 核心技术,并率先在阿联酋、香港、毛里求斯等地区获得成功商用,跻身 WCDMA 第一阵营,成为全球少数提供全套商用系统的厂商之一。

截至 2006 年底,华为已累计申请专利超过 19 000 件,连续数年成为中国申请专利最多的单位。华为在全球建立了 100 多个分支机构,营销及服务网络遍及全球,能够为客户提供快速、优质的服务。目前,华为的产品和解决方案已经应用于全球 100 多个国家,31 个全球前 50 强的运营商,服务全球超过 10 亿用户。

为了提高华为的研发水平,华为在瑞典斯德哥尔摩、美国达拉斯及硅谷、印度班加罗尔、俄罗斯莫斯科,以及中国的深圳、上海、北京、南京、西安、成都、武汉等地共设立了 11 个研发机构,通过跨文化团队合作,实施全球异步研发战略。印度所、南京所、中央软件部、上海研究所通过 CMMS 级国际认证,表明华为的软件过程管理与质量控制已达到业界先进水平。

从一家成立之初只有 21 000 元注册资金,十几名员工的通信产品代理商,发展到如今年销售额上百亿美元,拥有 40 000 多名员工,在国际市场上与行业内的巨头们平起平坐的跨国公司,华为公司靠的是在瞬息万变的竞争环境中,通过不断创新来寻求生存和发展。纵观华为的成长过程,我们发现,华为的诞生、发展、壮大,走的是一个自主、模仿创新、合作创新、分布式创新的成长路径。华为的创新历程可以分为自主(模仿)创新、合作创新、分布式创新三个阶段。

2. 自主、模仿创新阶段

1988～1997 年是华为成长的起步阶段,也是新生的华为通过模仿、尝试创新以寻求生存的阶段。

在华为成立的最初几年里,公司主要从香港进口 HAX 交换机到内地,通过代理的方式,靠价差获利。当时正处于中国改革开放初期,为了加快经济建设,国家在财力和技术不足的情况下,积极引进外资,"以市场换技术",这使得许多跨国公司由此进入中国电信市场。有的外国政府甚至采取了向中国运营商低息贷款的方式,以支持本国产品在中国产销,这极大地影响了中国的电信建设。由于可以节省资金上项目,中国邮电部门在引进交换机等设备时也常常是"来者不拒"。同时,国家对使用外国政府贷款、世界银行和亚洲开发银行贷款购买的通信设备实行关税全免政策。这些政策虽然加快了我国电信基础设施的建设，但由于国内多是些小型的国营交换机厂，其技术落后、产量小、质量不稳定，远远满足不了市场的需求。进口或合资生产的设备虽然价格高，却很受欢迎。这就在客观上促成了国外进口设备对中国通讯市场的垄断和价格居高不下的局面。

外国电信设备的大量进口，直接拉动了交换机代理业务。于是，在高额利润的驱使下，越来越多的交换机代理公司出现了。过多企业的加入使竞争日益激烈，从而导致国内95％的交换机代理商短期内都被淘汰掉了。

华为此时看到了生存的危机，也看到了国内交换机生产的空白及其巨大的市场机会。于是，华为决定进行改变。华为在继续代理香港模拟交换机的同时，毅然闯入数字交换机研发和生产领域，学习和仿制交换机。1990 年华为推出了小容量用户交换机 BH03，1991年又推出了 512 门用户交换机 HJD48 和纵横式局用机 JK1000。华为的创新序幕拉开了。

前面的几次创新尝试，为华为带来了短暂的成功。1992 年，华为的销售额首次突破了亿元大关，利润上千万，平均在每个员工头上有近百万的利润。这时的华为的领军人物任正非却做出了一个"出人意料"的决定，几乎将自己全部的销售额投入了 C&C08 机的研制，冒着"全军覆没"的巨大风险，义无反顾地扩大了自主研发规模。在经历了无数次的失败，承受了 6 000 万至 1 亿的损失之后，任正非依然坚定信念，继续投入资金和人力。到 1993 年初，华为终于推出了 2 000 门大型交换设备 C&C08 机，这标志着华为拥有了自己的技术积累，企业的发展上了一个新台阶。加上正确的营销模式，以及良好的服务，C&COS 机给华为带来了巨大的成功。到了 1995 年，华为的销售额已达到了 14 亿人民币，在全国电子百强名单上排名第 26 位，而当时华为最大的国内竞争对手中兴的销售额也只有 2.7 亿元[121]。华为已经把国内的竞争对手甩在了后面，开始将市场逐步由农村向城市转移，进入了一个新的发展阶段。

华为通过自主创新为自身带来了长足的发展，在国内市场上已经取得了初步的成功。为了巩固创新的成果，同时谋求更大的发展，1995 年华为成立了知识产权部，并在随后的两年内分别成立了北京研发中心和上海研发中心。此时，华为的目光已经瞄准了国外市场。

3. 合作创新阶段

1997～2003 年是华为实现从相对自主创新走向合作创新的起步阶段。1997 年，是华为技术创新和管理创新走向开放的重要一年，是华为创新发展历史上的一个里程碑。

随着华为产品的多元化以及市场的不断扩大，公司发现，无论是在技术上还是管理上，华为内部的创新都远远跟不上需求。于是，华为从 1997 年开始，酝酿一场分布式创新的巨大变革。

在技术创新上，为了向行业内的世界领先企业学习，华为先后与 Texas Instruments，Motorola，IBM，Intel，Agere Systems，Sun Microsystems，Altera，Qualcomm，Infineon 和 Microsoft，成立了联合研发实验室。为了获取国外的研发能力，华为先后在俄罗斯的莫斯科、印度的班加罗尔、美国硅谷和达拉斯以及瑞典的斯德哥尔摩等地设立了研发中心。

在管理上，华为也下了巨大的功夫。由于华为从一个小公司发展而来，虽然在短时间内取得了很大的进步，但是也不免沾染着以前的习气。公司数千名员工对公司总体的认识多种多样，精神面貌也不尽相同；当初的"人海战术"使得华为的组织体系迅速膨胀，并且在高速的发展中，没有成型和稳定的管理章法，也没有明确的考核和晋升制度；技术研发体系混乱，浪费严重；公司的决策主要来源于任正非的主观判断，公司没有形成可以独当一面的管理层等。诸多现象都说明，华为当时的管理水平远远落后于市场的发展。而没有管理，华为在前一阶段的强力技术和市场便是不可持续的，二者也形不成合力。华为要想继续做大做强，就要改变"创业"时的发展思路，向管理要效益。

1997年年底，任正非先后访问了美国休斯公司、IBM公司、贝尔实验室和惠普公司。他认为，"从事高科技的产业更应该向美国人民学习，学习他们的创新精神与创新机制，在软件技术革命层出不穷的今天，我们始终充满了追赶的机会。"于是，他提出了与国际接轨的管理目标。1998年华为开始花费巨资，系统地大规模地引入国外管理咨询公司，如 Tower Perrin，The Hay Group，Price water house Coppers(PWC)和 Fraunhofer-Gesellschaft(FHG)等，在研发、生产、财务、人力资源等方面进行咨询，开始了向华为移植国际先进管理模式的征程。1999年华为又花大价钱请来了 IBM 咨询公司，在其帮助下启动了以集成产品开发流程(IPD)和集成供应链(ISC)为核心的业务流程的变革。IPD主要是用于研发管理，从项目形成到最终研发都严格按照该管理系统进行，提高了华为的研发效率；ISC 是一种集财务、信息和管理模式于一体的综合管理体系。华为通过对 ISC 的学习吸收，对供应链中信息流、物流和资金流进行重新设计、规划和控制，降低了华为供应链的成本，提高了客户的满意度。

合作创新的模式，为华为的发展注入了强劲的动力。华为不但在很大领域实现了技术突破，获得了一大批有价值的专利，还通过了许多重要的国际认证，为企业的发展打下了坚实的基础。尽管2001～2002年，全球电信基础设施的投资下降了50%，华为的国际销售额还是增长了68%，从2001年的3.28亿美元上升到2002年的5.52亿美元。华为开始从一个超速地无序发展，走向了规范化、规模化的有序发展历程，逐渐与国际接轨。

4. 分布式创新阶段

2003年至今华为正在实现分布式创新的快速、稳定发展。2003年是华为在国际上取得重要成功的一年。2003年1月24日，Cisco Systems 指控华为侵犯部分 Cisco 技术专利；但是，Cisco 最终撤回了诉状，双方解决了所有的专利纠纷，并承认华为没有侵权行为。虽然"思科诉华为"案最终以双方和解收场，但这次专利纠纷给了华为一次向全世界证明其实力的机会，从而极大地扩大了华为品牌的国际知名度。

随后，华为加快了它的步伐。2003年，华为与3Com成立合资企业，生产企业数据网络设备。2004年，华为与西门子成立合资企业，针对中国市场开发 TD-SCDMA 移动通信。华为不断增加提高它的研发能力，在全球各地设立研发中心，截止2006年华为已经设立了11个研发中心。在标准与专利方面，华为加入 ITU，3GPP，IEEE，IETF，ETSI，

OMA,TMF,FSAN,DSLF 等 70 个国际标准组织。目前,华为在中国的专利数已经达到 14 252 项,PCT 国际专利和国外专利数目达到 2 635 项,已授权专利为 2 528 项。在通信行业非常重要的 3GPP 基础专利中,华为的专利占 5%,居全球第五。

华为通过采用分布式的创新模式,使得它的创新能力得到了前所未有的提升。这也为华为在行业内获得了一系列的殊荣。2005 年,华为第三次登上 Frost & Sullivan 亚太区技术大奖的领奖台,获得了该年度亚太区"年度无线设备供应商"、"年度 NGN 设备供应商"和"年度光网络供应商"三项大奖。而其销售额也在高速地增长,特别是华为的海外销售收入,自 1999 年以来每年都以 110% 的复合增长率高速增长。尤其是 2003 年后,华为销售额的增长主要来自于国际市场,如图 1.8 所示。

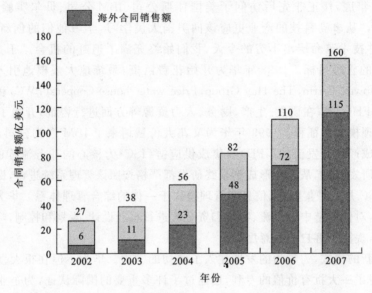

图 1.8 2002~2007 年华为海外合同销售额

数据来源:华为官方网站

华为创新发展的三个阶段描述了华为进行分布式创新的艰苦历程。从中我们可以看出,从一家弱小的通信产品代理商发展成为世界上一流的通讯和网络设备制造商,华为在短短的 20 年里取得了跨越式的发展,靠的正是开放的全球眼光以及不断地进行分布式创新。

1.5 企业分布式创新的特征

1.5.1 动态性

动力学过程所产生的"不确定"(即认识主体无法准确地判断对象系统哪个可能状态会现实化)和"非周期"(即对象系统不重复、不可压缩和无周期规律可循)等动态特性是产生复杂性的重要机制。实行分布式创新的企业从静态角度看,是非完整的企业。从动态角度看,则具有完整的功能,是一个组织功能具有可重构、可重用、可扩充且功能合作化、外部化、内部化不断调整的动态进化过程[57]。由于分布式创新所依凭的外部技术或市场环境本身具有不确定性和不可预测性的特点,因此各行为主体及其相互之间的联系随时都可能发展变化,在分布式创新过程中流动的生产要素以及知识、信息等也会不断更新,因此可以说,分布式创新处于一个动态变化的过程。企业分布式创新的动态性不仅表现为新创和衍生企业的进入,不合格主体的淘汰,而且还包括企业根据自身情况和对未来的预期而做出的自由进入和退出的相机抉择。

1.5.2　开放性

任何系统都是耗散结构系统,系统与外界不断交流资源、能量和信息。并且只有当系统从外部获取的能量大于系统耗散的能量时,系统才能克服熵而不断发展壮大[95]。企业亦是一个耗散结构系统,企业分布式创新也具有一个耗散过程,只有企业获取外部的创新要素大于企业内部耗散去的创新要素时,企业才能不断创新,不断成长和发展[122]。企业分布式创新过程中,自始至终受众多外部因素影响。企业分布式创新组织之所以会产生,是外界环境不断变化的产物,它不断地与外部环境发生资源、知识和信息的交换,所以企业分布式创新必须是一个具有开放性的网络通路。外部环境的复杂性使企业分布式创新系统与其环境的相互作用异常复杂,企业分布式创新组织能否成功运行,受政治、自然、技术、市场环境变化的影响。因此,企业分布式创新在与外部联结的过程中,应该呈现开放性的特征。

1.5.3　本地根植性

根植性(Embeddedness)概念可以追溯到格兰诺维特的社会关系思想,其含义是指经济行为深深地嵌入于当地社会关系之中[123]。因此,根植性实际上是一个集经济、社会、地理于一体的综合性概念,对于它的准确理解宜从交叉学科的视角来看。

企业分布式创新只有在通过本地化过程,即在外部开放联结的同时,更重视根植性,才能不断从本地的创新环境中汲取“营养”,增强企业的创新能力和活力。C. Antonelli 指出,当技术知识由于相互依赖和密切关联而本地化时,企业一般倾向于滞留在一个特定区域,即使是当前区域内的相对价格似乎可能比其他地区高,但本地化的“学习效应”产生,能够使企业尽快地摆脱效益和利润衰退的阶段,最终本地的学习和适宜创新的引入能够资本化,利润的优势可以通过本地化的创新导入而重建[124]。因此,“本地根植性”是企业分布式创新的重要特征。

1.5.4　网络性

传统企业独立化的创新模式已无法适应今天高技术全球竞争的需要,企业必须寻求外部技术及其他资源的支持,将内外部创新资源结合起来,走网络化合作创新之路[123]。网络是经由组织演化而来,为适应环境的变化而呈现的一种合作关系。企业的分公司或子公司在划定的地理区域内,依托地理资源优势,由各种创新单元(企业、研究与开发机构、高等院校、地方政府机构和服务机构等)以及协调各单元之间关系的制度和政策所构成的子网络,这些子网络相互联结而形成分布式创新网络。因此,企业分布式创新具有明显的网络特性。

|第 2 章|
企业分布式创新系统的组织

本章提出了企业分布式创新网络的定义、主体和模式,分析了企业分布式创新网络的组织环境,即技术支持环境、市场支持环境、资源支持环境、社会支持环境和制度支持环境,构建了企业分布式创新系统中的知识转移及网络模型,并分析了分布式创新网络中的知识分布特点、知识转移的主要途径、知识转移的障碍以及知识的整合与共享问题。对华为技术有限公司的分布式创新网络进行了实证分析,并介绍分析了欧盟第 6 框架科研项目分布式创新工具 Laboranova 创新平台的主要内容架构,最后对分布式创新的系统结构进行了分析。

2.1 分布式创新系统网络的构建

2.1.1 分布式创新网络的定义

在前面一章中,我们讨论了创新网络的定义,创新网络是指在特定的社会经济文化背景下,企业与其他组织之间形成的一种合作关系,技术知识、信息和资源在组织成员间共享和传播。这样可以提高资源的利用效率,减小成本的压力,又可以在网络系统那边实行多角化战略和多元化经营,从而提高企业的战略灵活性[53]。

从狭义上看,创新网络是指企业由于创新的需要选择性地与其他企业或机构结成的持久稳定的关系,例如战略联盟、合资企业、企业与供应商、客户之间的垂直关系以及企业间的水平关系。从广义上看,创新网络还包括企业间以及企业和相关机构在长期交易中发生的非正式交流和接触,例如不同企业的技术人员的私下交流与讨论,同一个产品在不同厂商之间信息交流等。这种关系也是相对稳定的,只有这样的网络才能将各种创新要素有效地结合起来,使创新更为容易,成本更低。

而分布式创新网络,则是由分布在多个地区的创新网络所组成,本课题将分布式创新网络定义为企业的分公司或子公司在划定的地理区域内,依托地理资源优势,由各种创新单元(企业、研究与开发机构、高等院校、地方政府机构和服务机构等)以及协调各单元之间关系的制度和政策所构成的子网络,这些子网络相互联结而形成分布式创新网络。其拓扑结构图如图2.1所示。

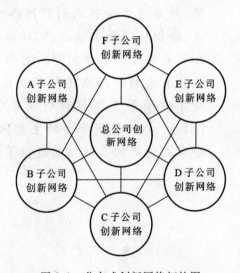

图 2.1 分布式创新网络拓扑图

2.1.2　分布式创新网络的主体

分布式创新网络主要是由分布在各地的子创新网络组成,主要包括竞争企业、供应商、大学及科研机构、中介服务机构和金融机构。因此,分布式创新网络的主体主要由竞争企业、供应商、大学及科研机构、中介服务机构和金融机构等构成。

1. 竞争企业

与竞争企业进行合作研发,创新可以共享资源和知识,提高企业整体的创新能力,而且有利于行业标准的制定,这种竞争企业之间的合作也被称为横向联盟。竞争企业是分布式创新网络构建中最重要的经济单元,也是参与并实现创新增值的最直接行为主体。

2. 供应商

供应商为企业提供设备和原材料,供应商掌握的信息和产品技术知识常常是重要的创新源。客户可以是企业的分销商也可以是直接的用户,与客户保持密切联系,可使企业获得市场信息,降低创新的市场风险,同时用户的合理化建议也是创新构思的重要来源[126]。供应商、企业、客户形成了一条供应链,有效的供应链管理使物流流动合理、配置优化,从而缩短产品生产周期,降低产品生产成本,并有利于产品开发。因此,供应商亦是分布式创新网络构建的重要组成部分。

3. 大学及科研机构

大学及科研机构是分布式创新网络的外部知识供给机构,不仅可以为创新提供各种新知识、新思想和新技术,还可以通过教育、培训以及成果转化等方式,组织并参与到集群企业的创新活动中,推动了知识、信息、技术等创新资源在产业集群中的扩散。大学及科研机构的作用在高科技企业分布式创新网络的构建中尤为重要,硅谷的案例已是众所周知的明证。

4. 中介服务机构

中介服务机构是分布式创新网络重要的支柱力量,主要包括各类行业协会、同业公会、咨询机构、培训机构、金融服务机构、法律服务机构等。作为市场与政府的中介机构,这些机构具有市场的灵敏性与公共部门的权威性,譬如行业协会,可以有效地规范集群内企业的竞争行为、协助企业解决经营管理中的各类难题,间接促进企业创新活动的进行。作为市场的中介,这些组织部门兼具市场的灵活性与公共服务性两方面的特点,不仅可以有效协调与规范企业的市场行为,促进资源的合理配置,而且能够不断帮助政府部门和市场激活资源,进而增强创新的活力,是分布式创新网络构建的重要组成部分。

5. 金融机构

从理论上讲,金融资本是最易流动的生产要素,一般受到地理空间的限制影响相对较弱。所以,一些学者在建立网络构架时,往往忽略了地方金融机构在区域创新网络中的位置,不把其作为一个重要组成部分来分析。而在实际发展过程中,在分布式创新网络中往往集中了大量的金融机构,特别是在发达的产业区内,金融机构更是表现为空间的集聚,区域内一些创新资金、风险投资机构、本地的商业银行以及证券市场等提供的金融资本直接影响到创新活动的产生与增值过程。研究表明,网络中良好的银企关系,对于企业的成长和发展的作用非常重要。

总结起来,分布式创新网络的构建如图 2.2 所示。

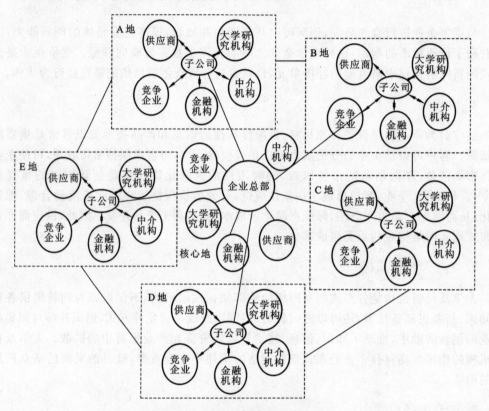

图 2.2　分布式创新网络的构建

2.1.3　分布式创新网络的构建模式

总的来说,分布式创新网络的构建模式主要包括以下几种。

1. 供应链内的创新合作模式

20 世纪 70 年代以来,人们已经认识到领先用户在帮助定义创新和减少产品进入市场风险的重要性。Shaw 总结出与客户(用户)紧密合作的优势如下:①提供补充知识,可能包括用户的技术诀窍;②帮助找到性能和价格之间的平衡,这对标准设置也是重要的;

③提供理解对精炼创新很重要的用户行为;④提高创新被同一个用户群体的其他公司接受和采用机会。如果这个用户是在用户群体中受到尊重,并且供应商相对出名,那么这种做法是十分必要的。与客户紧密合作适用于创新项目本身只有新颖性或创新市场定义不清的情况。

在相同的垂直关系中,公司同供应商以及客户之间的合作具有相似性。但在信息不对称情况下,公司针对供应商做出"制造或购买"决策时,更多地考虑了公司战略因素而非交易成本因素。

20 世纪 80 年代日本轿车和电子公司的成功案例证明了供应商紧密地参与公司创新过程的重要性。在西方,特别是美国和英国,大型企业改革的趋势是更多地与供应商合作,甚至是纯粹的外包。通过与供应商长期合作创新来补充内部研发的不足。

2. 超越供应链的创新合作模式

在市场竞争中,日益重要的创新作用和日益复杂的创新过程都要求合作创新的普遍开展。企业通过获取外部的研发、机械设备和软件等资源来补充内部研发活动的不足。企业可以与隶属于同一个集团的分公司、竞争对手、供应商和客户(垂直的合作)、大学和公共中心等机构进行 R&D 合作。

3. 模块化创新合作模式

将创新过程分解成不同模块,通过设置各模块标准化接口,实现模块的重新组合。模块化创新的优点在于可以有效地减少一个项目中对多数参与者知识的需求量,并且可以将各创新阶段并行实施。然而,使用模块化创新也存在一定的局限性,主要表现为,该方法只能优化各组件的性能,而不能提升整个系统的性能。同时,理想的标准接口在实践中难以实现。

4. 绝对集中的中心边缘型创新模式

这类模式的特点是,公司总部是关键资源的集中者、创新的主要执行者、主要新技术和新产品的创造者,并向公司分支机构扩散。公司分支机构主要进行技术搜索,将相应的信息传递给总部研发中心。总部研发中心将技术和产品信息传递给分支机构,信息流动呈现出单向性。缺点是:创新组织对海外市场需求缺乏敏感;总部决策权过于集中,限制了分支机构的创造力;分支机构间直接的横间联系不足,也减弱了整个创新体系在全球范围内开发和运用知识的能力。

5. 多中心分散创新模式

多中心分散模式的研发创新组织形态特征是在空间分布上具有多个平行的中心,各个分散、独立的研发地点结成创新联盟,没有集中监管的公司总部研发中心,分布式创新网络中各分支研发机构具有高度自主的权利,同总部研发中心之间的信息流动非常有限。

企业在当地设立海外分支研发中心,突出当地市场导向,适应当地环境,提高市场敏感度,推动产品当地化,注重市场特殊性程度高于产品标准化,因为当地有效性比全球效率更重要。这是一种面向区域市场的做法。这种模式的优势是,对当地市场敏感,适应当地市场环境,利用当地资源;其弱点是效率低,在分布式创新中各研究开发部门间缺乏协调,重复开发工作多,没有技术焦点,容易造成管理上的混乱。

6. 复合式星型创新模式

在分布式创新中,大型企业或中心企业的总部为战略决策中心,研发活动分散,分支机构有较大自主权,正式与非正式沟通渠道并存。研发活动主要集中于国内,同时也存在从国外获取技术、寻求资源、拓展市场及支持生产等研发活动。设立研发指导委员会,进行项目协调。分支机构与总部信息双向流动,不同机构间的信息交流加强。招募当地人才,人才跨机构流动。

2.1.4　分布式创新网络构建的案例分析

1. 华为公司在国内拥有研发中心的子公司网络构建

在国内,以上海研发中心为主,包括深圳、北京、南京等多个研发中心从事 WCDMA 系统的研发,研发人员超过 2 500 人,其分布如图 2.3 所示。

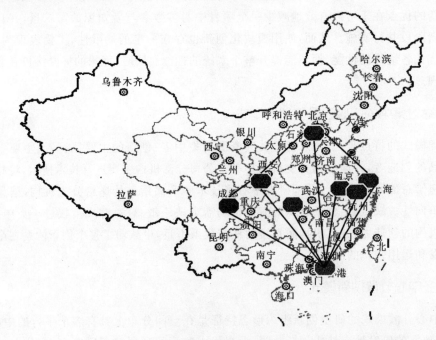

图 2.3　华为国内拥有研发中心的子公司分布图

2. 华为在海外拥有研发中心的子公司的创新网络构建

华为在海外有美国硅谷研究所和达拉斯研究所、瑞典斯德哥尔研究所、俄罗斯莫斯科研究所、荷兰阿姆斯特丹研究所、英国贝辛斯托克研究所、印度班加罗尔研究所、泰国曼谷研究所8家研究所,如图2.4所示。其中,华为将1/3研发能力用在3G技术的研发过程中,华为把WCDMA作为公司新的增长点,并要求华为全球研发体系都为WCDMA系统提供支持。华为在全球40多个国家和地区的市场分支机构和合资公司、研发体系都参与了WCDMA技术的研发,并依据各自的优势进行了明确的分工。美国硅谷研究所和达拉斯研究所主持WCDMA的芯片开发;俄罗斯研究所主持WCDMA射频技术开发;瑞典研究所主持WCDMA核心技术的开发;印度研究所吸纳当地的人才和技术,主持WCDMA核心软件的开发,其中85%的研发人员都是印度本土人士,攻克技术软件难题。

图2.4　华为海外拥有研发中心的子公司分布图

3. 华为与竞争企业和供应商的合作伙伴的网络构建

华为拥有一个分布式研发的网络,他的研发合作伙伴有竞争对手,也有供应商,为了推出GSM设备,华为与Texas Instruments,Motorola,IBM,Intel,Agere Systems,Sun Microsystems,Altera,Qualcomm,Infineon和Microsoft,成立了联合研发实验室。截至2005年6月,华为共有10所联合研发实验室。从1997年起,IBM,Towers Perrin,The Hay Group,Pricewaterhouse Coppers(PWC)和Fraunhofer-Gesellschaft(FhG)成为华为在流程变革、员工股权计划、人力资源管理、财务管理和质量控制方面的顾问。

2003年,华为与3COM成立合资企业,生产企业数据网络设备。2004年,华为与西门子成立合资企业,针对中国市场开发TD-SCDMA移动通信技术。2005年华为与沃达丰签署全球采购框架协议,正式成为沃达丰全球供应链的优选通信设备供应商。华为与Telefónica签署战略合作协议,Telefónica选择华为作为其在3G和宽带领域进行业务创新的战略性合作伙伴,同时双方还将携手拓展拉美地区市场。2006年,摩托罗拉和华为UMTS联合研发中心在沪成立。该合作旨在为全球客户提供功能更强大、全面的UMTS产品解决方案和高速分组接入方案(HSPA)。eMobile选择华为为其部署日本第一个基于IP的HSDPA无线接入网络。华为与3COM完成针对H3C的竞购。美国移动运营商 Leap 选择华为建设 3G 网络，该 CDMA 3G 网络将覆盖美国加利福尼亚州、爱达荷州、内华达州等重要地区。

4. 华为与大学、研究机构的合作网络构建

华为还与北大、清华、东南大学、中国科技大学、成都邮电学院、西南邮电学院、西安交大、复旦大学、华中科技大学等多家高校，就包括 WCDMA 在内的移动通信系统关键技术研究展开广泛合作。而且，华为在国内的研发中心与所在地区的大学进行合作研发，充分利用当地的人才、技术和资源。

华为在海内外的子公司分布、合作伙伴和合作大学研究机构等，组成了一个典型的分布式创新网络，如图 2.5 所示。

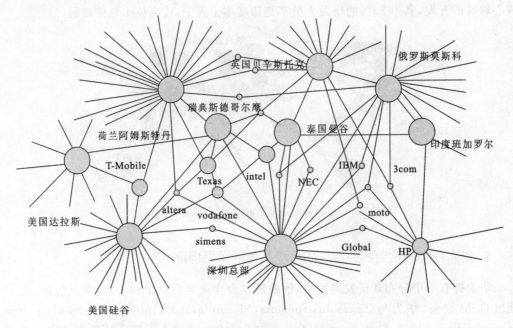

图 2.5 华为分布式创新网络拓扑图

2.2 分布式创新系统的组织环境

企业分布式创新系统直接或间接地受所处环境的控制和制约，如技术发展状况，一国的法律、文化、社会规范等。这些约束对企业的创新活动具有影响作用，作用于创新网络的形态和特性。分布式创新系统不仅是分布式创新网络内部不同组织间相互协同的过程，而且是它们与外部环境之间相互适应、相互作用的互动过程。因此分布式创新行为实际上是在各种制度及环境变量的约束下，各种组织为了各自的利益相互作用，创造新知识和新产品的过程。

分布式创新系统所面临组织环境可以分为技术支持环境、市场支持环境、资源支持环境、社会支持环境和制度支持环境。

2.2.1　技术支持环境

　　技术支持环境是企业从事技术创新活动所必须面临的环境是相关领域的科学研究、技术发展前沿、教育培训体系所构成的技术背景。一方面，它以不同的方式对企业分布式创新活动施加影响，主要表现为技术发展的水平和速度。企业所处环境的科技发展水平是企业创新的平台，企业自身技术的积累和发展是与技术知识环境相联系的，科技的迅猛发展使企业现有技术不断面临挑战，同时新技术革命为企业提供着越来越丰富的技术资源。创新成功与否是由技术自身和技术生存环境两个方面决定的。另一方面，企业通过自身技术创新直接影响创新环境中知识和技术的内容和性质。在分布式创新过程中企业不断地创造出新的技术，以多种方式形成其他企业的技术环境。

2.2.2　市场支持环境

　　市场既是创新活动的起点，又是创新活动的终点。市场环境是指所有能对创新活动构成影响的国际和国内市场因素组成的环境，包括市场需求、市场容量、消费结构、市场竞争结构等因素。

　　市场需求对创新有巨大的拉动作用，企业要根据变化的市场和技术创新出适合这种变化的产品。美国创新巨大的动力来自其国内庞大的消费市场，而日本和韩国创新的动力则来自海外市场，这充分体现了创新市场环境的国内和国际层次的激励作用。市场的消费结构对企业创新的类型选择有着引导性的作用。不同的企业面对不同的市场环境会有不同的创新产品选择和创新战略以及实现这些战略的方法组合。企业面对的市场是否有秩序，竞争是否公平，生产要素是否能自由流动对企业创新是至关重要的。

　　对于技术实力和经济实力雄厚的企业、企业集团或由企业组成的战略联盟，可以通过提高产品技术含量，加速应用新技术，迅速淘汰用户和市场中的老产品，来创造出大量的市场需求，改变企业的市场环境，支持企业的分布式创新。

2.2.3　资源支持环境

　　资源支持环境指企业创新所需的人、财、物等要素供给环境，它既包括自然资源和人力资源，也包括利用自然力创造的第二自然物——技术产品、资本和智力资源。企业在发展中会受到这种资源环境的限制和激励，从而确定与其相应的创新方向，生产出较多的物质财富和知识技术——更高层次的资源，改善资源结构从而在根本上改变资源环境，因此企业既是创新资源的需求者又是创新资源的提供者。

2.2.4　社会支持环境

　　企业创新除了需要适宜的技术环境、市场环境、资源环境外，在文化层次上，全社会创新意识的增强和创新能力的提高对企业的创新活动也具有十分重要的意义。

改革开放以来,尤其是社会主义市场经济体制的建立,加速了人们创新意识的增强。但保守的传统观念仍然存在,而且制约了人们创新意识的增强和创新能力的提高。针对这一现状,要确立经济主导型文化、竞争型文化的主导地位,为企业的创新创造一个良好的社会文化氛围。

(1) 创造良好的社会实践基础,是良好社会环境形成的前提。应抓紧经济、科技体制改革,将经济建设转移到依靠创新、科技进步的轨道上来,促使企业成为创新的主体。

(2) 冲破目前社会上存在旧的传统观念和习惯势力的束缚,加大创新宣传的力度、广度与深度,使创新意识深入到社会的各个层次,以实现社会价值观念的根本转变。

(3) 加快教育改革步伐,全面落实科教兴国战略。在各层次的教育中,包括各种形式的成人教育、专职培训等,均需贯穿创新意识的培养。尤其是高等教育,除了积极进行教学改革外,还应培养具有强烈创新意识、较强创新能力的高等专业人才与具备现代科技知识、经营管理才干的新一代企业家。只有通过各层次的努力,提高全民族的科学文化素质,才能深化创新意识,为企业的创新活动提供良好的社会文化环境。

2.2.5 制度支持环境

制度环境属于企业创新过程中的上层建筑部分,它包括有关企业创新的法律、法规、政策以及文化环境、价值观等。

在区域和国家层次上讲,一方面,一个国家的社会经济制度构成了其社会经济系统的主导框架,同时决定了企业的产权结构和经济制度等,创新所需的要素只能在某种制度下运行,并受这种制度的规定约束或促进,国家和地方政府层次的法律、法规、政策为企业创新提供有利的制度、税收、金融、财会、知识产权保护等支持环境。著名学者吴敬琏提出"制度重于技术",他说:"如果想要促进科技进步最有效的方法不是自己出马调配力量,确定重点研究课题,指导研究工作和安排生产运用,而是建立良好的制度,采取正确的政策改善自己的社会服务"。

另一方面,企业可以拓宽向政府提出制度需求的渠道,在自身利益与国家或地区利益不相违背的情况下,企业可以作用于制度环境,改善政策、法律、法规环境。例如,美国硅谷的高技术工业协会作为高新技术企业的代表,就在华盛顿发挥着重要的影响力。

2.3 企业分布式创新系统中的知识转移

知识一旦被创造出来,就可以被多人或多个组织共同拥有,也可以在任意时间内被人重复使用。知识共享的越多,知识的效用与价值就越大,知识在交流与共享中就能够得到更大的发展。对企业而言,只有通过知识转移,将员工头脑中分散的知识和经验整合在一起,才能形成企业的集体智慧,才能提高企业知识的利用效率、提高企业市场的能力和企业内部和外部知识创新的能力。知识在企业分布式创新网络中内外运动和整合的过程,即在分布式创新系统中知识转移的过程就形成了企业分布式创新过程。

2.3.1　分布式创新系统中知识分布特点

1. 交互性

知识的交互性是指在研发人员之间积极开展交流与合作,使个体与组织中所具有潜态知识逐步开发转化为显性知识,最终整合形成新知识体系的过程[126]。分布式创新网络是知识密集型的网络,它把不同专业特长的知识工作者凝聚在一起,是成员之间知识的交互性间接增长的一个有效载体,为知识体系的创新性改进与团队目标的实现提供了可能。这一过程中知识的传递与扩散交错在整个分布式创新网络之中,并相互影响和碰撞,这样,创新和增值的机会大大增加。分布式创新网络中的构成成员通常在不同的知识领域具有显著的核心能力或知识优势,成员单位之间的核心能力或知识优势的差异性正是分布式创新的组织基础。分布式创新网络中成员单位具有知识个性化和经验性的特征,每个组织成员的独特的和难以模仿的知识,通过现代信息技术的平台进行交流和共享,在整个分布式创新网络中形成了互动的知识网络。因此,知识的交互分布是分布式创新系统中知识分布的基本特征。

2. 共享性

知识的共享性是指在组织平台上,分布式创新网络中成员都拥有隐性知识和自身的核心能力,在激烈的国际、国内市场竞争中,成员间通过资源共享、优势互补,形成一个具有共同利益的动态联盟,以获得知识技术的创新能力,并以此增强企业团队的竞争优势。分布式创新网络的自有知识一旦形成,基于必要的信任机制,在分布式创新网络内部扩散、转移知识,并经过知识流程的循环和增值,迅速延展出相关领域的其他知识,从而形成组织的专有技能,进入下一轮的循环。这样不断进行知识共享循环,构成了分布式创新网络中有效的知识共享机制。可见,分布式创新系统的知识分布具有明显的共享性。

3. 整合性

通过知识的转移与共享,分布式创新网络内出现了大量各种类型的新知识,并和原有旧知识交错混杂在一起。知识整合的目的就是将所有零散的知识、新旧知识、显性知识和隐性知识经过提升,发挥最佳的整体性能,提高以后知识学习与创新效率。知识整合不是简单地把企业内所有知识进行集中,而是要能动地促进整个企业内部和外部网络知识的优化配置,从这个意义上来说,知识整合是一个动态的实践过程。分布式创新网络对其内部和外部的知识进行重新整理,使之有机融合在一起,这种条理性和系统性的行为,是对企业分布式创新网络中知识的更新。从这个角度上讲,分布式创新系统的知识具有整合性特征。

2.3.2　分布式创新系统知识转移的主要模式

目前理论界对知识转移模式的研究,基本上分为三类:知识转移的螺旋模式、知识转移的结构模式和知识转移的交流模式,分别从知识的特性、知识的结构及知识交流过程等方面进行分析。总体来说,分布式创新系统中知识转移的主要模式也围绕以上三种模式进行。

1. 知识转移的螺旋模式

日本学者 I. Nonaka 所提出的知识螺旋模式,现已被广为采用[127]。他首先提出了组织学习的螺旋概念,取代了信息加工过程的观点。他针对日本企业的研究表明,信息加工观点对于企业知识生产过程的解释,无法回答在这个过程中知识究竟是如何创造和产生的。

企业如果希望获得知识的收益,必须使知识在 4 个模式中进行动态的转化,通过知识在组织不同层级的转换完成了学习的循环。

螺旋模式的 4 种转化形式分别如下:

(1) 知识的社会化。这种形式是从隐性知识到显性知识的转换,这种转换发生在个人层次隐性知识的分享过程中。社会化是指个人所拥有的专门知识、经验能够被其他人所获得、理解和掌握。

(2) 知识的组合。这种形式是从显性知识到隐性知识的转换,把个人所掌握的显性知识加以组合后,通过对显性知识的分类、添加、再分类以及情景再现,产生更为复杂的新知识。

(3) 知识的外部化过程。这种形式是从隐性知识到显性知识的转化,通过外部化对隐性知识进行解释、阐述,形成可以交流的知识。没有外部化的过程,知识分享是很难做到的。

(4) 知识的内部化过程。这种形式是从显性知识到隐性知识的转换。知识的内部化是通过反复的尝试、犯错误,最终产生新的具体的知识概念。在这个过程中,显性知识经过不断的转化,其间有组织互动、尝试、犯错误、修正错误的过程,最终演变为隐性知识。

2. 知识转移的结构模式

知识转移的结构模式是由 N. M. Dixon 提出,她的贡献在于识别了知识存储的私有知识结构、开放知识结构和共有知识结构三种不同内涵结构[128]。私有知识结构代表了知识中被保留起来不愿意与分布式创新网络其他成员分享的那一部分;开放知识结构是知识中可以与分布式创新网络成员分享的部分;共有知识结构代表分布式创新网络能够顺利、协调地完成工作所必需的观念、战略、规程等知识。

在知识转移的结构模型中,Dixon 着重强调分布式创新网络中学习循环的形成,她指出分布式创新过程是通过促使知识的私有结构向网络成员开放完成的,私有结构的开放,使得分布式创新网络中的成员明确掌握哪些知识,什么人掌握哪些知识,以完成成员间的知识互动。同其他转移模式相似,知识转换的结构模式也强调分布式创新网络内部和外部的知识转移,知识共有结构的开放,可以促成组织学习的第二级、第三级循环的完成。这个循环包括知识的产生、整合、解释及实践过程。由此可见,结构模式与知识转移的过程模式十分相似。

知识的产生既可以来自分布式创新网络内部,也可以来自网络外部;知识的整合,则是指知识向接收者转移或传递的过程。由于私有知识结构的存在,在组织的知识转移过程中,经常会发生知识黏滞现象。由于组织成员无法完全理解另一个成员所有知识的情景,因而无法通过情景再现完成学习的过程。事实上,由于各种原因,网络成员中少数掌握关键知识的拥有者往往不愿意把私有知识向分布式创新网络转移。知识的整合与解释过程就是设法将隐性的知识公开化,变成群体或组织共同拥有的知识。

结构模式知识转移的最后一个过程是知识的应用,在这一阶段,强调分布式创新网络中成员判断力的培育,只有具备足够的判断力才能够应用知识,对知识进行识别、筛选和存储。

在知识转移的结构模式基础上,Dixon 将知识移转的途径按照知识属性分成连续性转移、差异性转移、相似性转移、专家转移和战略性转移 5 种类别[129]。

连续性转移是指个别成员的私有知识,向分布式创新网络开放并移植到组织或群体的公共空间中,再经过知识整合,成为网络共有知识的一部分。差异性移转多属于双向的经验交换,转移的知识大多是嵌入在隐性规程中的隐性知识。相似性移转强调知识转移中授受双方所具有的相似性,多指工作和背景的相似性,这些属于显性知识的转移。专家性转移主要是在完成难度较大的技术活动时,知识转移所需要的知识超出参与者的知识范围,需要借助外部专家的帮助,咨询专家通常扮演这一角色。战略性移转则指在完成非常规技术活动时,需要有相对经验的人员从事知识转移活动。这种非常规任务往往与网络的战略有密切的关系。Dixon 对转移类型的划分,说明了知识转移中技术知识的来源和技术授受双方的关系。

3. 知识转移的交流模式

无论是 Nonaka 还是 Dixon 的研究都没有明确地指出知识产生和知识转移之间的区别。而知识转移的交流模式,是将技术知识的转移过程视为经验传递的过程,而不是一个简单的知识扩散过程,主要从知识转移的交流过程进行分析。知识转移的交流模式,是以信息扩散的观点看待知识转移过程。交流模式的基本要素是知识源、知识授受双方以及交流过程(包括转移的知识和渠道等)。G. Szulanski 将整个过程分为起始阶段、实施阶段、调整阶段、整合阶段 4 个阶段[109]。

交流模式强调知识转移的嵌入性,在分布式创新网络中,转移的起始阶段包括所有能够带来知识转移的活动。实施阶段是知识在授受双方之间交换,需要在双方之间建立可以满足知识转移要求的转移渠道。当转移的知识投入应用时,就进入调整阶段,知识受方将根据需要对所转移的知识进行调试,以适应新的环境。在知识的整合阶段,新的知识将作为标准被采纳,成为网络自身知识的一部分。

M. Gilbert 等人提出的知识转移 5 阶段模式与上述知识转移交流模式类似,将分布式创新网络中知识转移过程分为取得阶段、沟通阶段、应用阶段、接受阶段及同化阶段[130]。取得阶段是知识转移的开始;沟通阶段强调建立有效的沟通机制;应用阶段是通过反复地组织学习完成知识的转移活动;接受阶段则是强调企业在对知识进行整合、改造前,必须使网络中的员工接受新的知识,才有可能将新知识同化到网络的知识体系中。在企业获取外部新技术的过程中,Gilbert 指出知识转移的各阶段不是静态的过程,而是一个循环往复的学习过程,是个动态变化的过程。

2.3.3 分布式创新系统中知识转移的障碍

知识转移过程,是知识从知识源向知识受体传递的过程,涉及的要素有转移的知识、知识源、知识受体、知识源与知识受体之间的距离 4 类。知识源是要转移的知识的拥有者,知识源的转移意向、保护意识、对知识受体的信任程度都会影响到知识的转移;知识受体是转移知识的接收主体,其吸收意识、吸收能力和知识挖掘能力将影响到知识转移;知识源与知识受体之间的距离有三层含义:①文化距离,即合作双方之间的文化差距;②两个组织之间的空间距离;③知识距离,是指知识源与知识受体在知识基础上的距离,转移的知识及其性质的主要影响因素有知识的复杂度、形态、专用性、数量。总的来说,在企业分布式创新系统中,主要受以下 4 方面因素的影响。

1. 知识源对知识转移的影响

知识源把知识转移给知识受体的意向越弱,越不愿意把知识转移出去,保护意识与转移意向相关,知识源的保护意识越强,就会有更多的知识不愿意转移给知识受体。对知识受体的信任程度,即把知识转移给知识受体,而知识受体用这些知识创造价值后,知识源能否从中按照双方约定受益,也是影响知识转移的重要因素。知识源对知识受体的信任程度越低,不愿意转移的知识就会越多。知识源的转移能力也会影响到知识的转移,在转移知识的过程中,知识源的角色不只是教师,而应该是教练,优秀的教练应该能够手把手地训练知识受体,根据知识受体的特征对知识进行适当分解,以合适的方式转移知识,因此,在分布式创新系统中,知识源的转移能力越强,转移就越容易。

2. 知识源与知识受体之间的距离对知识转移的影响

知识源与知识受体之间的知识标准和体系具有极大差异。文化距离和价值观差距会影响知识转移,例如,企业不太讲究技术的先进性,实用、低价、可靠是追求目标,而大学和研究所往往追求技术领先,这种价值观的差距会影响到双方合作,从而影响知识转移。一般的情形是,在分布式创新系统中,知识源与知识受体的知识距离越大,知识越不容易转移。

3. 知识受体对知识转移的影响

知识受体的意识主要是其知识吸收意识,即知识受体是否存在明确的从知识源汲取知识的战略意图、知识受体的具体参与人员吸收知识的主动程度。特别是在产学研合作中,有时合作的企业把目标仅定在完成合作项目,不想自己掌握知识,造成知识完全没有转移。一般说来,知识受体的知识吸收意识越薄弱,就会有更多的知识难以转移。知识受体的吸收能力也会影响到知识的转移,知识受体吸收能力越弱,能够转移的知识就越少。

知识受体的挖掘能力是指它挖掘知识源拥有的知识的能力,这种能力可以使知识源更愿意转移知识,也能以更合适的方式转移知识。

4. 知识本身对知识转移的影响

知识的形态是指知识的存在形态。一般来说,知识的存在形态可以分为两大类:①显性知识,这类知识可以以编码的形式存在,即可以用图形、文字、符号等来表达,这类知识容易实现文档化,可以通过文档的转移实现知识转移;②隐性知识,它们难以用编码的形式表达出来,存在于知识拥有者的头脑中,常体现为技能、技巧、经验等,这类知识由于难以表达,因而也难以转移,是知识转移的难点。

知识的专用性指的是知识对知识源的依赖程度,即这些知识只对知识源有价值,一离开知识源,价值下降的程度就比较大。转移知识的数量也会影响知识的转移,显然,转移知识的数量越大,转移越困难。转移的知识复杂度越高、以隐性知识形态存在的知识内容越多、专用性程度越高、数量越多,知识转移的难度也越大。

随着知识生产过程复杂性的增加,知识类型更趋于隐蔽,就需要更高层次的交流技巧。训练团队成员提出建议和质疑的技巧,能帮助他们学会给出结论背后的理由,学会检查自己的假设,学会质疑其他人的假设并对自己推理中的错误保持开放性。这一模式长期以来一直与组织学习理论相辅相成,被证明是处理人类记忆的不可靠性和如何在数据不足的情况下推出结论的有效方法[85]。

2.3.4　分布式创新系统中知识的整合与共享

1. 企业分布式创新系统中知识的整合

企业在技术创新中重点是信息的获取、处理、储存以及学习如何在企业中发挥作用。I. Nonaka 提出了知识创造理论,重点是知识转移的两个维度,隐性和显性知识之间的动态相互作用。Spender 提出了一个"知识生产和应用系统"。换句话说,企业既参与知识创造,也参与知识应用。一些个体长期专注于特定领域,其专业化知识可以提高知识创造或获取的效率。为生产商品及服务,技术知识需要整合,转化为专业技术知识。因此,在企业分布式创新系统中,对于知识的整合:①企业最根本作用是整合个人专业知识(企业能力的创造);②公司能力是按照公司整合知识范围进行层级式构建,有效地创造和管理更广泛范围能力,要求知识范围及管理与整合所需结构相适应,因此分布式创新有特定结构;③关于整合机制,两个主要机制是方向(范围、趋势)和惯例。就范围而言,随着活动复杂性、执行活动地点、数量以及执行严格性的增加,需要知识范围增加,在常规情况下分布式创新跨越了多个地点、涵盖各国文化和制度以及跨国公司政策和程序,甚至它的非正式规范能控制和指导公司行为。分布式创新的优点是节约通信,并允许对不断变化的情况产生灵活反应;④对企业技术知识结构的整合,以研发为背景的创新比较适合处理技术知识整合问题,采用新产品是新知识与现有技术知识(组合)结果的视角,Iansiti 引入"由一系列知识建设活动组成"的技术整合过程,并在此过程中探索、评估和改进新概念,以提供产品开发基础。他提出,因为新老技术知识之间关系的管理需要组合不同来源的科学信息,这是一个整合的过程。这意味着,它是基于现有整个系统范围的技术知识基础、以系统为重点的过程。因此,从技术知识结构视角,对企业的知识进行整合,不仅是关于产品物理结构的问题,更强调专业技术知识和组件设计之间的联系。产品不应简单地作为部件聚集,而应该是作为复杂技术知识系统的综合结果。伴随着新的和现有学科专长之间的关系转移,研发任务中的关键"体系结构"影响着产品技术知识的基础。随着时间的推移,企业的技术知识基础和信息处理能力必须适应其研发活动结构。在技术整合过程中技术知识如何得到管理取决于技术知识基础的演进。技术管理的重点是整个技术知识基础的结构或潜在要求。

2. 企业分布式创新系统中知识的共享

(1) 对于作为程序知识的企业惯例。根据演化理论的认识,程序知识主要是适合于执行程序的技术知识。程序可具体体现如何执行特定的研发任务的科学信息,以及行为或贯彻行为的综合规则。从演进角度来看,公司的技术知识储存在其工作及作业程序中。企业程序是企业的技能,它们是"经常的和可预测的行为模式",能区别于其他"稳定的、继承的和选择性行为"。通常,程序是"活动模式",一个"过程"和"组织执行"企业程序体现为企业能力或技能。企业与个人的技术知识之间有明显区别。企业技术知识不仅仅是个体技术知识的聚合,更是基于经验共享的增加价值。经验共享是个体与企业技术知识之间区分的重要因素。企业技术知识产生于人们转移、共享和贡献知识,以及在研发活动中他们之间解释科技信息或技术知识的相互作用过程。企业内部技术知识共享(各个附属单位、公司之间共享)描述为组织学习,或表现在企业内部参与一个研发项目的人们从另一个研发项目获得技术知识。但在单位之间复制程序(即内部复制问题)有时候比较困难,称为转移的"内部黏性"。

(2) 对于作为公开技术知识的企业资产。技术知识资产存量通常可以描述为说明性技术知识。个人和团体专业知识(尤其科学或技术专业)本质上是"事实知识"。按照资源基础理论观点,技术知识是一种资产,取决于个人和群体的专业能力。当技术知识资产是隐性的、复杂的和属于大系统的要素时,它们不容易被模仿。那些涉及企业以智慧方式实施技能的能力,可以成为可持续优势的来源。对于在智力资产上竞争的企业,在跨国公司和多单位企业中不同技术和地点之间的知识共享非常重要。跨单位的协调是必要的,因为许多能力是分散在不同子单位之中的。因此,为实现技术知识的利用和积累,企业需要与分布式创新网络中的子单位进行知识和科学信息的共享,建立有利于知识和科学信息内部共享的安排或机制。

(3) 对于企业作为技术知识的集成者。从以知识为基础的观点分析,企业的主要作用是整合专业知识。其前提是,在科技信息转移和集成方面,以及在理解跨国公司研发中内部技术知识共享的重要性方面,公司比市场更有效。企业整合知识的效率是基于它在何种程度上能够"获取和利用储存在个别成员的专业知识",这取决于两个因素:整合机制的效率,以及知识能力运用的程度(范围、深度)。例如,实施软件外包的企业(包括直接采购和定制),积极协助整个企业的不同地域和技术专业的研发人员分享科学信息。长期以来,跨国公司一直在努力发挥技术知识的杠杆作用,以充分发挥分布式创新的优势。

2.4　企业分布式创新系统的知识网络构建

顺畅的知识转移和共享对企业分布式创新的成功具有重要意义。因此,构建分布式创新系统知识网络,对于促进企业分布式创新系统创新能力,促进分布式创新的组织和运营也具有重要意义。越来越多公司认识到了知识网络重要性,但他们对如何构建知识网络认识不足。不知在网络构建过程中究竟是哪个过程发挥最根本作用。通过调研大量国内电子通讯和汽车等技术密集型行业大型企业成功网络,我们发现必须注重具有较普遍性的4个关键阶段:战略业务/公司优先权,网络背景关系,网络活动常规化和网络成果。

2.4.1　聚焦战略业务

如同每一个新概念,知识网络因为不容易控制而在一定程度上受到质疑。我们调研发现,当网络活动紧密联系企业战略重点或企业运作背景时,网络活动得到广泛认可并产生最佳效果。企业需要围绕这些战略重点创建网络成员之间的连接。该阶段包括以下三个重要方面。

1. 围绕"重要问题"

所谓重要问题是指确保围绕企业战略重点构建知识网络。在东风汽车有限公司,"科技俱乐部"是一个运行中网络成功案例,它用于应对公司转移到汽车平台结构业务过程中出现的挑战。虽然从生产周期和研发成本角度,平台概念产生了重大收益,但同时它也带来了问题:缺乏供应商关系协调,本质上相同的多个规格零件,通信不畅,吸取的教训无法交流。按照产品开发过程主要原则进行组织,"科技俱乐部"成功地克服了这些困难,如车身、底盘、动力系统、能源管理等出现的问题,促进分享不同平台间的经验教训,并记录在知识工程手册。每个结果都代表了东风汽车公司关于具体工程问题的最先进知识。俱乐部中最佳实践网络采用密切联盟形式,围绕有效平台管理以保证继续关注并支持高层管理人员。此外,员工认为出席俱乐部高技术会议是自己工作中有价值的网络活动。

以上最佳实践网络分析表明,为保证正确的人相互连接去解决潜在技术问题,网络需要技术和社会的两种技能。

2. 确保管理支持

网络聚焦点和它争取管理支持的能力之间存在直接联系。对于围绕重要问题开发的网络,人们容易理解为花费的时间和参加网络行动。研究发现,以共享和利用组织知识为目的,最佳实践网络必须明确得到管理支持。这并不一定要求每个网络有高层管理团队,而是网络确实需要相信网络能建立组织相关技能的一个管理成员。然后,这种信念转化为培育网络成员间现有关系的健康氛围或促进人们建立新联系。

经理人用不同方式鼓励人们加入网络。他们为员工参加网络活动预留一定时间,便于人们学习业务需要的技能和知识。他们也可以提供维持网络正常运行资源,例如建设信息和通信技术基础设施。在实践中,为确保最佳实践网络得到管理支持,多普达公司对每一个执行委员会成员提出工作要求,此外还有其区域责任和网络主管,例如负责生产设施的技术服务网络。

3. 创建链接

当潜在伙伴之间围绕重要问题建立连接时,这就种下了网络活动种子。与传统智慧相反,识别组织中某人具有特定专长不总是轻松的任务,其复杂性与规模呈指数上升。"如果只有杜邦知道杜邦知道什么"是典型悲哀,(跨国)公司行政人员越来越多地认识到这个问题。因此,第一步是建立潜在网络成员之间联系,获悉对方存在和(共享)利益。因此,他们可以粗略评估网络成员能得到的利益和可达到网络成员的临界规模。

同样,聚焦紧迫问题显然有助于初步建立网络连接。在重要问题上有共同利益,构成了各个单位和关键人员参加网络的基础。随着最佳实践网络启动,制定了聘用顾问合同和使用质量标准的原则,让其他管理者更乐意使用顾问。

2.4.2 创造网络背景关系

知识网络实质上形成了与传统职能部门、生产群体或业务单位的并行结构。为让知识网络作为组织中的生产环境得到认可,网络协调者必须用心创造分享知识的网络关系。这包括通过培育信任关系在网络范围内建立有效合作基础。该阶段包括以下三项主要内容。

1. 建立共有知识

初建网络面对的困难是理解不同组织成员中的多样性关系。虽然他们工作在一起,但通常来自不同地点。没有关于知识产生及保持其真实性的背景知识,人们很难明白在网络上共享的知识。这种知识运用在另一种环境下时,人们需要了解"发生"和"接收"背景之间的差异。换句话说,需要"共有知识"。共有知识特点是共享经验或密切相互理解各自有关背景。

Holcim 的"电学家圈"网络是很好例子。为了使世界各地 Holcim 工厂的车间电工共享经验,网络领导者决定在不同工厂轮流举行三天会议,包括参观工厂和演示各个地点遇到的问题。经过亲自了解同事工作前后关系的不同情景,这为网络成员创造了相互了解的知识。使他们对差异工作环境更敏感,学会了采用一种有意义的方式识别共享问题、交流环境和个人经验。通过这种方式 Holcim 启动了网络中知识转移活动。

2. 选择适当的沟通机制

选择沟通形式是整个网络生命关键环节。传统思考方式是提供远程访问的通讯技术，如内联网、电子邮件、网络会议和电话会议，而网络的沟通形式是巧妙地选择不同通信工具，最大程度上适应特别沟通情景要求。

在建立互信、解决复杂问题或便于快速互动方面，不同通信机制的长处有所不同。有效的知识网络应当自觉地因不同目的而选择不同媒介。在网络发展初期，为便于大家相互熟悉、敏锐地发现不同关系的重要性和树立信任关系，潜在网络成员的面对面会议应该占主导地位，而在随后的交流中，电子邮件和电话会议等其他媒体，变得更为经常使用。

关于虚拟知识团队研究，成功的虚拟团队根据任务的复杂性和相互依赖性选择沟通媒体。例如，复杂任务特点是讨论问题多，关系信息量大，以及跨文化、组织或专业边界。需要"更丰富"媒介以便通过多种感官反馈，如肢体语言或语气。同样，较高程度的相互依赖，如取决于其他任务全面完成之后才能执行的任务，应该采用更丰富和更加互动的媒体。

3. 建立互信

建立互信是网络内部产生知识的基础。在一般意义上说，信任有助于加强和改善项目合作伙伴之间的关系。接受其他网络成员贡献及建议的前提是信赖每个人专业长处。为克服信息屏蔽墙，信任需要以隐性知识形式从一个网络成员传递给另一个成员。此外，由于兴趣和技能相似，网络成员往往在网络之外更加激烈的竞争环境下相互影响。

网络中信任不是天生就有的，构建网络信任需要经过成员反复互动，让成员判断他人可信性。东风公司 R&D 网络就是很好的例证。当来自不同工作地点的网络成员互相交流时，他们主要使用电子邮件。因几个关键负责人认为任务没有完成，人与人之间的冲突出现。只有当他们见过面，相互认识并理解对方每一个人的技能和行为之后，才能建立互信。创建良好第一印象，建立最高水平的信任预期是有效网络的关键成功因素。

2.4.3　惯例化的网络活动

由于网络成员之间的联系比较松散，我们经验表明一定程度的网络日常活动是达到有效交流和参与的重要环节。维持稳健的节奏至关重要。此外，在一些公司里，网络仍需努力辩解"辩论社会"不良印象。为了证明网络存在和贡献，网络需要能够不断地展示自己的成果。其中，定义网络角色和构建网络推动力是重要两项内容。

1. 定义网络角色

正如组织中的任何群体，网络要求随时间推移形成一套不同角色。我们在有效网络中观察到 4 种典型角色模式，它们系统地提供网络骨干，见表 2.1。

表 2.1　激活知识网络角色

网络角色	主要责任	谁来负责
协调人	识别和连接成员； 组织、解决纠纷	强烈动机的个体； 感兴趣特定话题； 来自组织的任何部门
支持	提供特定资源（如 IT 和沟通媒介）； 协助协调人和网络成员； 提供持续指导	公司员工（如人力资源或 IT 部门）； 专注于大范围沟通员工
编辑	验证各种关系； 综合和整合	关系管理专家
发起人	提供资源和认可； 指导长期战略配合	高层管理者

　　网络协调员在大多数社区里发挥关键作用。协调员是网络的主要组织者，活动主持人，是调解纷争专家和活动动力源。协调员定期评估网络健康状况，发挥连接网络成员的催化剂作用。正如施乐公司的一位网络协调员所说的："我尝试识别紧迫问题和致力于作为一个结网者。"当施乐公司为其技术研究部门开始建立网络时，每个网络由一名公认的工程师领导，并担任协调员和每年一般花费 3～4 个星期维护网络。

　　协调员获得不同形式支持结构的协助，其最简单形式是一个行政助理处理网络的业务活动。该助理职能可包括组织和发布网络成员生产信息，其工作内容类似图书管理员，维护网络数据库和内部网站以及安排和组织网络会议。有了这种支持，协调员可以投入更多的时间来发展网络，而不是维护网络。在网络初期阶段发展网络活动非常关键。在处理网络方面具有丰富经验的公司通常支持功能型专家角色。

　　在大多数情况下，高效网络依靠一个或较多核实网络工作内容的编辑。施乐尤里卡网络（Eureka network）有一个周期性地检查网络知识基础的高级专家小组。在西门子全球 ShareNet 网络，编辑向当地 ShareNet 经理提供支持，同时确保综合分析来自全球的大量本地信息。

　　最后，发起人角色利于网络得到最高管理层支持。他主要是通过协调员与网络保持联系、审查网络活动和协助网络与公司/业务战略保持一致，同时确保需要时提供必要支持。但发起人不是网络的一部分。

　　2. 构建网络"推动力"

　　与工作单元很多标准化不同，网络通常要处理关于它们目标、工作程序和成员承诺的很多歧义。施加给网络的暂时节奏能产生非常需要的稳定要素和为网络活动带来一些惯常的程序。网络"推动力"（heartbeat）包括定期面对面会议或几种联系方式的组合。通过研究道琼斯化工公司的有效研发商机网络（business-opportunity networks），我们认为每星期一从 10 点到 12 点的 NetMeetings 是推动力之一。构建推动力的关键点是用预先确定稳定的节奏驱动网络活动。

2.4.4　利用网络成果

除维持网络动力之外，推广利用网络知识成果是持续知识创造的另一重要环节。该阶段的重要目标是展示网络具体成果。

为实现这个目标，人们并不总是需要控制网络。由于网络至少是部分的基于自我选择、相互支持和多向交换，它们比传统组织形式更难以引导。但是，这并不是说他们不能受益于管理引导。管理者可以通过提醒网络成员注意具有重要战略意义的敏感问题，使他们更加容易地召开会议、支持成员活动和充分利用其结果。

为了促进成果在分布式创新网络中转移，成果需要表明能服务于组织。西门子ShareNet 事例说明网络对公司工作具有广泛影响。最初，由信息和通信网络部门一小群人创建了帮助国内各地区分享知识的专业学习网络。当以电子为基础的 ShareNet 工具应用到医疗设备部门，其知识网络发展成为商机网络。现有产品是适应医疗职业需要，由此产生开发 KS@Med 作为一个内部知识共享平台。尽管需要进行一些修改，例如KS@Med的内容结构必须改动，ShareNet 的大部分如"分享和成功"激励理念，完全复制了 ICN ShareNet。ShareNet 的成功证明了需求的普遍性，西门子最终把它作为独立业务分离出去，成了一个新公司。后来，ShareNet 成为公司核心产品之一。

网络成员有责任积极地向更多的组织转移他们知识。因为管理者感兴趣解决紧急问题的网络成果，没有必要对其进行积极的市场营销。但对于管理者不容易关注群体成果的情况，他们必须将向组织成员积极营销其成果纳入重要计划。

通过以上分析，在整个建设网络的 4 个阶段，最重要因素和最难执行的是展示知识网络的具体成果。网络可以提高效率，促进创新及维持员工忠诚度，但不能担保得到这些结果。网络的主要焦点是快速产生具体成果。促进网络手段是指管理各种关系，而不是所有过程细节。这可能涉及放弃控制和接纳一些非常见的个性化要求，只要有信心，成果将超过投资。为取得更重要成果的这种潜力是基于组织通过开发新技能和知识的持续创新能力，即构建网络能力过程本身。虽然致力于更多短期创新和增加效益是成功的前提，但从长期来看只要管理者愿意承担一定的风险，知识网络能够产生难以模仿或复制知识积累和组织惯常程序，从而形成可持续竞争优势的基础。

2.5　企业分布式创新系统的技术支撑

2.5.1　分布式创新系统的技术创新平台

技术平台是企业间或企业内网络系统的基础设施，用于分布式创新过程的组织和协调，其特点是复杂程度高、体系劳动分工等专业化能力要求高。技术平台履行分布式知识静态和动态的协调。从静态角度,平台连接和整合在某一行业内专业化企业的活动和能力,支持开发企业网络内现有的知识,强化在更高的效率和生产率条件下专业化和分工效果。从动态的角度看,平台是开放式体系结构,通过融入新角色,支持网络结构的变化和系统中产生技术知识。有利于新角色进入和融合,是网络本身新的竞争能力。Pete Fraser 从 2004 年开始进行一项题为"快速分布式创新"的课题研究,它的主要目的是探索加速分布式创新进程的主要影响因素,特别是在分布式创新网络条件下如何加速和优化新产品大量上市的时间(time-to-volume),以及研究如何最大限度地利用分布式创新所提供的服务机会[131]。

在分布式创新平台中要注重两个问题。一个是分布式创新的创新源和知识创造。知识和创造力的来源在组织边界之外。通过技术平台,建立成员之间的便利的网络连接。内部互联网内的任何个体可以探求、调查组织问题,进而以他们团队或部门目的出发考虑内部互联网络的创新。更重要的是,创新过程是一个进化的知识创造过程。分布式创新包容多样化成员,把他们多样性的观点作为创新思想来源。另外,分布式创新采用选择机制,即把有潜力的观点和创新拿到小组讨论。通过批评讨论,产生下一步的开发目标或终止潜在创新,这都意味着质量改进。另一个是创新共同体的构建。它是分布式创新的管理控制机构,能够使有序与混乱的创新秩序达到一个平衡。创新共同体作为复杂的适应系统,不断改变其结构形状,发挥吸引和选择功能。它既不封闭也不完全开放。这种应急系统有自组织能力和进化成更高层次秩序水平,既复杂又稳定。

2.5.2 分布式创新工具 Laboranova 创新平台及其分布式创新方法

为加深对分布式创新平台的认识和理解,项目组人员多次赴德国不莱梅大学、哥廷根大学进行了学术交流,并与不莱梅大学 BIBA 研究所建立了良好的合作关系,并应邀参加了由其主持的欧盟第 6 框架计划项目资助的创新平台(Laboranova)项目的验收演示,Laboranova 创新平台是一种新颖的分布式创新实践方案,是欧洲在分布式创新实践方面的有益探索,也是一种有力的分布式创新工具。

现有的协同创新工作环境(collaborative working environments,CWEs)主要集中在通过利用 IT 技术平台按照传统的线性工作流程进行计划、安排和执行任务。当项目被定义以后,这些线性工作流程才能开始;但创新战略或模糊前端等方面,很少涉及现有的合作平台,为了实现持续的战略创新、从而创造持久的竞争优势,企业需要增加进行开放性和非线性问题的解决能力,包括在知识丰富的环境中进行广泛的分享,这必须是在下一代 CWEs 的支持下完成,这反过来又要求新方法用于管理知识转移、社会动力以及包括创新模糊前端在内的定义过程。Laboranova 正是为支持创新的模糊前端工作而开发的第三代协同创新工作环境(CWEs)平台,与传统的基于计划-安排-执行这一线性工作流的信息化平台相比,Laboranova 将创新的构思、联系与评价三个阶段与领域的工具整合在一个协同创新软件平台下,以支持知识工作者与专业人士在团队、企业与网络范围内系统化地共享、改善与评价创意。这一工作将改变现有的技术与社会网络等方面的合作，改变知识工作的方式，并将大大提升企业的创新成果与绩效。概括起来，Laboranova基于因特网将分散于世界各地的专家、不同领域的工作者的创意集中起来，通过对专长、领域等方面的加权对创意进行评价选择，从而实现创新。目前这样的整合性的创新平台尚属首例，它从创新方法的平台化、软件化角度提升创新水平，对我国企业的技术创新方法建设具有很大的借鉴意义。Laboranova项目的网址为http://www.laboranova.com/。

1. Laboranova协同创新工作环境平台概述

Laboranova是欧盟第6框架计划项目下的一个集成项目（integrated projects，IP），目的是为战略创新提供一个协同创新环境，具体而言是提供一个信息技术工具集以支持创新的模糊前端阶段。Laboranova平台建设的出发点是使知识工作者们在团队间、企业间与网络内系统地进行创意共享、改善与评估，从而提升组织的创新产出。该平台主要用于解决和处理战略创新中的创意、联系与决策三个方面的重要工作。

（1）战略框架与创意。公司需要创意工具、程序来支持知识工作者广泛地参与非线性战略对话，处理和整合不断变化的客户需求以及不可预见的技术可能性和临时的商业机会。

（2）跨界合作。为了加快破坏性创新的产生，企业需要积极地促进知识工作者进行广泛的联系与合作，从而不断提升他们的技能并形成新的创意。

（3）决策支持系统。企业需要能非常敏捷地给出有效并可靠反馈的评估与决策工具，做到基于大量知识基础提供最佳的行动创意。

通过集成在一个平台所产生的技术和方法，Laboranova将促进系统的组织变革，提高团队协作和网络的多种创新成果。Laboranova的组织与工作关键要素如图2.6所示。

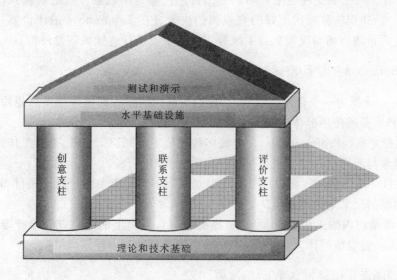

图2.6　Laboranova的组织与工作关键要素图

2. Laboranova 的三个战略创新支柱

Laboranova 包含创意(ideation)、联系(connection)、评价(evaluation)三个重要的战略创新支柱,即通过真正的能够提高认知能力的协作工作流程来改善创意,与周围最佳的人联系并利用他们的能力,运用市场预测和决策支持系统不断地评估想法。受先进的游戏式方法的影响,三个战略创新支柱将会实质性地改善协同合作的工作流程,将三个支柱结合起来并加以整合,通过适当的基础设施一体化方法的运用,将不同的应用程序集成到一个共享的协同创新平台(collaborative innovation platform,CIP),从而开辟了下一代战略创新协同工作环境,可以毫不怀疑地说,Laboranova 将改变未来知识工作的方式。

(1)创意。Laboranova 平台的第一支柱是探索系统的工作流程,以产生创新的概念,通过可以提升认知能力的协同工作流可以帮助改良创意。在形成新想法的过程中需要工作思路清晰、重点突出,目标是推动不同的探索,加快决策意识的新思路,并增强创新工作者的认知能力。技术上的重点在于知识工作者操作所涉及知识的视觉表现的实际工作区与工具。这些工具的核心将是平行的概念和知识结构,多式联运和相互关联的视觉表现。先进的游戏动力学方法将被用于转变观念与探索无法预测的解决方案,通常情况下这些方案是难以想到的。

(2)联系。Laboranova 平台的第二支柱是探索培育人及观念间的随机联系与互动,导致灵感、开放合作和破坏性思想产生的方法,与平台内最适合的人建立联系并最佳运用他们的能力。联系的目标是形成知识交流与网络形成的新的系统驱动要素。该平台构建中的假设之一是在组织与知识社区中融入游戏般的机制以促进人们的互动与推动跨边界知识的形成是可能的。在这一过程中,会用到个人与团体行为地图判断工具,以及促使人们改变现有的互动模式以产生大量随机知识与形成跨边界信任关系的游戏规则。

(3)评价。第三个支柱是探索知识工作者广泛参与的创意评价的新模式,这将支持组织的透明度,知识转移做出更好的有根据的决策。在 Laboranova 的评价模块中,人们可以通过运用预测市场与决策支持系统等方法与手段进行连续的创意评价。

3. Laboranova 的使用群体

Laboranova 作为一个合作创新平台,理论上可以用于人们进行创新思想协作的任何领域,然而其主要的使用群体主要集中在如下几个方面:

(1)远程专家(eProfessionals)。身处多种环境下的知识工作者,他们工作忙碌,需要有能够无缝参与所在项目组的项目早期阶段的工具与平台。

(2)项目前端团队与智囊团成员。主要是就职于知识密集型开放式项目和处理创新模糊前端问题的交叉学科创新团队。

(3)灵活组织内的工作者。参与"臭鼬工程"(自下而上的无官方领导批准的非正式项目)的个人和特设临时团队,需要建构并加快随意互动和多样知识结构。

4. 协同创新工作环境(CWE)的发展比较

尽管创新是 CWEs 的主要特征,但长期以来 CWEs 的工作重点一直是线性工作流程管理,过去主要运用阶段门(stage-gate)流程,近来则引入了创意管理系统方法。创意管理系统所的基础假设是创意以一种线性连续的方式发展,即首先是问题的界定,然后收集、分析数据,最后以得到解决方案结束。创意管理经过过去10年的演变后,其对象已由过去仅针对企业内部创新人员发展到一个更广泛的人群基础,但是仍然缺乏开放性终端工作平台的支持。Laboranova平台的出现填补了这一空白,并实现了创新的产生与创意管理由线性向非线性方法迈进。表2.2给出了创意管理协同创新工作环境过去与未来的发展概述。

表 2.2 创意管理协同创新工作环境(CWEs)发展比较

创意管理 CWEs	第一代	第二代(当前水平)	第三代(Laboranova)
描述	服务器上的创意盒	目标驱动的公司范围内的创意活动,有简单的协作和审查程序	目标驱动的有针对性的思想互动,有先进的协作与评价工具
时期	1999年以前	2000~2008年	2009年以后
基本假设	创意是灵感的结果	创意是线性过程的结果	创意是非线性过程的结果
范围	企业内	企业内	团队、企业与网络内
管理思想	工业型	知识管理	以员工为核心的复杂适应系统
主要过程	自发创意的获取	创意活动	行为诊断支持下系统地增加随机的与有计划的创新
社会机制	个人自发行为	个人对领导驱动的创意活动的响应	创新团队、微型社会网络与跨边界的互动;由游戏机制驱动
焦点问题	无	繁杂的问题	棘手的问题
关键价值	无	公司战略	公司战略和终端用户价值实现
创作工具	文本输入框	带注释的文本输入框;可添加附件的审查工具	共享的可视化知识地图;分布式知识超级链接对象;图形内容语义标注
信息运用	正式信息	正式信息	正式与非正式信息
信息组织	分类	分类与过程相关性	自组织地使用已有语义与复杂的创作工具;过程相关性
反馈过程	无	同事所输入的评论	对不连续创意的评论;共享的知识地图的开发
反馈人员选择	无	预先已建立的反馈团体,自我作的工作者,浏览创意目录后的自我选择	鉴定人定位器输入;检索输入;分析参与者的交互模式;通过参与预测市场和创新游戏后的自我选择
创意评估方法	中央审查委员会评审已完成的概念	中央审查委员会评审已完成的概念	创意形成过程中预测市场的实时评估与反馈;中央审查委员会评审已完成的概念
过程评估方法	无	投资回报率比较系统的成本与已预测出的概念价值	对个人、项目与组织层面的评估;对交互和内容数据与预测市场的发展和最终实际的市场实现程度进行对比
创新结果	无	渐进性创新	破坏性创新

从创意管理 CWEs 第一代模式转移到目前的第二代模式,标志着 CWE 从内容驱动向

流程驱动转变。虽然第一代模式是关于能在内容管理平台提炼的创意,第二代模式却是由创意活动与积极的组织领导驱动的,从而使系统变得更加嵌入于组织的现实。Laboranova平台的开发则意味着创意管理工作流程从连续(线性)向非线性与开放式方向迈进。

5. Laboranova 提供的工具集

Laboranova 为支持创新前端,也被称为创新的模糊前端,提供了一套工具集,包含 Ideation Process,Distributed Feedback,Idearium 等在内的 13 个创新前端适用的工具,Laboranova 平台所提供的工具集平台如图 2.7 所示。

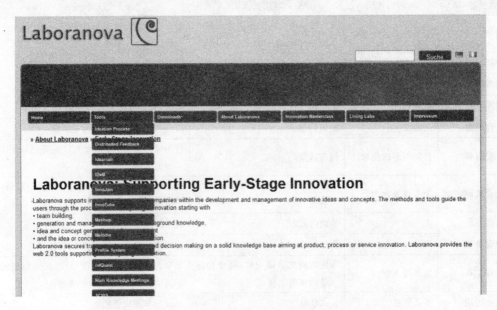

图 2.7　Laboranova 平台工具集

Laboranova 的几个主要工具及功能介绍如下,更详细的了解可参见其官方网站http://www.laboranova.com/。

(1) Distributed Feedback。使用户对所有其他用户提交的公共创意进行浏览;并可对 IdeM(创意市场工具)中所有的开发市场进行浏览;以草稿或正式创意形式添加新创意并提交到中心创意储存库。

(2) InnoJam。一个基于讨论的工具,可以通过异步的方式联系、聚集大量的知识工作者,以产生、演化与评价创意。

(3) InnoTube。浏览与放映相关的创新视频;链接到相应的知识库;获得相关视频的注解并对已有视频提供反馈意见;与其他成员的创新相关的特征及定位进行联系。

(4) Labomash。这是一个基于网页的应用程序,提供用户进入 Laboranova 环境的登录与注册界面;登录后,用户能浏览创意列表及每个创意的细节;在某一创意环境下用户能自动地给创新添加标注,并能搜索到对应的专家,获得专家的个人简介并可通过电子邮件或即时信息的方式与专家取得联系;同时用户还可在系统中浏览项目或创建一个新项目。

（5）Melodie。与他人分享自己创建的任何创意，任何用户都能对所有的创意进行改进；将包含共同主题的信息进行链接，以节约时间。

（6）Profile System。用以帮助用户准确鉴别对其创新有帮助的其他用户，从而建立与他人的动态联系；提供以兴趣和能力为依据鉴别与搜索其他用户；通过与他人的联系和创意来鉴别其他用户；通过所使用或工作的概念鉴别其他用户。

（7）refQuest。提供一个多用户在线游戏以支持创意的产生；使虚拟的、分布式团队远程参与到创意形成过程中。

（8）Rich Knowledge Meeting。轻松召开异地实时视频会议以达到互相交流、共享文件、合作使用其他的 Laboranova 工具等目的。

（9）Greatlinks。下一代网络搜索器；提供一种"共同搜索"的协同搜索模式，使用户受益于同伴的搜索建议，减少自己搜索的时间。

（10）Xpertum。一个交互式的基于网络的工具以使社会网络可视化，从而在知识与创新管理过程中根据能力与个人特征获得有价值的见解。

Laboranova 为战略创新提供的工具集可见图 2.8 所示。

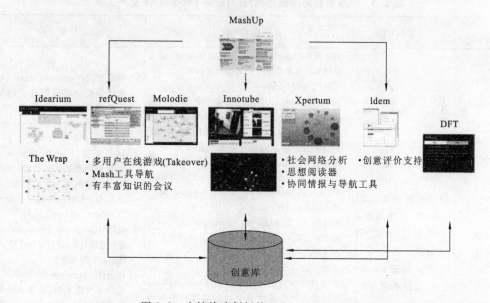

图 2.8　支持战略创新的 Laboranova 工具

6. Laboranova 工具集在战略创新（模糊）前端中的应用

1）战略创新的 4 个层次

战略创新过程包含 4 个不同的层次，分别是所探索的领域（field of exploration）、创新者（innovators）、项目所有者（project owner）与组织（organisation）。

创新者是负责战略创新大部分工作的一个团体，他们向领域内的同行学习、形成见解、构建假设、辨别机会、产生新思想并得出强有力的创意。创新者是战略创新过程中的主要驱动者，是组织战略创新中新见解与新创意的创造者。

然而,创新人员从来都不是孤立作战的。首先,他们需要与外界保持联系,其中所探索的领域是他们研究的目标与学习的源泉。探索的领域为创新者团队的新见解提供了方向,从而确保结论紧密联系实际;同时,探索的领域也为创新者们所研究的问题、考虑的需求与价值以及可能的方案提供了资源。其次,创新者们需要与项目的所有者(也是项目的发起人)建立联系,项目所有者发起某项创新工程(或工作)并对创新结果非常关注,他们是创新团队的决策者,向创新团队学习并支持创新思想在组织内更广范围的播散。另外,创新者们需要与项目所有者一起与组织内的其他部门或人员建立联系。组织的其他部门或其他人员是创新项目创意或决策的执行者,他们可能会以其他的方式对创新结果产生积极或消极的影响;从一定高度而言,组织还是创新项目的创意执行中所需知识与能力的主要来源。

2)战略创新的三个阶段及对应的 Laboranova 工具

战略创新过程中包含三个主要阶段,即项目发起(project initiation)阶段、战略探索(strategic exploration)阶段与创意形成(ideation)阶段。每个阶段对应的活动及可运用的 Laboranova 工具见表2.3与图2.9所示。

表2.3 战略创新的阶段、活动及对应的 Laboranova 支持工具

战略创新的阶段	项目发起阶段	战略探索阶段	创意形成阶段
活动及工具	1)搭建项目框架(Frame Project):主要任务是创造条件、预期设想、指明方向、表明要求 2)团队组建(Team Up):招募成员形成团队 支持工具:Xpertum;Profile System;People Concepts Networking	1)确定研究的基础(Define Hunting Ground):通常采用头脑风暴法确定感兴趣的议题和问题 支持工具:Melodie 2)探索(Explore):团队成员开会共同探讨问题的解决方法,这一活动也被称为战略探索(Search Strategy);给每个人分配任务,继而团队成员开始研究问题并寻找问题答案,这一活动也被称为创造性的探索(Creative Search) 支持工具:InnoTube;Melodie;The Wrap;Social Collaborative Web Search;Rich Knowledge Meetings 3)进化的战略探索(Evolve Search Strategy):一轮探索后团队成员再一次召开创新会议探讨问题的解决方法 支持工具:Melodie 4)重新搭建项目框架(Reframe Project):项目所有者与创新者之间交流后对项目框架内容进行更新 5)进行战略对话(Conduct Strategic Dialogue):项目关键的利益相关者就研究发现、障碍、机会等问题进行对话 6)鉴别机会(Identify Opportunities):分析相关人员所面临的挑战以便寻找可行的方法与平台解决问题 7)选择机会(Select Opportunities):机会需与长远战略一致 支持工具:IDEM;IES-Idea Evaluation System;Innovation Scoreboard;DFT-Distributed Feedback Tool;Idea Traceability Tool	1)形成创意(Generate Ideas):基于战略探索阶段所获得的知识形成创意 工具:RefQuest;The Takeover;Melodie 2)评价创意(Idea Evaluation):是提高创意质量的关键,也是对下一步创意开发的把关 工具:IES-Idea Evaluation System;InnoJam 3)概念形成(Concept Development):是创意的升华,是创意与市场、产品与研发等的整合 4)概念评价(Concept Evaluation):与创意评价类似,需要基于更专业的知识(如市场学、工程学、制造等方面的知识) 工具:IES-Idea Evaluation System 5)概念选择(Concept Selection):是对创意形成或创新前端以外的阶段(如产品开发)把关 工具:IDEM-Electronic Prediction Market;IES-Idea Evaluation System;Innovation Scoreboard;DFT-Distributed Feedback Tool;Idea Traceability Tool

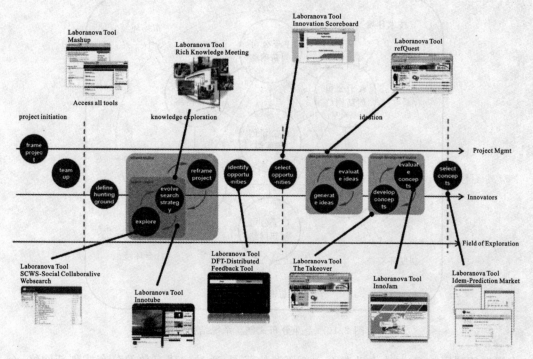

图 2.9 战略创新的阶段、活动及对应的 Laboranova 支持工具

2.6 企业分布式创新系统的系统结构

企业分布式创新网络与外部环境相结合,构成了一个整体的系统,我们称为分布式创新系统。在这个系统中进行分布式创新网络内部和外部知识的转移和整合。以上所提到的创新网络是由竞争者、供应商、科研院所、大学、用户、风险金融投资机构、政府等构成,而企业所获得的外部知识资源也正是来自这个创新网络。因此,企业分布式创新系统在创新网络中形成,并进行企业内部和外部知识的转移和整合。企业的创新行为将直接或间接地受到所处环境的控制和约束,如技术发展状况,一国的法律、文化、社会规范等。这些约束对企业的创新活动起着激励或阻碍的作用,也会影响分布式创新的创新网络的形态和特征。分布式创新不仅是创新网络内部不同组织相互协同的过程,也是它们与外部环境之间的相互适应、相互作用的互动过程。因此,企业分布式创新系统是在外部环境的制约控制下,与分布在世界各地的企业、供应商、科研院所、用户、子公司形成一个创新网络,并在网络中实现知识的转移、整合。其系统框图如图 2.10 所示。

企业分布式创新系统的实质是进行分布式创新网络内部和外部知识的转移和整合。因此在分布式创新系统中,分布式创新网络既体现为一种焦点企业获得外部创新资源的通道或整合外部创新资源的平台和手段,又成为一种途径激活并提高企业内部冗余或潜

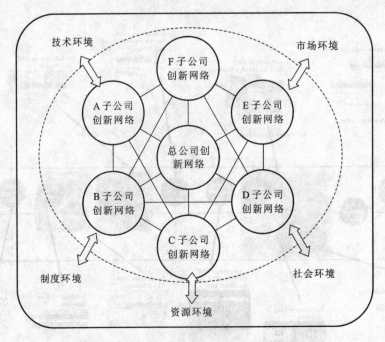

图 2.10　企业分布式创新系统结构框图

在资源的利用效率,扩大企业整合创新资源的范围;通过构建有效的分布式创新网络,企业可以获得更多的创新机会和创新机会的组合。在扩大创新机会集的基础上,同时也有利于创新机会之间的组合,以实现更多的创新机会;建立协作性创新网络,在一定程度上降低了焦点企业的创新难度、分散了创新风险,提高了焦点企业对创新收益的预期,这对提升焦点企业的创新愿望也有较大帮助;通过分布式创新网络与其他创新伙伴进行各种形式的交往,有利于焦点企业对自身的能力作出客观的检验和评价,为企业提升自身创新能力提供了准确的参照依据,也给企业施加了持续技术创新的压力。

　　客观地讲,分布式创新网络对于企业的创新活动是一把"双刃剑"。但是很少有研究涉及创新网络对企业创新的负面影响。有效的分布式创新网络受到企业的规模大小、行业特性等特质的影响。企业的网络化活动和创新活动都要消耗企业内部资源,所以,企业参与网络化创新的程度,受到企业内部资源条件的限制。

|第 3 章|
企业分布式创新的动力

本章首先阐述了企业技术创新动力机制的 5 种模式,通过对目标跨国公司和大型企业的问卷调查和访谈,收集了大量数据,利用 SPSS 软件进行因子分析,得出企业分布式创新的区位因素、市场因素、技术因素、利益因素、资源因素和环境因素 6 个动力因素,并以此构建了企业分布式创新的动力因素模型。

任何一项经济活动都是行为主体在一定动力下进行的。技术创新动力就是促使创新主体产生创新的欲望和要求,进行创新活动的一系列因素和条件[132]。企业在进行分布式创新过程中最核心的是如何增强创新动力,它是企业实现分布式创新的前提和条件。国外已有研究表明,在许多情况下,企业没有进行创新并不是因为没有能力、条件或机会,而是因为种种原因所造成的动力不足[133]。因此,要彻底改变企业分布式创新薄弱的不利局面,就必须认真研究企业分布式创新的动力因素,构建动力因素模型,力争从深层次探索出激发企业分布式创新活力的有效途径。

3.1 企业技术创新动力因素分析

3.1.1 技术推动模式

技术推动(technology factor)[134-138]模式强调科学研究和由它所产生的技术发明在技术创新中的决定作用。熊彼特认为,不管技术是在经济系统之外还是在一个垄断竞争的大型研发实验室中产生的,都是技术创新与经济增长的主发动机[139]。该理论强调技术创新主要动力来源于科学研究和技术发明,并且能间接地满足市场上存在的某种需求,或是激发市场的潜在需求而创造新的需求[140]。

技术推动模式起源于科学发现或科学突破的技术发明,是驱动技术创新得以发生和进行的主发动机。技术创新的需求并非是由用户的自觉意识或明确的目标市场实现而产生的,而是由新的科学技术成果创造出来的,是科学发现和技术发明预示、创造和引导着人们的某种社会需要或市场需求,在现实生活中有很多技术创新成果符合这一模式,如图3.1所示。例如,人造橡胶尼龙、核电站、电视机、半导体、计算机等划时代的技术创新都是由技术推动产生的。技术推动模式的技术创新往往都是重大的创新,因此会形成一大类新的产品或一个新的产业,但这类创新的周期一般都很长,风险性也比较高。

图3.1 技术推动模式

3.1.2 市场拉动模式

市场拉动(market-pull)[141-145]模式强调技术创新起源于社会需求,社会需求是拉动、牵引技术创新的主要动力。美国经济学家施穆克勒(J. Schmookler)在《发明和经济增长》一书中,最早提出创新受市场需求的引导和制约[146]。1969年,美国麻省理工学院的马奎斯等人抽样调查了技术创新案例567项,其中3/4是以市场需求或生产需求为出发点,只有1/5的创新是以技术驱动的[147]。因此,他们得出结论:对于创新需求的认识,远比技术能力的认识更为重要;与创新成功紧密联系在一起的是对现在和未来市场及客户的了解;市场需求以及其他社会需求是拉动和牵引技术创新稳定的动力来源。

按照市场拉动模式,社会需求的出现,对科学技术提出了具体的要求,导致应用研究与开发研究,从而产生技术创新,去解决已存在的需求问题。根据这种模式,技术创新主要起始于市场需求,市场需求信息是技术创新活动的出发点,它对产品和技术提出了明确的要求,通过技术创新活动,创造出适合这一需求的适销产品,这样使得市场需求得以满足,如图3.2所示。

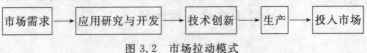

图3.2 市场拉动模式

3.1.3　技术推动与市场拉动综合作用模式

技术推动学说和市场需求拉动学说的争论一直持续到 20 世纪 80 年代。通过美国斯坦福大学的莫厄里(D. C. Mowery)和罗森伯格(N. Rosenberg)的研究,发现技术创新的过程非常复杂,不可能确定某一因素是唯一的基本决定因素[148]。在大多数情况下,成功的技术创新取决于技术推动和需求拉动的有效结合。于是,弗里曼、罗森伯格和莫厄里等人提出了技术创新的"双重推动模式"。

加拿大学者诺雷和芒罗对加拿大 900 多个企业的技术创新活动进行了调查,发现依靠市场需求拉动的技术创新占 26%,依靠技术推动的技术创新占 18%,而靠双重因素作用的则高达 56%。双重作用模式强调科技和市场需求的综合作用,更好地反映了技术创新的实际过程[150]。

技术-市场综合作用模式强调技术创新是科技推动和市场拉动综合作用的结果。这两个方面的因素相互作用、相互影响,企业既要寻找技术上的支持,又要确定市场需求的支持,这两种支持构成了企业技术创新活动的基本动力[151-154],如图 3.3 所示。

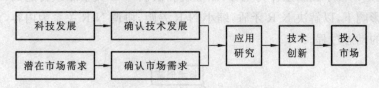

图 3.3　技术-市场综合作用模式

3.1.4　技术规范-技术轨道模式

多西在批评分析"技术推动"和"市场拉动"模式的基础上提出了技术规范-技术轨道模式。他认为根本性的创新会带来一种新的观念,但由于组织和个人知识和探索知识的局限性,决定了其技术创新的方向并不是随机产生的,而是在其现有知识体系、知识能力及范围内进行探索。即形成了技术规范,长此以往的持续影响,就固化为技术轨道。沿着这条轨道,企业就会有不断加强技术创新的动力。这种模型要求企业在原有技术领域内进行创新,在企业自身取得创新成果之后继续进行后续创新,但这样做很容易使企业产生一种僵化的创新体系。创新动力制约着企业的创新行为,使企业在竞争中不能迅速转变技术战略而获得竞争优势,从而遭受沉重打击。进一步研究表明企业必须时刻关注技术生命曲线,及时进行技术轨道的转换,这样才能保持持续的竞争优势,而该模型却无法实现这一功能[85]。

3.1.5　社会需求-资源关系模式

"社会需要-资源"(N-R)关系作用模式是日本学者斋藤优提出的[155]。他认为,技术创新的动因在与社会需求(need)和社会资源(resource)间的矛盾或瓶颈即当社会提出某种技术要求或某种产品需求,而现有的社会资源又不能完全满足这种需求时就产生了需求与资源之间不适应的所谓"瓶颈"现象。这种由 N-R 关系所产生的瓶颈,将极大地刺激和迫使技术创新活动的发生和进行。他认为,一个国家需要发展国民经济,它的社会需求是什么,拥有什么资源,对决定这个国家的技术创新有很大影响。当劳动力资源不足时,社会需求刺激向节约劳动型技术创新的方向发展;当能源不足时,节约能源的社会需求增大,从而刺激技术创新向节约能源型方向发展。

斋藤优用图 3.4 所示的 N-R 关系模型描述技术创新动力学机制。首先,技术创新主体(企业家或创新者)要从 N-R 关系中发现技术创新需求,即通过 N-R 关系"瓶颈",抓住技术创新的可能性和机会,制订技术创新的行动计划和战略。然后具体分析达到目的所要求的技术、市场和创新资源等,并筹集创新所必需的资源。怎样发掘需求,把握时机,怎样筹集创新资源并把创新资源合理地用到创新过程中去,在很大程度上取决于创新主体的创新精神和创造力。而为了使创新主体的行动富有成果,保证技术创新的成功,技术创新的政策和战略也是至关重要的。综合起来,斋藤优的 N-R 关系模型所概括的技术创新动力机制,就是以技术创新主体为主导,以发现和认识 N-R 关系瓶颈为起因,在政策战略的推拉作用影响下,以解决 N-R 矛盾,缩小 N-R 差距,协调 N-R 关系为内容,最终满足社会需要目标的动态过程。

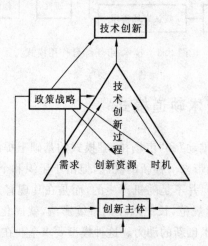

图 3.4　需求-资源模式

这种模式一方面重视了资源对创新的推动作用,但在另一方面,却忽视了资源制约的作用。即资源对创新的作用是双向的。一方面,资源可以促进创新,另一方面却制约了创新的开展。

除了上面的模式之外,还有三元论、四元论和五元论[149]。三元论认为促进企业技术创新行为的动因除了技术的推动作用和市场的拉动作用外,还有政府行为的影响。这一模式强调了政府行为对技术创新的引导和激励作用,认为政府行为也可以启动企业的技术创新行为。在三元论模式的基础上加入了企业家强烈的创新愿望和较高的创新素质，就形成了四元论，企业家的远见卓识、风格特质以及对市场利润的渴望和追求，都会激励创新行为。五元论模式是四元论模式的继续，认为创新系统的动力来源除上述 4 个方面外，还有因素之间的自组织作用。各个动力要素之间的自组织和协同作用对创新动力有强化和放大作用，也是技术创新的一种动力源泉，它比较全面地揭示了创新系统的创新动因。

西方一些学者也从另外的角度对技术创新的动因进行探讨。希克斯（Hicks）认为，技术创新是生产要素稀缺引起的，其目的是降低产品成本，提高企业利润。而罗森伯格则认为，诱导技术创新的因素有三种：技术发展的不平衡性、生产环节的不确定性和资源供给的不确定性。这三种较典型的诱导因素是生产进一步发展的瓶颈和障碍，这种障碍形成一种压力，诱导人们围绕这些障碍进行技术创新。

以上是熊彼特及其追随者关于技术创新动力机制的观点，从理论研究的角度来看，这些观点都从不同的角度反映了一定的科学技术、经济状况和历史背景之下研究者对技术创新动力问题的见解。然而，对于完整的技术创新动力机制来说，上述观点仍存在着一些缺陷。技术推动、市场拉动等都是来自创新主体以外的外部环境因素，但这些外部因素只有作用于创新主体并与其内在创新需求结合时才能成为影响创新行为产生的现实力量。否则，就无法圆满地解释为什么处在同一环境中的不同企业，会对相同的外部信号产生不同的反应。同时，在肯定企业家偏好和企业家精神在创新中的积极作用的前提下，却无法满意地解释具有同样价值取向和个人素质的企业家，在不同的企业和不同的环境条件之下，表现出大不相同的作用。因此，只有从不同角度出发，将影响创新行为的主观因素和客观因素、内部因素和外部因素有机结合起来，从一个系统的整体性上考虑，才能圆满地解释技术创新的动力问题。

3.2　企业分布式创新动力因素的假设

企业分布式创新一般是指企业内和具有合作关系（上下游）的企业之间在资源共享的基础上，在不同地域，依据共同的网络平台进行的创新活动，这种"分布式创新"与集中式创新活动相比，分布式创新的组织构架、运行机制和模式、动力源泉以及产生的效应具有明显的差异性，具有不同地域性、同时性、协同性、合作性和资源共享的特征，它既是企业内部创新活动的分布式组织，又是企业外部（企业之间）创新活动的分布式合作。因此，企业自身的创新能力水平和促进产业集群技术创新发展。企业分布式创新虽然是技术创新的延伸，但是企业分布式创新与技术创新的动力机制是有显著区别的。

本课题目标之一就在于找出分布式创新的动力因素，经过文献的阅读和对专家、企业调研访谈的意见反馈，本课题得到研究假设模型，如图 3.5 所示。

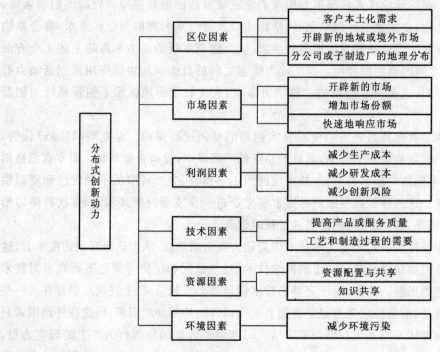

图 3.5　研究假设模型

3.2.1　分布式创新区位因素

企业行为具有空间的属性,地理区位在企业分布式创新过程中发挥着重要的作用,而在发达的市场经济条件下,每个企业都面临着竞争,其竞争对手的行为是其外部经济环境的一个重要部分,也就是说,企业的市场情况影响到区位选择,进而对企业的创新产生影响。

以知识为本的观点已经很直接地强调了区位因素是创新活动的重要动力因素。特别是当企业在其他区位寻求新的知识时,他们可能要在这些地方建立制造工厂、研发中心或分公司[156]。由于许多知识是隐性知识,发送者和接收者直接需要进行频繁的知识转移[157]。例如,如果某一地方具有研究者所需的隐性知识,但是又不愿或无力搬迁,企业可以通过在当地建立研发中心获取相应的知识。知识资源来自许多不同机构,包括大学、研究所、供应商、客户和竞争对手,研究表明企业在国外进行研发,或在外国申请专利比通过国外子公司进行专利的申请更能获取和借鉴国外的技术专长[158-160]。因此多个地点研发能够积极推动创新活动,这意味着分布式创新能够使得创新取得更大的成功[159,161]。

企业为了适应复杂的市场环境,便于生产更加准确地反映地方市场特点的产品,以获得区位特殊利益,就会针对当地市场进行创新,客户的本土化需求是分布式创新的一个重要动力源。这里的客户本土化需求指的是客户和本土化的需求而引起的分布式创新。以客户和本土化的需求信息作为分布式创新活动的出发点,它对产品和技术提出了明确的要求,提供自己所需要满足的信号,通过分布式,创造出适合这一需求的适销产品,这样客户本土化需求就会得以满足。因此,本土化需求成为企业分布式创新的源泉,客户本土化需求是要通过分布式创新得到满足的。企业分布式创新实践的经验告诉我们,本土化需求的满足是企业分布式创新功能的体现,同时这种需求可诱发企业的持续创新。当企业通过技术创新满足了市场需求后,能够产生市场竞争优势,这种竞争优势就是企业持续创新所产生的结果。市场需求是诱发企业技术创新的根本动力。企业客户本土化需求创新的实践证明,创新能够促使企业产生持续创新的内在冲动,进而认真研究客户本土化需求,从中抓住出现的创新机会,启动并形成长期创新。

本研究假设区位因素是分布式创新的动力因素之一,并且包含客户本土化需求、开辟新的地域或境外市场、分公司或子制造厂的地理分布三个指标。

3.2.2　分布式创新市场因素

市场是技术创新得以实现的最终场所,而市场需求则是技术创新活动的动力源泉,是技术创新活动的基本起点。这些市场需求随着经济和社会发展不断地变化,当变化达到一定程度,形成一定规模时,将直接影响企业产品的销售和收入水平,这为企业提供了新的市场机会和构思思路,并引导企业以此为导向开展技术创新活动,从而形成对企业技术创新活动的拉动和激励。

按照熊彼特的理论,制造商甚至可以包括供应商,他们之所以敢冒引进新思想和克服旧障碍必有的风险进行技术创新,就是因为期望能获得垄断地位,在市场上占有相对优势。因此,企业进行技术创新除了受利润的驱使,还受到市场份额、开辟新市场和快速响应市场的驱动。

与利润驱动相比,市场份额、开辟新的市场和快速响应市场的驱动具有以下的优点:①市场份额的界定比单一利润的界定要丰富和广阔,现有市场份额的竞争保护,新市场的开辟或潜在市场需求的诱导,市场范围的渗透与扩张,甚至企业市场信誉的改善和市场影响力的增强等,都可能成为企业技术创新动力的激发因素,其已突破利润增长对创新动力形成的单一性准则限制,拓宽了创新动力形成的内在激发来源;②市场驱动更符合技术创新开拓与进取的本质要求,从根本上说利润的驱动令企业仅以适应市场作为赢得利润的中间媒介,而市场的驱动则使企业始终不满足于现有市场分配状态,并且对非价格信号反应更为敏感,特别是在诱导潜在需求,开辟新市场以获得抢先占位优势上,创新者表现出强烈的主动姿态;③市场驱动能够引导企业不同于一时的短期利润得失,从只有赢得市场才能赢得发展的高度,形成追求重大连续创新的愿望和策划。总之,通过以上的对比分析,可以认为,较之利润驱动,受市场驱动的企业往往有更强烈、更持久的技术创新动力。

同时,企业的竞争不仅仅在于企业之间,还需要和时间进行赛跑。现代的企业竞争,是一个迅速抢占和瓜分市场的过程。谁能够充分了解市场需求,迅速对市场做出反应,谁就能把自己的产品、技术乃至标准的旗帜插在市场的阵地上,从而抢占市场竞争的制高点。企业运用分布式的创新模式,通过信息技术等将顾客集成到创新过程中,使顾客成为企业的合作生产者,让企业充分了解客户和市场的需求,从而引导企业创新的方向。这样可以明确企业创新的目标,缩短市场对产品的接受时间,达到迅速占领市场,排挤竞争对手,提高企业影响力的目的。

因此,本研究将市场因素假设为分布式创新的动力因素之一,并且赋予开辟新的市场、增加市场份额和快速的响应市场三个指标。

3.2.3 分布式创新利润因素

任何社会角色要采取某一种社会行为,都必然受到某种利益期望的驱使。因而,无论对于哪类企业来说,对利益(利润和竞争优势)的追求和利益的实现,都是促使其进行技术创新活动的驱动力。

减少生产成本、提高收益是任何企业谋求生存和发展时都必须首先考虑的问题,虽然成本的降低和收益的提高可以在众多指标上得到反映,但最终还是体现在经济效益上。即提高经济效益是现代企业生产经营的出发点和落脚点。如何提高经济效益也是企业进行分布式创新的主要驱动力之一。企业作为营利性的经济组织,其经营活动实际上是一种追逐预期利润最大化的过程。尽管企业提高经济效益的途径不止一条,但在既定的要素条件和水平下,分布式创新是企业降低成本、增加收益、把预期最大化利润转变为现实最大化利润的最优途径。

企业通过与其他企业、高校、科研机构或政府合作,可以有效分摊研发活动的固定成本。分布式创新模式不仅可以降低企业的研发成本,同时可以在更大的范围内提高资源的利用率。例如,近年来越来越多的企业与高校就某项技术进行联合,一方面企业可以借助高校的基础研究、技术积累和人才优势等有利条件,保证技术研发的可靠性和成功率;另一方面,就某一项新技术而言,要经过无数次的反复试验,但是并不是每个企业都有能力建设大型实验室,高额的设备投入使大多数企业望而却步,但是一些高校却拥有这些基础设施条件。因此,分布式创新可以减少企业的研发成本。

创新的风险一般来自于技术、市场、管理、资金和政策等方面,根据技术研发的一般过程:项目选择—技术研发—投入市场,可以将整个过程中形成的风险概括为市场风险、技术风险、资金风险以及其他风险。

综上所述,本研究假设利润因素是分布式创新的动力因素,并且包含减少生产成本、减少研发成本和减少创新风险三个指标。

3.2.4 分布式创新技术因素

"科学技术是第一生产力",是生产方式中最活跃、最革命的因素。科学技术在宏观动力和内在运动规律的共同作用下,总是在不断地运动和发展,不断地被应用于生产,成为推动企业创新的强大动力。以熊彼特为代表的早期的技术创新理论,认为技术创新是由技术发展的推动作用而产生的,科学技术上的重大突破是技术创新的原动力,是驱使技术创新活动得以产生和发展的根本动因。通过技术创新,让科技成果走向生产部门,并因创新的成功,而使这些成果转化为全新的产品,创造出新的市场需求。

新的技术成果对企业创新具有较强的促进和刺激作用,因为,新科技成果在生产过程转化为产品后,通常可以得到较高的带有垄断性的利润,并且有利于企业在商业上获得成功,在经济上获得实惠,从而不断激励企业积极吸纳新的科技成果,进行创新。虽然创新难度大、风险大、成本高,但是因为它从原理构想、开发研制、投入生产到最后占有市场都是前所未有的,所以它会以新产品甚至新产业给企业提供更大的机会,促使企业甘愿冒风险去进行创新。由此可见,技术因素对企业分布式创新的直接推动作用是十分明显的。

当今,科学技术的突飞猛进和市场需求的推陈出新,使得产品的更新换代十分迅速。企业要想在激烈的市场竞争中立于不败之地,就必须立足于现在,着眼于未来,既看到目前正在畅销的产品,又看到未来市场的变化,为未来的市场准备产品。有实力、有发展眼光的企业家及其企业,在分析市场、寻找市场机会时,除了注重现实的需求之外,还会更加注意分析未来市场的变化趋势,从中寻找潜在的市场机会,并在此基础上开发和研制新产品。

在对新产品进行研究和开发时,新产品未来的需求状况决定着企业进行技术创新的动力大小。这是因为,新产品的市场需求决定着新产品未来的销售状况,也决定着新产品所能够带来的利润水平。一般来说,市场对新产品的潜在需求越大,生产同类新产品的企业越少,意味着企业开发新产品将带来的利润越多,因此,企业进行技术创新的动力就越强;相反,对新产品的潜在需求越小,新产品的市场发展空间越小,意味着企业开发新产品利益越少,因此,企业进行分布式创新的动力就越弱。

同时,企业要想在激烈的市场竞争中取得发展,就必须不断进行创新。先进、合理的工艺和制造过程是企业发展的前提条件,即使企业可以开发出新的产品,但如果没有工艺和制造过程上的保障,新产品要么因产品质量差、消耗高、效益低而缺乏竞争力,要么因生产的技术瓶颈不能实现而无法参与市场竞争。因此,工艺创新是企业分布式创新的有效保证,是企业发展的前提。工艺创新以一种更为有效的方式组织生产,它在生产制造过程中提高了企业的劳动生产率。目前,发达国家的制造业普遍比中国的制造业具有更高的生产效率(如日本丰田公司一家汽车产量即是我国汽车厂家产量总和的近 5 倍,美国通用公司一家的产值比我国电工行业的全部产值还高)和更精良的产品,除了其设计水平高之外,更主要的是他们掌握了极为先进的工艺和制造技术[161]。

因此,本研究假设技术因素是企业进行分布式创新的动力因素之一,包含指标有提高产品或服务质量和工艺和制造过程的需要。

3.2.5　分布式创新资源因素

随着经济全球化的不断深入,企业已不再是一个孤立的系统,企业之间的界限正逐渐变得模糊。企业利用和整合外部资源的能力成了企业创造价值的重要来源。根据基于资源的观点,企业是由一系列的资源组成的,企业自身的资源状况对企业活动的开展及结果起主导作用。资源是企业进行创新、应对风险和进行前瞻性的战略决策的基础。企业在分布式创新过程中，因为缺乏必要的技能经验、技术和人才等资源时，可以通过分布式创新模式利用外部资源，实现各参与主体间资源共享，相互弥补资源的不足。如果该创新模式能形成更大的优势，就使参与各方的结合更容易形成，并且更容易实现发展和稳定。参与各方各有优势又各有不足，而各方形成的合作体，综合了各自分别拥有的技术优势、设备优势、人才优势、市场优势、信息优势等，通过优势互补，从而形成更大的优势，具有更强的生存和发展能力，使各方依托联合体实现自我发展。

如何实现效益最大化是资源合理配置追求的目标，对效益的追求是合理配置资源的核心问题[162]。通过资源的配置与共享，企业可以建立自己的竞争优势，实现组织及个人目标，应对环境的变化，进而提高企业创新的能力。

因此，本课题假设资源因素作为分布式创新的动力因素，并且包括资源配置与共享和知识共享两个指标。

3.2.6 分布式创新环境因素

当今，环境问题已成为全世界关注的热点问题，全球环境污染已严重威胁人类的生存与发展。工业污染是我国环境污染的主要来源，我国的工业企业多是依靠大量消耗能源和资源的初级加工产业，工艺水平、装备水平和管理水平均较低，也很少考虑环境因素，由此造成资源浪费，单位产值污染物排放量高等环境问题非常严重。与世界平均水平相比较，我国每生产单位 GDP 的能源消耗为世界平均水平的 5 倍，按世界平均能源利用效率计算，我国每年平均可以减少 2.05 亿吨标准煤的消耗，同时减少二氧化硫排放（按 1‰ 含硫量和 1997 年能源消耗数据计算）约 400 万吨[163]。

随着我国经济发展和法制现代化，环境立法如雨后春笋一般涌现，据不完全统计，20世纪 80 年代以来，我国已形成了以《环境保护法》为中心，《水土保持法》、《水污染防治法》、《大气污染防治法》、《环境保护行政处罚办法》等一系列单性法律法规和其他有关法律法规的相关条款为配套的环境法部门体系，签署了《关于环境与发展的里约宣言》等国际性环境保护公约[164]。根据我国环保法规，受到环境监察机构查处的污染企业将处以罚款和停产整顿，造成重大环境污染事故的企业会被关闭取缔。所以企业越来越重视环境保护，倡导绿色制造，绿色制造是一个综合考虑环境影响和资源效率的先进制造模式，其目标是使产品从设计、制造、包装、运输、使用到报废处理的整个产品生命周期中，对环境的负面影响最小，资源效率最高，是实现制造业可持续发展的重要生产方式[165]。因此本研究假设环境因素是企业进行创新的动力因素。环境因素主要包括减少环境污染这一指标。

3.3 数据收集

本课题对苏州工业园区和武汉市沌口经济开发区企业的调研问卷进行了实证分析。首先对研究对象的样本选取和数据收集情况做出详细说明，然后介绍样本的基本特征。

并基于文献回顾、理论演绎以及对前文中案例的归纳,提出分布式创新主要动力因素的基本假设,并进行计量分析与验证。

3.3.1　问卷的基本内容

问卷调查是实证研究的方法之一,通过书面形式,以严格设计的题目,向研究对象收集资料和数据,如图 3.6 所示。这种方法需要明确研究目的,从而根据不同的研究目的和理论框架,决定问卷项目的总体安排、内容和量表的构成[166]。通过问卷调查,可以丰富和完善现有理论研究的理论内容和结构框架。

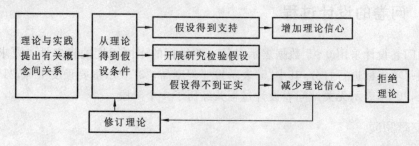

图 3.6　问卷设计的理论检验过程

马庆国认为,正确设计问卷的要点是:问卷问题要根据研究目标设立;要依据调查对象的特点设置问题;不能设置得不到诚实回答的问题;对于有可能得不到诚实回答而又必须了解的数据可通过其他方法处理,如变换问题的提法,从而获得相关数据[167-168]。

本课题的问卷设计,主要是为本课题围绕企业分布式创新过程而展开的各个部分研究内容服务的,要求问卷内容能够为各部分研究内容提供所需的数据。围绕各部分研究的研究目标和研究内容,所设计的问卷包含 8 个部分(详见附录):

(1) 企业的基本信息,包括企业的所有制结构,产业类型,经营的主要产品和服务,经营情况,员工及研发人员情况,分公司和子公司分布情况;

(2) 企业的研发基本情况,主要包括年研发经费,研发部门的地理位置分布,产品创新,工业创新,研发的主要方式,合作研发的合作伙伴类型及其地理分布;

(3) 企业创新的动力,提高产品或服务质量,增加市场份额,开辟新的市场,减少生产成本,减少环境污染,客户本土化需求,快速地响应市场,资源配置与共享,知识共享,减少创新风险,减少研发成本,开辟新的地域或境外市场,分公司或子制造厂的地理分布,工艺和制造过程的需要;

(4) 企业获得知识资源情况,主要从企业内部的各个部门,市场的设备、原材料、零部件或软件供应商、客户或消费者、市场竞争者或对手和咨询机构等,高等院校、政府或公共科研机构、私人非营利的研究机构,以及商品交易会、展销会、展览会、专业会议,科技杂志、科技文献、贸易/专利文献,投资者,专业行业协会,互联网络,经验丰富的风险承担者或企业家等获得知识资源;

(5) 企业知识产权保护情况,主要包含申请专利和拥有专利数量,以及知识产权的保护；

（6）企业的组织形式，共分为垂直层级式、产品事业部制、集中式和创新团队式；

（7）企业信息系统基本情况，企业所拥有的应用系统，数据库平台，网络平台，操作系统平台及杀毒软件；

（8）阻碍企业创新的基本因素，本企业内部资金不足，本企业外部资金来源不足，创新成本太高，缺少合格科技人力资源，缺少技术信息，寻找合作创新的伙伴难度大，创新风险太大，市场被主导公司占有，创新产品或服务需求不确定，缺少市场信息，缺乏市场销售渠道，不当的市场定位，不当的包装，缺乏消费者接受，缺乏行业标准，缺乏政府的标准和规章。

3.3.2　问卷的设计过程

本次问卷设计采用 0～5 数据表示对某一项指标的不同程度的肯定性。要求问卷填写人按照每项指标进行打分，其中"5"表示重要程度高，"3"表示重要程度中等，"1"表示重要程度低，"0"则表示无关。问卷设计过程共经历了 4 个阶段。

1. 文献阅读

在选题完成以后在检索并阅读关于分布式创新、技术创新、合作创新理论等方面研究文献的基础上，将相关文献已论证的创新动力因素、创新的过程模型、影响创新的阻碍因素等进行归纳，初步形成了对所研究变量的测量题项。

2. 征求意见

该部分分为两个阶段，初稿完成后向相关领域有的老师、博士研究生和德国不莱梅大学的教授征求意见，根据他们反馈的意见，对初稿进行修改，形成调查问卷的第二稿。此后，结合湖北省科技厅攻关计划资助项目《湖北汽车产业关键技术的自主创新能力及产业技术政策研究》的调研机会，对上汽通用五菱集团的副总经理和东风汽车有限公司研发中心主任就本问卷的主要测量变量进行了交流，他们在创新的动力等方面提出了修改意见，在问卷的修改过程中充分吸收了他们的意见。

3. 进行深度访谈和案例研究

该阶段主要验证基本量表中指标设置和问题表述的合理性，深度访谈和案例研究选取了广东顺德美的集团、福建新大陆集团和湖北省法雷奥汽车空调有限公司。访谈对象是企业的研发部门负责人。深度访谈的结果显示，被访者基本认同第二阶段的基本量表的问题表述方式和项目内容。案例研究结果显示创新的动力、过程和影响创新因素基本被基本量表内容所涵盖。

4. 测试和问卷最终定稿

向企业管理人员发放测试问卷，对量表信度进行初始校验。检验结果显示，量表信度符合标准。经过本阶段的问卷测试,形成最终调查问卷。

3.3.3 调研对象的选择

数据的真实有效性是进行数理统计研究的前提和基础。为尽可能获取到适合于本课题的相对充足且真实有效的样本,本次调研主要选择电子及通信设备、计算机和软件技术、汽车制造、汽车零部件制造、家电产业、钢铁产业、电子电气设备以及机械制造等产业的企业进行调查。一方面因为这些产业技术更新快,产品换代快(生命周期短),是面临激烈竞争环境的典型代表,最需要知识创新;另一方面,这些产业都是我国高新技术产业中的支柱,对国民经济的发展具有举足轻重的作用,基于这些产业所做的研究现实意义重大。

在调查中主要选择了苏州工业园和武汉市沌口经济开发区部分企业,一方面是因为作者进行大范围的调查存在困难;另一方面,苏州和武汉经济较为发达,大型企业的总体分布式创新相对于其他地区更为活跃,因而更具有代表性。

3.3.4 问卷的发放与回收

数据收集是实证研究的关键所在,直接决定研究数据的有效性和可靠性。本次问卷调查的数据方式主要有三种。

1. 利用课题调研的机会收集

从2008年1～12月,本课题利用湖北省科技厅攻关计划资助项目"基于TRIZ创新方法在湖北高新技术企业的应用研究"和"湖北汽车产业关键技术的自主创新能力及产业技术政策研究"调研的机会,发放问卷调查表。

2. 利用网络收集

为了提高问卷填写和回收效率,降低问卷发送成本,除了传统的书面问卷之外,本次调查创造性地采用了网上问卷的形式,即在互联网上申请了网站http://d-innovation.cn,如图3.7所示,并且有中文、英文和德文三个版本。然后将原Word版本问卷设计成Asp表单网页形式,受调查企业可以直接通过访问该网站进行在线填写,对于各问题只需点点鼠标即可,非常方便快捷,所填数据会自动存储到网站的Access数据库中,大大减轻了问卷回收后的繁杂数据录入和初步处理等工作强度。

问卷的发放和回收采用了多种形式,主要有E-mail、邮寄、传真和现场填写回收等。由于当前企业的互联网普及率已经非常高,特别是大中型企业,基本都已经建立了自己的网站或宣传网页,且上网比较方便,因此为提高问卷发送和回收效率、降低成本,本调查问卷主要通过E-mail形式与企业相关人员联系,告知网上问卷的网页地址,请他们在线填写。对于一些在线填写不太方便的企业,主要通过邮寄问卷或者通过E-mail发送Word

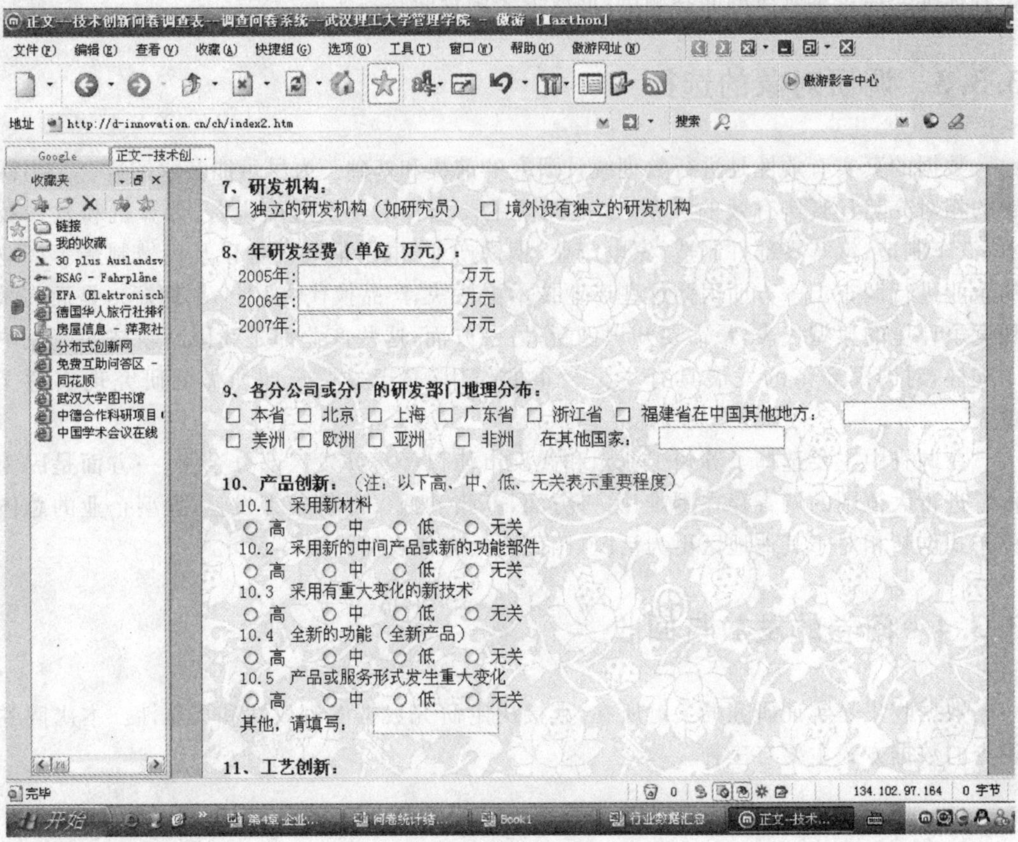

图 3.7　分布式创新问卷调查网页

版本问卷等方式进行发送。

3. 利用社会关系收集

主要通过博士生导师的各种社会关系，请他们将问卷转交给企业研发部门的管理人员，由研发人员填写。

在调研时遵循以下标准：①在调研员的指导下，由企业主要负责人当场填写；②填写率低于 95% 的问卷为无效问卷；③请填写人按照第一反应填写；④问卷中连续出现相同回答或明显前后矛盾的，视为无效问卷。最后对得到的问卷收集和整理，由课题组成员对所得到的问卷进行进一步的检查和甄别，对于存在空白、错误以及其他问题的问卷，寄回该企业进一步修改，或者作为无效问卷处理。按照预先设计的数据结构，将合格的问卷输入电脑形成数据库。

调查结果显示，所调查的企业有国有企业、民营、外资及股份制企业。样本涉及产业有生物医药、化工、家电、电工电器、汽车、机械装备制造、信息、通讯、钢铁及汽车摩托车零部件制造，调查问卷总共发放 320 份，有 216 家企业接受调查并提供了相关信息，问卷回答率为 67.5%。在这 216 家企业中,有 32 家企业因调查者不熟悉调查期间企业的完整情况等原因,填写的资料不完整,使问卷无效,最终有效问卷 184 份,整体问卷有效率为 57.5%。

在企业所属行业方面,电工电器、装备及机械制造、信息占多数,分别占有效样本总数的 16.8%、15.2% 和 12.5%;其次为化工和汽车,分别占 11.4% 和 10.3%;生物医药、通讯、家电、钢铁、汽车摩托车零部件分别占 9.2%、8.2%、6.5%、7.1% 和 2.7%;这种样本分布与实证研究的样本选择有关,装备机械制造、电工电器、通信、汽车是武汉市的 4 大主导产业,其中电工电器企业占有较大比例;苏州工园区的主导产业为电子信息,入园企业多数为电子信息企业回收样本的比例基本上反映了抽样母本的行业结构特征。回收样本的比例基本上反映了抽样母本的行业结构特征。企业基本概况汇总见表 3.1~表 3.5。

表 3.1　企业所属行业统计表

行业	频率	百分比/%	有效百分比/%	累积百分比/%
电工电器业	31	16.8	16.8	16.8
钢铁业	13	7.1	7.1	23.9
化工业	21	11.4	11.4	35.3
机械装备制造业	28	15.2	15.2	50.5
家电产业	12	6.5	6.5	57.1
汽车产业	19	10.3	10.3	67.4
汽车摩托车零部件产业	5	2.7	2.7	70.1
生物制药业	17	9.2	9.2	79.3
通讯产业	15	8.2	8.2	87.5
信息产业	23	12.5	12.5	100.0
合计	184	100.0	100.0	

表 3.2　企业固定资产统计表

固定资产/百万元	频率	百分比/%	有效百分比/%	累积百分比/%
>100 000	4	2.2	2.2	2.2
10 000~100 000	17	9.2	9.2	11.4
5 000~10 000	17	9.2	9.2	89.1
1 000~5 000	54	29.3	29.3	40.8
500~1 000	20	10.9	10.9	100.0
100~500	21	11.4	11.4	52.2
<100	51	27.7	27.7	79.9
合计	184	100.0	100.0	

表 3.3　企业销售额统计表

销售额/百万元	频率	百分比/%	有效百分比/%	累积百分比/%
>100 000	4	2.2	2.2	2.2
10 000~100 000	21	11.4	11.4	13.6
5 000~10 000	11	6.0	6.0	88.6
1 000~5 000	54	29.3	29.3	42.9
500~1 000	21	11.4	11.4	100.0
100~500	37	20.1	20.1	63.0
<100	36	19.6	19.6	82.6
合计	184	100.0	100.0	

表 3.4　企业员工人数统计表

员工数/人	频率	百分比/%	有效百分比/%	累积百分比/%
>10 000	17	9.2	9.2	9.2
5 000~10 000	28	15.2	15.2	88.6
1 000~5 000	57	31.0	31.0	40.2
500~1 000	21	11.4	11.4	100.0
100~500	39	21.2	21.2	61.4
<100	22	12.0	12.0	73.4
合计	184	100.0	100.0	

表 3.5　企业研发人数统计表

研发人数/人	频率	百分比/%	有效百分比/%	累积百分比/%
>10 000	5	2.7	2.7	2.7
5 000~10 000	1	0.5	0.5	86.4
1 000~5 000	21	11.4	11.4	14.1
500~1 000	25	13.6	13.6	100.0
100~500	61	33.2	33.2	47.3
<100	71	38.6	38.6	85.9
合计	184	100.0	100.0	

3.4　数 据 分 析

3.4.1　均值比较

均值比较(Means 过程)倾向于对样本进行描述,它可以对需要比较的各组计算描述指针,进行检验前的预分析。Means 过程的优势在于所有的描述性统计变量均按因变量的取值分组计算,无须先进行文件拆分过程,输出结果中各组的描述指标放在一起,便于相互比较分析。结果见表 3.6 和表 3.7。

表 3.6　数据摘要表

项目	案例					
	包括		排除		合计	
	样本量	百分比 $t/\%$	样本量	百分比 $t/\%$	样本量	百分比 $t/\%$
固定资产 ＊产业类型	184	100.0	0	0.0	184	100.0
产品销售收入 ＊产业类型	184	100.0	0	0.0	184	100.0
员工人数 ＊产业类型	184	100.0	0	0.0	184	100.0
研发人数 ＊产业类型	184	100.0	0	0.0	184	100.0

表 3.7　Means 过程分析报告表

产业类型		产品销售收入	固定资产	员工人数	研发人数
电工电器业	均值	1 200.679 58	1.090 92E3	1 589.26	166.55
	有效样本容量	31	31	31	31
	标准差	2 000.935 664	1.497 737E3	2.215E3	252.488
	最小值	10.660	0.600	42	0
	最大值	10 032.880	6.835E3	8 951	1 226
钢铁业	均值	39 567.672 31	4.086 86E4	1.92E4	2 335.85
	有效样本容量	13	13	13	13
	标准差	4.977 394E4	5.237 294E4	1.546E4	3.108E3
	最小值	198.460	37.565	59	0
	最大值	191 559.000	1.883E5	43 654	11 760
化工业	均值	973.523 00	9.110 05E2	997.95	101.19
	有效样本容量	21	21	21	21
	标准差	934.517 347	1.355 387E3	1.195E3	102.627
	最小值	5.074	2.000	67	2
	最大值	3 320.283	5.138E3	4 349	384
机械装备制造业	均值	1 450.941 57	1.976 90E3	2 148.68	194.93
	有效样本容量	28	28	28	28
	标准差	2 218.373 804	4.433 811E3	2.833 E3	247.783
	最小值	2.000	0.550	15	0
	最大值	7 592.573	2.242E4	9 816	982
家电产业	均值	13 564.488 58	8.158 43E3	1.38E4	748.92
	有效样本容量	12	12	12	12

续表

产业类型		产品销售收入	固定资产	员工人数	研发人数
	标准差	1.469 203E4	8.344 548E3	1.702E4	815.258
	最小值	1 311.057	866.497	1 225	69
	最大值	39 062.607	2.555E4	46 344	2 484
汽车产业	均值	20 018.140 74	2.098 72E4	1.28E4	1 444.74
	有效样本容量	19	19	19	19
	标准差	3.691 942E4	4.653 196E4	2.661E4	2.207E3
	最小值	8.456	6.124	1 002	123
	最大值	138 700.000	1.899E5	121 000	10 117
汽车摩托车零部件产业	均值	64.832 00	6.538 26E1	114.80	20.40
	有效样本容量	5	5	5	5
	标准差	39.676 909	6.417 049E1	35.266	11.866
	最小值	28.000	20.280	75	4
	最大值	127.500	177.580	153	36
生物制药业	均值	1 512.549 18	1.993 40E3	1 939.24	258.12
	有效样本容量	17	17	17	17
	标准差	1 247.309 250	1.474 463E3	1.749E3	323.718
	最小值	0.350	10.000	28	15
	最大值	4 115.717	5.638E3	7 071	1 251
通信产业	均值	7 419.761 13	1.343 31E4	7 814.07	2 364.07
	有效样本容量	15	15	15	15
	标准差	2.575 432E4	3.755 665E4	1.651E4	5.439E3
	最小值	34.777	8.552	139	14
	最大值	100 467.609	1.445E5	48 261	16 940
信息产业	均值	1 146.363 74	1.165 18E3	1 510.09	1 199.09
	有效样本容量	23	23	23	23
	标准差	2 248.204 530	2.420 393E3	2.276E3	3.147E3
	最小值	1.080	0.010	4	8
	最大值	8 418.351	1.040E4	7 783	14 235
总计	均值	7 171.141 14	7.601 98E3	5 298.73	799.34
	有效样本容量	184	184	184	184
	标准差	2.193 655E4	2.522 220E4	1.269E4	2.300E3
	最小值	0.350	0.010	4	0
	最大值	191 559.000	1.899E5	121 000	16 940

3.4.2　因子分析

为了消除变量之间的多重共线性,首先对变量进行因子分析。因子分析[169]是一种通过显在变量测评潜在变量,通过具体指标测评抽象因子的统计分析方法。因子分析(factor analysis)是通过研究众多变量之间的内部依赖关系,探求观测数据中的基本结构,并用少数几个"类别"变量来表示基本的数据结构。每一类变量代表了一个"共同因子"。因子分析的主要目的是将众多观测变量浓缩为少数几个因子。因子分析的应用主要有以下两个方面[169]:

(1) 寻求基本结构。在多元统计分析中,经常碰到观测变量很多且变量之间存在着较强的相关关系的情形,这不仅对问题的分析和描述带来一定的困难,而且在使用某些统计方法时会出现问题。例如,在多元回归分析中,当自变量之间高度相关时,会出现多重共线性现象。变量之间的高度相关意味着它们所反映的信息高度重合,通过因子分析能找到较少的几个因子,它们代表数据的基本结构,反映了信息的本质特征。

(2) 数据简化。通过因子分析把一组观测变量化为少数几个因子后,可以进一步将原来观测变量的信息转换成这些因子的因子值,然后利用这些因子代替原来的观测变量进行其他的统计分析,如回归分析、路径分析、相关分析等,利用因子值也可以直接对样本进行分类和综合评价。我们运用 SPSS 软件对测定变量的因子进行可靠性分析。

1. 原始指标的解释

分布式创新的动力因素由以下 14 个指标组成,见表 3.8。

表 3.8　分布式创新动力指标表

因子名称	变量	指标
区位因素	X_6	客户本土化需求
	X_{12}	开辟新的地域或境外市场
	X_{13}	分公司或子制造厂的地理分布
市场因素	X_2	增加市场份额
	X_3	开辟新的市场
	X_7	快速地响应市场
利润因素	X_4	减少生产成本
	X_{11}	减少研发成本
	X_{10}	减少创新风险
技术因素	X_1	提高产品或服务质量
	X_{14}	工艺和制造过程的需要
资源因素	X_8	资源配置与共享
	X_9	知识共享
环境因素	X_5	减少环境污染

2. 影响要素的效度检验

在本课题中,采用因子分析法对多指标项的潜变量进行效度检测。在对关系强度、关系久度和关系质量以及进行因子提取之前,先进行样本充分性检验,即样本充分性 KMO(KaiserMeyer-Olykin)测试系数检测和巴特莱特球体检验(Bartlett test of sphericity),判断是否可以进行因子分析。一般认为,KMO 在 0.9 以上,非常适合;0.8~0.9,很适合;0.7~0.8,适合;0.6~0.7,很勉强;0.5~0.6,不太适合;0.5 以下,不适合[167];巴特莱特球体检验的统计值显著性概率小于等于显著性水平时,可以作因子分析。

表 3.9　企业分布式创新动力因素的 KMO 和 Bartlett 值

Kaiser-Meyer-Olkin 抽样充足性测度		0.651
Bartlett 球形检验	近似卡方值	362.019
	自由度	91
	显著性概率	0.000

本课题分析 KMO 数值为 0.651,因此适合进行因子分析,见表 3.9。表中,第二行 Bartlett 球形检验的结果,该值检验相关阵是否是单位阵,即各变量是否相互独立。表中结果显示,近似卡方值为 362.091,自由度 91,检验的显著性概率为 0 代表母群体的相关矩阵间有共同因素存在,适合进行因子分析。

3. 利用 SPSS 进行因子分析

按照特征根大于 1 的原则,选入 5 个公共因子,其累积方差贡献率为 57.808%,相关矩阵表、特征根及方程贡献、碎石图、因子载荷矩阵如下表所示:

如表 3.10 中的第一行为相关系数矩阵,第二部分为零假设,为相关系数为 0 的单侧显著检验概率矩阵。从该表可以看出,各概率均大于 0.05,因此可以认为各变量两两之间是不相关的。

表 3.11 中,前 5 个因子解释的方差占总方差的 57.808%,能比较全面地反映所有信息。

图 3.8 中,横坐标为因子序号,纵坐标为各因子对应的特征值。在图中根据因子序号和对应特征值描点,然后用直线连接即为碎石图[169]。根据点间连线坡度的陡缓程度,从碎石图可以比较清楚地看出因子的重要程度。比较陡的直线说明直线断点所对应的因子的特征值差值较大,比较缓的直线则对应较小的特征值差值。从图 3.8 中可以看出,因子 1,2,3,4 和 5 之间连线的坡度相对较陡,说明前面 5 个因子是主要因子,这和表 3.11 中的结论是吻合的。

表 3.10 研究变量相关系数表

变量	提高产品或服务质量	增加市场份额	开辟新的市场	减少生产成本	减少环境污染	客户本土化需求	快速地响应市场	资源配置与共享	知识共享	减少创新风险	减少研发成本	开辟新的地域或境外市场	分公司或子制造厂的地理分布	工艺和制造过程的需要
提高产品或服务质量	1.000													
增加市场份额	0.243	1.000												
开辟新的市场	0.092	0.256	1.000											
减少生产成本	0.173	0.039	-0.005	1.000										
减少环境污染	-0.030	0.020	-0.018	0.011	1.000									
客户本土化需求	-0.010	0.215	0.144	-0.060	-0.022	1.000								
快速地响应市场	-0.133	0.274	0.225	-0.105	0.069	0.296	1.000							
资源配置与共享	-0.089	-0.004	0.171	-0.145	-0.007	0.282	0.229	1.000						
知识共享	0.103	-0.005	0.091	-0.019	-0.104	-0.008	0.075	0.166	1.000					
减少创新风险	0.086	-0.010	0.037	0.062	-0.023	0.057	0.126	0.259	0.558	1.000				
减少研发成本	-0.179	-0.021	0.028	-0.047	0.012	0.239	0.154	0.220	0.031	0.202	1.000			
开辟新的地域或境外市场	0.029	0.130	0.140	0.122	-0.100	0.137	0.116	0.150	0.196	0.292	0.073	1.000		
分公司或子制造厂的地理分布	0.028	0.153	0.073	0.032	-0.046	0.392	0.171	0.147	-0.015	0.085	0.107	0.312	1.000	
工艺和制造过程的需要	0.003	0.242	0.135	-0.102	0.088	0.312	0.204	0.190	0.072	0.063	0.264	0.289	0.333	1.000

表 3.11 特征根及方程贡献表

因子序号	初始特征值			未旋转的因子载荷平方和			经方差最大旋转的因子载荷平方和		
	特征值	特征值占方差百分数的百分比/%	特征值占方差百分数的累加值/%	特征值	特征值占方差百分数的百分比/%	特征值占方差百分数的累加值/%	特征值	特征值占方差百分数的百分比/%	特征值占方差百分数的累加值/%
1	2.712	19.370	19.370	2.712	19.370	19.370	2.104	15.028	15.028
2	1.644	11.742	31.112	1.644	11.742	31.112	1.816	12.971	27.999
3	1.523	10.881	41.993	1.523	10.881	41.993	1.564	11.170	39.170
4	1.177	8.405	50.398	1.177	8.405	50.398	1.524	10.889	50.059
5	1.037	7.410	57.808	1.037	7.410	57.808	1.085	7.750	57.808
6	0.898	6.416	64.225						
7	0.861	6.147	70.372						
8	0.806	5.757	76.129						
9	0.794	5.670	81.798						
10	0.622	4.443	86.241						
11	0.552	3.943	90.185						
12	0.518	3.700	93.885						
13	0.498	3.556	97.441						
14	0.358	2.559	100.000						

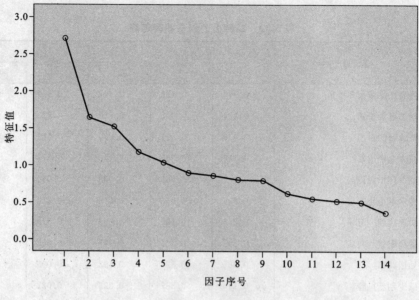

图 3.8 碎石图

由此可以得到表 3.12 因子载荷矩阵表;但由于因子负荷矩阵图中所显示的前 5 个因子在原变量的载荷值都相差不大,难以真实地解释他们的含义,而通过适当的旋转,改变信息量在不同因子上的分布,就可能为所有的因子找到合适的解释。此外,旋转并不会影响公因子的提取过程和结果,只会影响各个变量对各因子的贡献度。因此,需要对负荷矩阵进行旋转,旋转后的因子负荷矩阵见表 3.13,由于此时得到的未旋转的公共因子的实际意义不好解释,所以对公共因子进行方差最大化正交旋转。

表 3.12 因子载荷矩阵表

变量	主成分				
	1	2	3	4	5
提高产品或服务质量	0.013	0.283	0.670	0.087	0.050
增加市场份额	0.389	−0.207	0.590	0.297	0.024
开辟新的市场	0.385	−0.047	0.283	0.488	−0.167
减少生产成本	−0.079	0.252	0.442	−0.370	0.341
减少环境污染	−0.025	−0.238	−0.041	0.206	0.866
客户本土化需求	0.619	−0.335	0.006	−0.129	−0.108
快速地响应市场	0.544	−0.236	−0.067	0.383	0.040
资源配置与共享	0.533	0.060	−0.370	0.166	−0.092
知识共享	0.329	0.737	−0.114	0.217	−0.003
减少创新风险	0.442	0.709	−0.184	0.043	0.189
减少研发成本	0.417	−0.096	−0.443	−0.175	0.214
开辟新的地域或境外市场	0.527	0.283	0.176	−0.358	−0.037
分公司或子制造厂的地理分布	0.553	−0.191	0.176	−0.486	−0.099
工艺和制造过程的需要	0.617	−0.237	0.048	−0.170	0.162

表 3.13　旋转后的因子载荷矩阵

变量	变量描述	主成分				
		1	2	3	4	5
X_1	提高产品或服务质量	−0.067	0.123	0.367	0.615	−0.084
X_2	增加市场份额	0.224	−0.092	0.720	0.223	0.070
X_3	开辟新的市场	0.039	0.111	0.686	−0.087	−0.073
X_4	减少生产成本	0.128	0.080	−0.146	0.675	0.136
X_5	减少环境污染	−0.057	−0.065	0.038	0.054	0.916
X_6	客户本土化需求	0.636	−0.055	0.248	−0.233	−0.023
X_7	快速地响应市场	0.251	0.105	0.498	−0.378	0.197
X_8	资源配置与共享	0.264	0.371	0.147	−0.482	0.002
X_9	知识共享	−0.085	0.827	0.103	0.003	−0.101
X_{10}	减少创新风险	0.110	0.867	−0.028	0.022	0.069
X_{11}	减少研发成本	0.418	0.195	−0.193	−0.367	0.266
X_{12}	开辟新的地域或境外市场	0.545	0.375	0.023	0.227	−0.166
X_{13}	分公司或子制造厂的地理分布	0.767	−0.044	0.036	0.091	−0.139
X_{14}	工艺和制造过程的需要	0.641	0.049	0.188	−0.081	0.197

表 3.13 为使用 Varimax 法进行因子旋转后得到的因子负荷矩阵。与表 4.12 相比，该表更好地对主因子进行解释。因为旋转后的因子负荷矩阵两端集中，能更好地解释主因子。

主成分分析表达式如下：

$$Y_1 = -0.67X_1 + 0.224X_2 + 0.039X_3 + 0.128X_4 - 0.057X_5 + 0.636X_6 + 0.251X_7 + 0.264X_8 - 0.085X_9 + 0.110X_{10} + 0.418X_{11} + 0.545X_{12} + 0.767X_{13} + 0.641X_{14}$$

第一主成分 Y_1 是由分公司或子制造厂的地理分布 X_{13}，客户本土化需求 X_6，减少研发成本 X_{11}，开辟新的地域或境外市场上 X_{12}，工艺和制造过程的需要 X_{14} 确定，因为他们在式中系数远远大于其他变量的系数，故标志着 Y_1 是这前 5 个指的综合反映，说明区位因素是对企业分布创新的重要动力。

$$Y_2 = 0.123X_1 - 0.092X_2 + 0.111X_3 + 0.080X_4 - 0.065X_5 - 0.055X_6 + 0.105X_7 + 0.3719X_8 + 0.827X_9 + 0.867X_{10} + 0.195X_{11} + 0.375X_{12} - 0.044X_{13} + 0.049X_{14}$$

第二主成分 Y_2 由减少创新风险 X_{10}，知识共享 X_9，资源配置与共享 X_8 三个因素确定，因为它们在式中系数相对于其他变量的系数较大，故标志着 Y_2 是这三个指的综合反映，反映了企业在资源和知识共享对创新动力驱动因素较强。

$$Y_3 = 0.367X_1 + 0.720X_2 + 0.686X_3 - 0.146X_4 + 0.038X_5 + 0.248X_6 + 0.498X_7 + 0.147X_8 + 0.103X_9 - 0.028X_{10} - 0.193X_{11} + 0.0239X_{12} + 0.036X_{13} + 0.188X_{14}$$

第三主成分 Y_3 由增加市场份额 X_2，快速地响应市场 X_7，开辟新的市场 X_3 确定，说明了市场是企业分布式创新的重要动力因素。

$$Y_4 = 0.615X_1 + 0.223X_2 - 0.087X_3 + 0.675X_4 + 0.054X_5 - 0.233X_6 - 0.378X_7$$
$$-0.482X_8 + 0.003X_9 + 0.022X_{10} - 0.367X_{11} + 0.227X_{12} + 0.091X_{13} + 0.081X_{14}$$

第4主成分 Y_4 主要由减少生产成本 X_4 和提高产品或服务质量 X_1 共同决定，反映了企业对利润和技术共同作用而形成明显的动力因素。

$$Y_5 = -0.084X_1 + 0.070X_2 - 0.073X_3 + 0.136X_4 + 0.916X_5 - 0.023X_6 + 0.197X_7$$
$$+0.002X_8 - 0.101X_9 + 0.069X_{10} + 0.266X_{11} - 0.166X_{12} - 0.139X_{13} + 0.197X_{14}$$

第5主成分 Y_5 由减少环境污染 X_5 决定，X_5 在表达式中的系数远远大于其他变量的系数，标志着 Y_5 是这一个指标的综合反映，反映了环境因素对企业分布式创新的驱动。

3.5 主要结论

3.5.1 分布式创新动力因素识别及重要程度分析

由上一节分析得到的 5 个主成分方程式可以识别出企业分布式创新动力因素，其中区位-技术因素、资源-利润因素、市场因素、利润-技术因素和环境因素 5 个重要因素。将这 5 个影响要素用表格进行更为清楚直观的表达，具体见表 3.14。

表 3.14 分布式创新动力因素分析

因子名称	指标层	因素1	因素2	因素3	因素4	因素5
区位-技术因素	客户本土化需求 X_6	0.636				
	分公司子制造厂的地理分布 X_1	0.767				
	开辟新的地域或境外市场 X_{12}	0.545				
	工艺和制造过程的需要 X_{14}	0.641				
	减少研发成本 X_{11}	0.418				
资源-利润因素	资源配置与共享 X_8		0.371			
	知识共享 X_9		0.827			
	减少创新风险 X_{10}		0.867			
市场因素	增加市场份额 X_2			0.720		
	开辟新的市场 X_3			0.686		
	快速地响应市场 X_7			0.498		
利润-技术因素	提高产品或服务质量 X_1				0.615	
	减少生产成本 X_4				0.675	
环境因素	减少环境污染 X_5					0.916

同时,在企业分布式创新的动力因素分析的过程中,我们可以通过特征根及方程贡献表(见表 3.11)看出分布式创新动力因素的 5 个因素的强弱程度,如图 3.9 所示。

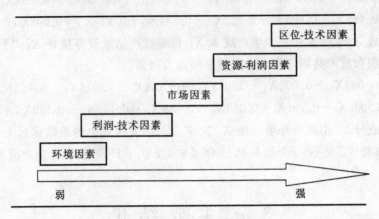

图 3.9　动力因素的重要程度性

3.5.2　分布式创新动力模型

企业选择在异地进行研发投资的主要动因是为了开辟新的市场和拓展当地的市场份额,庞大的市场规模和市场发展潜力与企业的利润息息相关,出于对利润最大化的追求,企业对当地市场的容量非常重视,如果当地可以提供较大的市场需求,企业则会相应地提高投资、扩大生产,并设立研发机构,开发符合当地市场的产品,进行及时的信息反馈,提供技术服务和技术保障。企业在市场规模较大、市场特殊性明显的地域建立研发机构,可以直接了解当地市场的需求特点,从而有针对性地研究开发相关产品,以支持其产品的先进性和技术行业的垄断地位,占领更多市场份额,并拓展当地市场甚至世界市场。特别是那些进入当地时间较长、业务量较大的企业,为配合本地生产、本土客户化需求和技术进一步发展的需要,急需建立各自的研发机构。并且充分利用当地的技术和资源,利用当地的科技基础设施,从而实现研发资源的全球共享,降低研发成本和创新风险。

根据以上分析我们给出分布式创新的动力要素模型,如图 3.10 所示。从图中可以看出,分布式创新动力模型以区位因素为核心,市场因素、技术因素、利润因素与资源因素、环境因素共同作用形成的。在整个分布式创新过程中,企业与其外部环境发生着众多的交流和作用关系,而这些外部环境与当地所在的区域有着千丝万缕的关系。由于不同的地域空间所聚集的市场、技术、资源和环境既有量的不同,又有质的差异。因此区位因素是分布式创新动力的核心因素,其他因素都是围绕区位因素有效整合在一起推动企业的分布式创新。

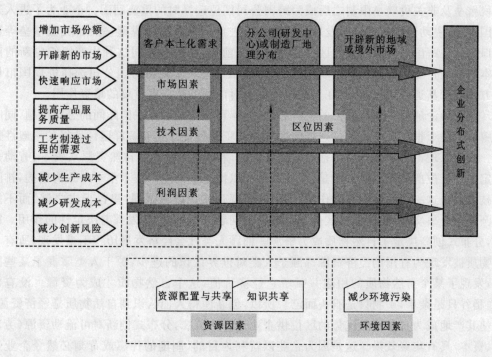

图 3.10 分布式创新动力因素模型

3.5.3 企业进行分布式创新的主要动力因素

通过分布式创新的动力因素模型,可以使我们明确分布式创新是由哪些因素驱使的,它们之间的作用关系如何,它们是如何作用于企业分布式创新的,以及企业分布式创新在这些因素作用下是如何运转的,进而企业可以有意识地改造可控的因素,适应不可控因素,从而推进企业的分布式创新得以持续不断地进行,使企业的竞争优势得以不断提高。

根据分布式创新动力因素模型,区位因素是企业进行分布式创新的核心动力因素,而且市场因素、技术因素、利润因素、资源因素、环境因素围绕着区位因素有机地整合在一起,共同作用推进企业进行分布式创新;反之,企业如何进行区位选择,而要根据当地的市场、资源、利润、技术和环境等因素进行选择。

市场因素是企业区位选择的主要决定因素,传统区位理论关于市场因素的分析,主要讨论了企业生产成本与市场空间大小的关系。但是,传统区位理论基本上讨论了区位选择对市场划分的作用而非市场对区位选择的意义。客观上,市场的确是企业区位选择的重要参考因素,市场是否成熟和丰厚决定了企业区位选择的成败。第一,市场因素对企业区位选择的作用,主要体现在企业区位是否贴近市场,这里具体表现在运距以及运输成本的区位意义上,即运距越短、运费越少,就越是可以视为满足市场要素的区位选择目标。第二,随着世界经济一体化的深入发展,在一国内部受到削弱的市场要素在国际贸易受到关税壁垒及非关税壁垒限制之后成为跨国公司区位选择时的重要动因。企业为了进入进口国市场,主动选择在进口国设厂进行生产。进口国采取的关税壁垒及非关税壁垒等进出口制度是跨国公司选择投资区位的制度创新前提,而跨国公司这种生产组织创新的产生本身则是企业区位选择中市场作用的结果,而且进一步使得跨国公司选择进口国市场的方式大行其道。第三,企业在异地进行创新对市场的生成有重要的培育作用。

资源理论解释了国际分工的生产原理,亦解释了生产据点在国际间的分布问题,同时也解释了整个世界的厂商区位选择问题,因而,资源理论才具有解释区位选择的一般性意义。在资源理论看来,土地(包括与土地天然附着而不可移动的自然资源)、资本、劳动是决定生产区位的关键因素。但是,俄林的理论以世界平均生产技术水平一致为前提,排除了技术创新这一根本性创新的作用,因而在解释现实问题时遭遇"里昂惕夫之谜"而不能自圆其说。事实上,在资源对区位选择的影响问题上,创新都在发挥着决定性的作用。第一,分布式创新决定了自然物质成为资源。回顾人类社会经济发展历程不难发现,所有自然物质被发现为有用的经济资源都源于人类对世界认识的进步,源于人类掌握了某些技术,发现了某个自然物质的用途并赋予它经济价值,这个自然物质才成为资源。没有创新,稻谷只是杂草,矿物只是石头而已。所以,创新使得人们认识到自然物质是经济资源,才使其产地成为自然资源优势的区位供企业选择。第二,分布式创新对可流动资源(劳动力、资本)具有集聚效应。这是因为企业以营利为目的,制度的优惠或苛刻必然令企业避害趋利,于是大量资本涌入政策优惠区位,使得该区位成为资本要素丰度较高的地域。而同样由于政策的优惠,使得企业在同等技术条件下可以获得更多的利润。利润的扩大必然带来劳动力需求的增长、劳动力价格的上升,从而导致劳动力资源的集聚,使政策优惠区位成为劳动力资源丰裕程度较高的区域。这使得企业在区位选择时愿意选择资本、劳动力丰度高的区域。第三,分布式创新能够提高资源利用的效率。资源丰裕程度先天地决定于一个区位资源的拥有数量和质量,后天地取决于资源的利用方式。就企业而言,资源利用效率的提高就是在同等资源前提下创造出更多利润的过程。在此,分布式创新可以通过生产技术的进步,实现原材料、劳动力的节省,提高生产效率从而降低单位产品的成本,推出新产品获取超额利润。企业分布式创新的区位选择,也可以通过共享当地基础设施以节省交易费用、共享知识以降低研发成本。

|第 4 章|
企业分布式创新过程

本章分析了创新过程的演进模型,提出了第 6 代创新过程——分布式创新过程模型。阐述了企业分布式创新过程的分布式动态网络特点,并结合阶段-关卡模型、Ulrich 创新过程模型和新概念创新过程模型的各自优点,将分布式创新过程分为模糊前端阶段、确定产品阶段、开发阶段、测试阶段和商业化 5 个阶段。通过问卷调查和访谈,收集大量数据,进行因子分析,找出了影响和促进企业分布式创新过程的市场因素、组织因素、创新目标、资金因素和知识因素 5 个因素,并根据这 5 个因素构建了企业分布式创新过程的因素模型。

4.1 5代创新过程模型的演进

随着21世纪经济全球化时代的来临,知识经济的快速发展、信息技术的突飞猛进,导致了人类知识总量迅猛增长,信息空间无限扩张,市场竞争日趋激烈,市场环境多变且无法预测。互联网络环境改变了企业外部与内部的知识交流、共享和获取的环境,使创新过程中企业间的合作及企业内部的协同协作更有效、更经济,与此同时企业必须对由此产生的大量知识共享、传递及转移做出明确有效的控制与管理,因此,企业的整个创新过程就是企业内外部资源和知识融合,并且形成知识流的过程。这种基于知识流的创新过程,是继 R. Rothwell 的第5代创新过程模型(系统集成网络模型)之后,新一代的创新过程模型——企业分布式创新过程模型,代表了新知识经济时代的典型特征——分布式动态网络。

创新过程可以视为创新要素在创新目标下的流动、实现过程,关于创新过程模式的研究,R. Rothwell 划分了技术创新过程的技术推动模型、市场拉动模型、耦合互动模型、创新过程模型和系统集成网络模型5代主导模式[170]。

4.1.1 简单线性的技术推动模型

20世纪50年代,人们早期对创新过程的认识是,研究开发或科学发现是创新的主要来源,技术创新是由技术成果引发的一种线性过程。这一过程起始于研发,经过生产和销售最终将某项新技术产品引入市场,市场是研究开发成果的被动接受者[85]。体现这种观点的是技术推动的创新过程模型,如图4.1所示[170]。

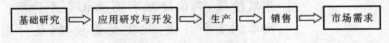

图 4.1　技术推动的创新过程模型

事实上,许多根本性创新确实是来自于技术的推动,对技术机会的认识会激发人们的创新努力,特别是新的发现或技术常常易于引起人们的注意,并刺激人们为之寻找应用领域。如无线电和计算机这类根本性创新就是由技术发明推动的。该模式的一个基本假设就是更多的研究与开发等于更多的创新。当时由于生产能力的增长往往跟不上需求的增长,很少有人注意市场的地位。

4.1.2 线性的市场拉动模型

20世纪60年代后期是一个竞争增强的时期,这时生产率得到显著提高,许多产品已经基本供求平衡。尽管新产品仍在不断开发,但企业更多关注的是如何利用现有技术变革,扩大规模,多样化实现规模经济,获得更多的市场份额。企业创新过程研究开始重视市场的作用,因而导致了需求(市场推动)模式的出现,如图4.2所示[170]。该模式中市场被视为引导研发的思想源泉,而研发是被动地起作用。

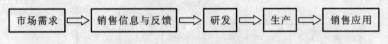

图4.2 市场拉动的创新过程模型

渐进性创新风险小、成本低,常常有重大的商业价值,能大大提高创新者的生产效率和竞争地位,所以企业往往偏爱这些创新。然而,由于消费者需求变化的有限性和消费者需求变化测度的困难性,尽管市场需求可能会引发大量的技术创新,但这些创新大都属于渐进式创新,而不像技术推动能引发根本性创新。所以,只考虑市场这一种因素,将公司所有资源全部投向单纯来自市场需求的创新项目而不考虑潜在的技术变化,也是不明智的[85]。

4.1.3 技术与市场的耦合互动模型

20世纪70年代至80年代初期,大量研究显示,对科学、技术和市场三者相互联结的一般过程而言,线性的技术推动和市场拉动模式都过于简单和极端化,并且不典型。于是人们总结出了创新过程的耦合互动模型,如图4.3所示[170]。技术与市场交互作用的创新过程模型强调创新全过程中技术与市场这两大创新要素的有机结合,认为技术创新是技术和市场交互作用共同引发的。技术推动和需求拉动在产品生命周期及创新过程的不同阶段有着不同的作用,单纯的技术推动和需求拉动创新过程模型只是技术和市场交互作用创新过程模型的特例。

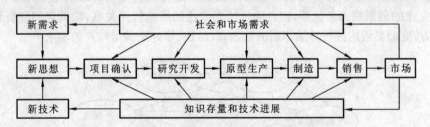

图4.3 技术与市场的耦合互动的创新过程模型

4.1.4 一体化的创新过程模型

进入20世纪80年代,企业开始关注核心业务和战略问题。当时领先的日本企业的两个最主要特征是一体化与并行开发,这对于当时基于时间的竞争是至关重要的。因此出现了第4代创新过程模型——一体化的创新过程模型,如图4.4所示[170]。它不是将创新过程视为从一个职能到另一个职能的序列性过程,而是将创新过程视为同时涉及创新构思的产生、R&D、设计制造和市场营销的并行的过程,它强调R&D部门、设计生产部门、供应商和用户之间的联系、沟通和密切合作，以便使新产品能更早、更好地满足用户的需求。

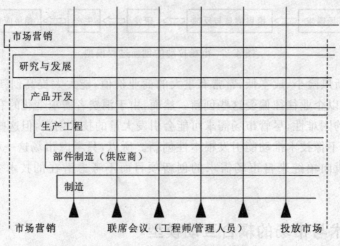

图 4.4　一体化的创新过程模型

4.1.5　系统集成网络模型

20 世纪 90 年代初，第 5 代的创新过程进入了系统的一体化与扩展的网络模式，R. Rothewll 提出了第 5 代创新过程模型即系统集成网络模型，如图 4.5 所示[170]，它是一体化模型的进一步发展。企业不仅在内部更好地实现各功能的平行作业和一体化，而且广泛地同供货企业和其他战略伙伴在技术创新上进行广泛地协作和外包，从而不仅充分利用本企业的创新能力与优势，而且通过建立广泛的战略伙伴关系，动员它们的资源，凭借创新能力，更加灵活地进行持续不断的创新，以尽快、尽好地满足用户的需求[171]。

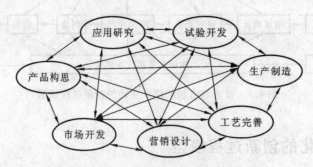

图 4.5　系统集成与网络的创新过程模型

R. Rothewll 的第 5 代技术创新过程模型是从技术管理与战略的视角对创新过程的刻画，揭示了创新过程信息化的趋势，几乎对信息技术和信息系统在企业技术创新中的具体应用都进行了概括。但是，这一模型反映出 R. Rothewll 基本上把信息看作是一种数据，看作是一种机器可读的资料，同时也反映出他对技术创新本质的理解还只是一种循环的互动观,而没有进一步深入揭示技术创新的创造性本质。

4.2　第6代创新过程的诞生

4.2.1　分布式创新过程产生的时代背景

1995年,美国网景公司推出了万维网产品,顿时风靡全世界。万维网的诞生给全球信息交流和传播带来了革命性变化,一举打开了人们获取信息的方便之门。特别是进入21世纪后,互联网以惊人的速度发展,经济全球化使得企业的竞争环境发生了巨大变化,市场竞争日趋激烈,市场环境多变且难以预测,企业面临产品生命周期缩短,客户需求多样化,为客户提供快捷、优质、低价的产品等多方面的压力。正是在这些压力下,企业需要以更灵活、更有效的协作方式通过分布式创新来实现共同的发展目标。企业分布式创新过程模型是第6代创新过程模型,即分布式动态网络模型,如图4.6所示。

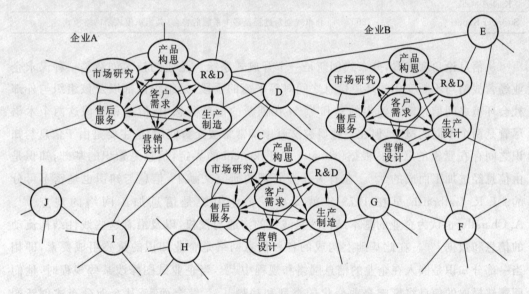

图4.6　分布式动态网络的创新过程模型

4.2.2　分布式创新过程概念的界定

根据第1章导论,本课题已经阐述了国外学者对分布式创新过程的研究,表4.1对此进行了总结。

本研究综合上述学者的观点,认为分布式创新过程跨越了空间和时间,充分利用通信、网络和计算机技术,快速动态地集成分布在全球企业内外部资源和知识的过程。

表 4.1　学者对分布式创新过程认识的总结

学者	年份	主要观点
Eric von Hippel	1994	分布式创新过程的理解是,竞争对手的诀窍交易,分布式创新过程的管理就是创新源的预测和转移
Ross Dawson	2002	执行分布式创新过程中的 5 个要素是,设计过程与分布式创新所要求的类型相匹配;创建组织结构以使用和协调顶尖的全球人才;共享所提供的价值;基于不同目标的谈判;整个过程完全开放
Rod Coombs, Mark Harvey, Bruce Tether	2001	规模(scale)是影响分布式创新过程的重要因素,并详细而有侧重地介绍了分布式创新过程中的全境合作模式
Virginia Acha,Lucia Cusmano	2005	关联代理(nexus agents)是控制和发展分布式创新过程的核心要素
Davide Consoli,Pier Paolo Patrucco	2007	分布式创新过程中的每个成员从事专门化的活动、技术工艺和知识生产,创新是他们活动结合和复合的结果
Jeremy Howells, Andrew James Khaleel Malik	2003	技术知识的源泉是分布式创新过程和其动态变化
Surinder Kapur	2007	分布式创新过程是多个系统的整合,其组织模式是网络模式

从信息论角度来看,分布式创新是一个开放式系统。企业的技术创新是一种谋求企业经营战略与不断变化的环境信息之间对等平衡的手段,是组织内部以及该组织与外部社会环境之间信息输入输出的总和[172]。在创新的信息概念中,信息和知识这两个术语尽管是两个不同的概念,但在一些研究文献中却常常被交替使用,这主要是由于信息与知识之间存在紧密的联系。根据 Nonaka 和 Takeuchi 的界定,信息是知识的基础,知识是由信息经过加工而成的[173]。在有关企业管理的研究文献中,信息与知识也是密不可分的。J. R. Galbraith 早在 1973 年就提出了企业组织是信息加工网络的观点[174]。A. Chandler也认为企业的基本结构就是线性的沟通与授权,以及沿着这些线性结构流动的信息和数据[175]。在此基础上构成的各种信息网络是企业知识的重要组成要素,即相当一部分知识是嵌入在企业的信息网络和规程中[176],当企业试图修改某些规程时,他们所能够提取的信息将影响企业变化的类型和趋势[177]。综合而言,从企业分布式创新的信息构面的发展来看,信息能力发展的过程就是从零散信息到知识整合的过程,分布式创新过程也是知识转移、整合、吸收的过程。

R. Rothwell 指出,企业创新过程模型随着环境和时代的变化,第 4 代与第 5 代创新过程模型的主要不同是后者使用了电子化工具来辅助设计和开发活动,这包括模型模拟、基于计算机的启发式学习以及使用 CAD 和 CAD-CAE 系统的企业间和企业内开发合作。而第 5 代与第 6 代创新过程模型的主要区别是后者利用当今先进的网络技术、通信技术、计算机技术实现异地企业间或企业内部子公司的协同合作。经历了 5 代演进及其他方面的发展,不同的时代背景产生了不同的企业技术创新过程模型。因此,企业创新过程模型的提出与形成首要依赖于企业生存的不同时代和不同环境。

4.2.3　分布式创新过程的复杂性

创新过程的 6 代模型,产生于不同时代背景之下,存在形式上和侧重点方面的差异。从抽象层面看,创新的本质过程是相通的,但复杂性是大不相同的。越来越多的学者和企业意识到,新产品开发时间正成为企业竞争优势的重要来源。但产品开发周期的缩短也往往意味着成本的提高。S. B. Graves 指出,新产品开发时间每缩短 1% 将平均导致开发成本提高 1%~2%[178]。为此,在这种基于时间的竞争环境下,企业要提高创新绩效,必须充分利用先进信息通信技术和各种有形与无形的网络进行集成化和网络化的创新。开发速度和效率的提高主要归功于第 5 代创新过程的高效信息处理创新网络,其中先进的电子信息通信技术提高了第 4 代创新的非正式(面对面)信息交流的效率和效果。

以上模型是分析创新过程而得出的。其中前两种模型实际上是离散的、线性的模型。线性模型把创新的多种来源简化为一种,没有反映出创新产生的复杂性和多样性。离散模型把创新过程按顺序分解为多个阶段,各阶段间有明显的分界。交互作用模型的提出一定程度上认识到线性模型的局限性,增加了反馈环节,但基本上还是机械的反应式模型。第 4 和第 5 代创新过程模型的出现,是技术创新管理理论与实践上的飞跃,标志着从线性、离散模型转变为一体化、网络化复杂模型。由于创新过程和产品对象的复杂性大大增强,创新管理需要系统观和集成观。而现代信息技术和先进管理技术的发展为第 4、第 5 代模型的应用提供了有力支撑,特别是先进的网络技术和通讯技术的发展,为第 6 代模型的出现提供了必要的技术支撑体系。

事实上,自第 3 代模型开始,创新的"互动"(interaction)观点日益受到重视,包括企业研发系统内部各部门之间、研发与其他部门间、生产者与顾客或供应商间,以及与其他企业间的互动作用等。几十年来国内外许多文献对"互动"进行了大量研究。Teubal 被认为是第一个提出"用户-生产者互动"的学者[179]。随着"互动"复杂性的增加,如图 4.7 所示,也进一步促进了"创新网络"(innovation network)的研究,包括各种正式(如其他企业或研究机构的基于合同的研发合作)与非正式(如不同研究人员间的私下信息交流)的网络。

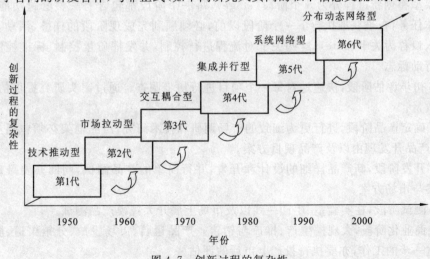

图 4.7　创新过程的复杂性

4.3　企业分布式创新过程的阶段划分

4.3.1　创新过程阶段划分的研究现状

研究者对技术创新过程的阶段理解是一个不断变化的过程,随着时间的推移,其阶段划分也是不断变化的。

1. 阶段-关卡模型

1999 年 R. G. Cooper 提出了著名的阶段-关卡模型[180],如图 4.8 所示。

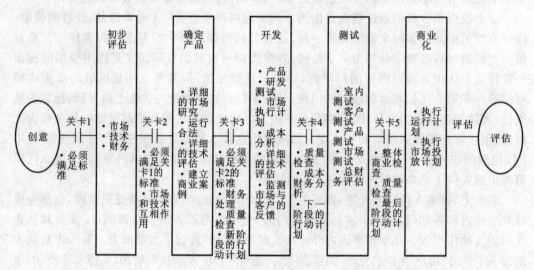

图 4.8　阶段-关卡模型

该模型将创新过程分为 5 个阶段(stage),每一个阶段都包含有一整套跨功能的、平行的具体任务,在被获准执行下一个阶段以前,必须顺利完成现阶段的任务、活动。每个阶段的入口称为关卡(gate),这些关卡对流程进行控制,并发挥质量控制、标准控制和下一阶段行动标志[181]。

(1) 初步评估阶段,快速地对每一个项目进行初步调查。通过案头研究提供信息,限制项目数量。

(2) 确定产品阶段,进行更为细致的市场调研和技术研究,产品框架必须包括产品功能定义、产品开发理由以及产品项目方案。

(3) 开发阶段,新产品详细的设计和开发,并行简单的产品测试,同期亦要敲定产品生产方案与市场方案。

(4) 测试阶段,在实验室、生产一线以及市场上展开大规模产品测试。

(5) 商业化阶段,大规模生产、推广与销售。产品运营、市场投放、分销渠道、质量保证都是这一步的工作,亦要执行投产上市后的评估。

阶段-关卡模型的优点是能够组织完善的创新开发活动,可以加速产品开发,因为产品寿命周期的不断缩短,阶段-关卡流程法尤其显得必要。同时提高了新产品的市场成功几率,能够及早避免不良产品开发项目,帮助修正其开发方向。除此以外,阶段-关卡模型还能将大公司复杂的产品研发过程进行合理细分,提供开发纲要,有助于关注优先项目、优先流程,对市场因素进行了有效整合,融入了组织内不同功能人员的参与和投入。尽管没有单独的研发或市场阶段,但已新增了发现阶段。

但是,阶段-关卡模型也有一定的局限性。尽管提到在每一阶段内各任务活动平行展开,但是从根本上来看,该方法显然用的是瀑布流水似的前后承继法。一些产品创新专家提出,产品开发活动一定要是环形平行结构。很长一段时间,阶段-关卡流程法缺少市场发现、寻找创新理念的过程。在开发组织与开发创造之间存在一种紧张关系,但是对于产品创新来说,任何一项都是不可或缺的。

2. Ulrich 创新过程模型

宾夕法尼亚大学 Karl T. Ulrich 教授和 Steven D. Eppinger 教授将创新过程分为 7 个阶段[182],如图 4.9 所示。

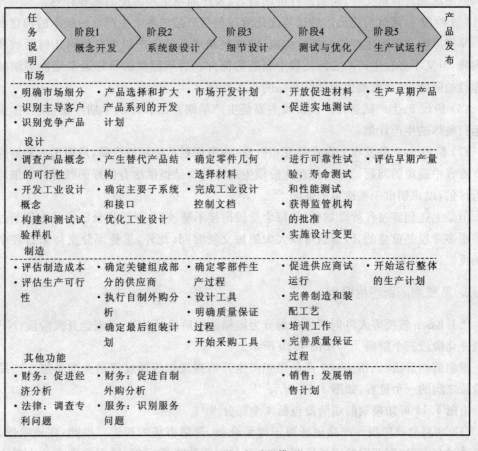

图 4.9　Ulrich 过程模型

（1）阶段 0：任务说明。这一阶段开始于制订公司策略，并包括对技术开发的市场目标的评估。阶段 0 的目标是对开发项目的任务进行清晰的陈述，即定义产品的目标市场、商业目标、关键假设和限制条件。

（2）阶段 1：概念开发。产品概念开发阶段的主要任务是识别市场的需要，产生并评估可替代的产品概念，为进一步的开发选择一个概念。这一产品概念就是这一阶段的产出，同时这一选择出来的产品概念通常附有一套专业名词，同时要进行竞争产品的分析和整个创新过程的经济分析。

（3）阶段 2：系统级设计。系统级设计阶段包括对产品结构的定义及产品子系统和部件的划分。生产系统的最终装配计划通常也要对此阶段进行定义。该阶段目标产出通常是产品的几何设计，同时还有对每一个产品子系统的功能专门化，以及最终装配过程的基本流程图的制作。

（4）阶段 3：细节设计。细节设计阶段包括产品的所有非标准部件和从供应商那里购买的标准部件的尺寸、材料和公差的完整细目，建立流程计划并为每一个即将生产系统中制造的部件设计工具。该阶段的产出是产品的控制文档，描述每一部件集合形状和制造工具的图纸和计算机文件，购买部件的细目，以及产品制造和装配的流程计划。

（5）阶段 4：测试与优化。测试与优化阶段包括产品的多个生产前的版本的构建和评估。早期原型通常由生产指向部件构成，即那些和产品的生产版本有相同几何形状和材料内质，但又不必在生产的实际流程中制造的部件。后期原型的目标通常是回答绩效和可靠性的问题，从而帮助识别最终产品的必要变化。

（6）阶段 5：生产试运行。该阶段主要是生产早期产品和评估早期产量，其目标是开始运行整体的生产计划。

（7）阶段 6：产品发布。在产品发布阶段，使用规划系统制造产品，培训工人和解决在生产流程中遗留的问题。有时把在此阶段生产出的物品提供给有偏好的顾客并仔细对其进行评估，以识别出一些遗留的缺陷[183]。

但是上述创新过程阶段划分，其每个阶段衔接不够连贯，灵活性低。并且在创新过程中的很多阶段是重叠的，因为这可以大大缩短交货时间，此外，重叠部分支持来自各个阶段的反馈。

3. 新概念创新过程模型

P. J. Koen 教授等人将创新过程划分为模糊前端阶段（FFE）、新概念开发阶段（NPD）和商业化阶段三个阶段[184]，如图 4.10 所示。

模糊前端阶段[185]指从一个产品思想产生开始到该思想通过评估并准备进入产品开发阶段之间的一个过程，如图 4.11 所示[184]。

由图 4.11 可知模糊前端阶段包括 4 个部分[186]：

（1）项目启动阶段。产品创新源于博采众长、聚集市场的理念。因此，在该阶段，既需要通过有方向、有范围的市场研究，确立产品创新的市场定位，进而激励企业内部人员

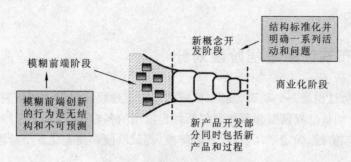

图 4.10　新概念创新过程模型

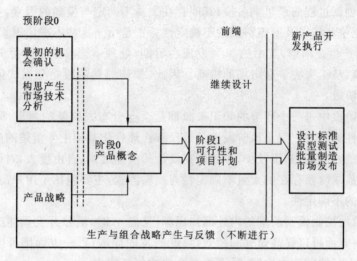

图 4.11　模糊前端阶段

诞生新的产品概念,又要从领先用户处获得相关的信息和帮助,以实现创新内源和外源的平衡。该阶段的重点在于,通过对企业市场地位、技术和整体竞争地位的分析,界定出符合企业发展需要的新产品的定义和概念。

(2)机会确认阶段。一旦产品创新的战略需要被确定,就要确认符合这些需要的市场条件。该阶段包括对以顾客需求为基础的市场调查的定量研究和现有竞争产品的详细分析。在机会确认的过程中,领先用户法仍然发挥着基础性的作用。如顾客和供应商参与企业模糊前端的活动,可以相应地降低企业对顾客信息与供应商配套技术信息方面的不确定性。

(3)可行性研究阶段。由于企业不清楚获得一个满意的新产品设计需要花费多少资金和时间,也不清楚进入市场后的营利前景。所以,这就有必要在产品创新 FFE 进行商业和技术要求等方面的可行性评估。通过评估作出在限定的时间内,凭借已有资源条件将确认的市场机会转化成新产品的可能性的界定。

(4)新产品定义阶段。FFE 过程与后续过程的衔接要求,必须有一个符合市场需求的关于技术要求的详细说明。在该说明论证现有技术能力能够满足产品开发的条件下,才能正式予以开发。

4.3.2　分布式创新过程阶段划分

分布式创新过程是一个动态、复杂、模糊的不确定过程。根据上述研究,结合阶段-关卡模型、Ulrich 创新过程模型和新概念创新过程模型的各自优点,本课题将分布式创新过程分为模糊前端阶段、确定产品阶段、开发阶段、测试阶段和商业化 5 个阶段。

1. 模糊前端阶段

在分布式创新过程的最早期阶段,其间存在大量不确定与模糊的因素,主要包括顾客需求、技术和竞争环境以及所需资源的不确定性。正是由于这些不确定因素的存在,导致约 70％ 的差错产生在前期,其中约 80％ 发现在后期,处理不当将造成产品开发时间的延长、成本的提高,从而失去争夺市场的机遇。因此,模糊前端阶段是分布式创新过程中一个最为关键的阶段。

模糊前端阶段中每一个环节的知识来源都是企业分布式创新的源泉,同时都对创新成败起着决定性的影响。但是该阶段也是最没有在理性化基础上弄清楚的阶段。在模糊前端阶段,往往所获取的知识较少,产品研究设计的模糊度高、自由度大,对研究人员的约束较少。模糊前端阶段存在的大量不确定性与模糊因素,主要包括了用户需求、技术和竞争环境等因素的不确定性。

因此,有效地控制模糊前端的内外部知识源(见表 4.2),消除开发具体产品的模糊和不确定因素,一方面可以提高研究的绩效,降低研发的成本;另一方面则可以最大限度地发挥研究设计人员的创造力空间,从而提高企业的创新能力。

表 4.2　模糊前端知识来源

知识的来源	名称
企业内部知识来源	销售部门
	研发部门
	销售部门
	生产部门
	管理部门
企业外部知识来源	分布在其他地理位置的分公司或分厂的研发部门
	设备原材料零部件或软件供应商
	客户或消费者
	市场竞争者或对手
	咨询机构
	高等院校

知识的来源	名称
	政府或公共科研机构
	私人非营利的研究机构
	商品交易会、展销会、展览会、专业会议
	科技杂志、科技文献、贸易/专利文献
	投资者、银行、风险资本家
	专业行业协会
	互联网
	经验丰富的风险承担者或企业家

2. 确定产品阶段

第二阶段则是确定产品阶段,是在开发阶段之前的具体调查阶段,是一个重要的准备阶段。第二阶段的重要工作是确立成功的新产品定义,包括市场定义、产品构思定义、产品定位战略的说明,产品的价值,它是实施通过市场调查和研究来确定顾客的需要、愿望和偏好。

在这个阶段中,项目的可操作性是重点评估的对象,即把顾客的需求和愿望转换成技术和经济上的可行性,这些评估包括生产问题、供应来源、生产成本、所需投资,甚至包括法律、专利和管理的评估。第二阶段最终会产生项目的商业立项书,并且产生了完整的项目合理性说明和详细的项目计划。确定产品阶段是体现分布式创新阶段-关卡流程的独特优势的最重要环节。作为进入开发阶段、投入大量资金前的最后一个入口,入口2确保创新过程能帮助企业在投入大量资金前能进行严格的风险控制。随着对技术风险和市场风险认识的进一步加深,阶段-关卡平衡了项目投资增大和不确定性降低之间的关系,有效地减少了分布式创新的风险。与此同时,入口2的质量检查也确保新产品在开发前做了充足的前期准备工作,以此减少下游准备的时间,也减少了重新定义产品要求等走回头路的可能性。此外,入口2在进行大量的市场调查研究的基础上进一步严格的筛选和优化,确保了最后进入开发阶段的项目是在技术、商业、财务等方面都真正值得做的项目,坚决淘汰不合乎要求的新产品构思和项目,再次避免了把有限的资源分散在太多的项目上,形成资源瓶颈,延长开发周期,增加失败的可能性。

3. 开发阶段

第三阶段是开发阶段,在这一阶段中,项目方案被转化成为各项要交付的具体的指标和任务,开始实施开发计划,进行产品的实体开发。而在这一阶段末所产生的"可交付标的物",是一个经过实验室测试过的产品原型。这一阶段强调的是技术工作,同时也包括营销和操作活动的实施,也就是说,在技术开发的同时,也进行市场分析和顾客反馈的测试,而顾客的意见则直接反应在产品开发成型阶段。在这一阶段中,不但要做出更新过的财务分析报告,也需要解决行政管理、法律和专利权等问题。

在第三阶段中会面临两大挑战:①如何确保产品原型或者使得最终产品能真正地满足顾客的需求,这要求在整个开发阶段要探询顾客的意见和反馈信息,在产品经历开发阶段向上市推进的过程中,在开发活动计划里设置一些检查和测试来确保项目仍在朝着目标市场推进是至关重要的;②如何尽快地使新产品经历开发阶段,并进入投放市场阶段,尽可能快速地开发是获取竞争优势和取得收益的关键。更为重要的是,快速的开发减少了来自环境变化所产生的冲击。

第三阶段结束后,项目便经过入口4进行审核。入口4是依据建立在更新的、更准确的、经修订的财务分析报告基础之上,再次审查有关的经济问题,通过对开发工作的回顾与检查,确保产品和项目的进程和后续吸引力,确保开发工作的质量开发出来的产品与入口3中确定的初始的产品定义相一致。

第三阶段体现分布式创新阶段-关卡的独特优势是在开发阶段形成跨功能的项目团队,一个对新产品开发流程的关键步骤和任务有彻底理解的有效的跨职能团队是成功开发新产品的重要保证。而这些跨职能团队,同时进行几个项目,而且各项任务被同时实施,以实行快速平行的进程,而非按序列进行,平衡了流程完整的高质量需求与缩短开发周期间的矛盾,有效地缩短了新产品开发的周期。

4. 测试阶段

测试阶段是整个分布式创新过程的生存能力,这包括产品本身、生产流程、顾客的接受程度以及项目的经济状况,同时也包括该项目和产品的外部修正工作。测试可以分为内部产品测试、顾客测试、偏好测试、现场试用、最终测试、提前市场测试、电子商务市场测试几部分。

这一阶段实施的活动主要有:①在可控制的或实验室条件下做内部产品测试,以检查产品的质量和性能;②通过用户或工厂使用产品,以检查实际使用的功能及潜在顾客的购买意向;③进行试验性的、小规模的试生产,以测试和改善产品流程,生产成本和产量;④进行市场测试及试销,以测量顾客的反应,并确定期望的市场份额和销售收入;⑤修正商业或财务分析,以检查项目后续的商业和经济生存能力。

然而值得注意的是,在第4阶段中有时会出现一些消极的结果,这必须引起管理人员的注意,必要时,应退回到第三阶段。

经过测试与开发,并进入了最后一个入口,即通向了全面商业化——投放市场和全面生产或操作的启动。这也是最后一个决定项目成功与否的控制点。而通过该入口的准则除了检验第4阶段的活动质量及结果外,主要体现在预期的财务收益、产品上市的合适性和操作启动计划。而操作和营销计划也会在这一入口得到审查和批准,并将在第5阶段实施。

测试阶段体现了分布式创新始终以满足本土化的客户需求为指导,力求开发出的产品满足本土市场的需要,这是分布式创新区别于一般技术创新的又一重要特点。

5. 商业化阶段

商业化阶段是分布式创新过程的最后一个阶段,依赖一个考虑周全的行动计划并加以适当的资源做支持,全面实施产品的商业化。在第5阶段具体包括:①制订详细的营销计划;②市场分析,包括市场概况、市场细分、购买者行为、竞争情况;③宏观环境分析,包括经济形势、政治环境、立法和法律状况、社会发展趋势、技术的发展状况;④内部评估,集中分析公司内部的优势和缺点,尤其是和该项目相关的方面存在问题的时候,内部评估包括顾客关系、销售力量、顾客服务体系、分销渠道、定价策略、广告方法等,内部评估还必须考虑公司中影响新产品上市计划的其他方面的问题,如制造或操作部门的优势和缺点,同时要了解公司中的其他部门,如工程、研究开发和财务等部门的优势和缺点,其目的是为了避免新产品上市活动中受到来自公司其他部门的问题的阻碍;⑤细分目标市场,挑选合适的细分市场作为目标市场,细分市场的选择对整个项目来说是至关重要的,它决定了产品必须满足的和产品测试要求的产品性质、产品利益和功能、定价战略,甚至包括产品设备的取得问题,细分市场的选择有细分市场的吸引力、竞争状况、适合性、进入的难易程度、相对优势、收益性等准则可供采用。

在商业化之后的6~9个月,需要对产品和产品的性能进行审查和评估,并将最新的收入、成本、费用、利润以及时间安排的数据与先前计划相比较,以检验新产品的市场表现。最后,评价该项目的优点和缺点,回顾并总结经验教训,为下一个项目如何做得更好奠定基础。

4.4 分布式创新过程的影响因素分析

为了收集分布式创新动力因素的相关数据,课题组将问卷的第8部分设计为阻碍企业分布式创新的基本因素。

4.4.1 原始指标的解释

影响分布式创新过程的因素由以下16个指标组成,见表4.3。

表4.3 分布式创新影响因素

因子名称	变量	指标
阻碍企业发展创新的因素	X_1	企业内部资金不足
	X_2	本企业外部资金来源不足
	X_3	创新成本太高
	X_4	缺少合格科技人力资源
	X_5	缺少技术信息
	X_6	寻找合作创新的伙伴难度大
	X_7	创新风险太大

因子名称	变量	指标
	X_8	市场被主导公司占有
	X_9	创新产品或服务需求不确定
	X_{10}	缺少市场信息
	X_{11}	缺乏市场销售渠道
阻碍企业 商业化的因素	X_{12}	不当的市场定位
	X_{13}	不当的包装
	X_{14}	缺乏消费者接受
	X_{15}	组织结构不合理
	X_{16}	缺乏组织能力

4.4.2 影响要素的效度检验

如表 4.4 所示,KMO 数值为 0.761,因此适合进行因子分析。第二行 Bartlett 球形检验相关阵是否是单位阵,即各变量是否相互独立。表中结果显示,近似卡方值为 408.612,自由度 120,检验的显著性概率为 0,代表母群体的相关矩阵间有共同因素存在,适合进行因子分析。

表 4.4 KMO 测度和 Bartlett 球形检验

Kaiser-Meyer-Olkin 抽样充足性测度		0.761
	近似卡方值	408.612
Bartlett 球形检验	自由度	120
	显著性概率	0.000

4.4.3 利用 SPSS 进行因子分析

按照特征根大于 1 的原则,选入 5 个公共因子,其累积方差贡献率为 68.268%,见表 4.5。相关矩阵表和因子载荷矩阵见表 4.6。

在因子 F_1 中,市场被主导公司占有 X_8、缺少市场信息 X_{10}、缺乏市场销售渠道 X_{11} 和不当的市场定位 X_{12} 这 4 个因素的负荷较高,它反映了市场对创新过程的不同影响,因此,将其命名为市场因素。

在因子 F_2 中,组织结构不合理 X_{15} 和缺乏组织能力 X_{16} 两个因素的负荷较高,反映了组织因素是企业分布创新过程的主要阻碍因素。

在因子 F_3 中,创新成本太高 X_3、创新风险太大 X_7 和创新产品或服务需求不确定 X_9 反映了创新目标对创新过程的影响,说明了创新目标是企业分布式创新的重要阻碍因素。

表 4.5 特征根及方程贡献表

因子序号	初始特征值			未旋转的因子载荷平方和			经方差最大旋转的因子载荷平方和		
	特征值	特征值占方差的百分数/%	特征值占方差分数的累加值/%	特征值	特征值占方差的百分数/%	特征值占方差分数的累加值/%	特征值	特征值占方差的百分数/%	特征值占方差分数的累加值/%
1	5.438	33.986	33.986	5.438	33.986	33.986	2.704	16.899	16.899
2	1.679	10.493	44.479	1.679	10.493	44.479	2.286	14.289	31.188
3	1.408	8.803	53.281	1.408	8.803	53.281	2.263	14.145	45.333
4	1.284	8.027	61.308	1.284	8.027	61.308	1.904	11.902	57.235
5	1.114	6.960	68.268	1.114	6.960	68.268	1.765	11.033	68.268
6	0.847	5.294	73.562						
7	0.739	4.617	78.178						
8	0.621	3.881	82.059						
9	0.614	3.835	85.894						
10	0.537	3.355	89.249						
11	0.417	2.608	91.857						
12	0.346	2.165	94.022						
13	0.330	2.061	96.083						
14	0.250	1.560	97.643						
15	0.222	1.390	99.033						
16	0.155	0.967	100.000						

表 4.6 旋转后的因子载荷矩阵表

变量	变量描述	因子				
		F_1	F_2	F_3	F_4	F_5
X_1	企业内部资金不足	0.160	0.107	0.031	0.860	0.047
X_2	本企业外部资金来源不足	0.068	0.228	0.128	0.843	-0.025
X_3	创新成本太高	0.005	0.214	0.792	0.293	0.289
X_4	缺少合格科技人力资源	0.196	0.030	0.058	0.018	0.827
X_5	缺少技术信息	0.203	0.154	0.203	0.014	0.791
X_6	寻找合作创新的伙伴难度大	0.498	0.134	0.257	0.290	0.186
X_7	创新风险太大	0.160	0.188	0.837	-0.009	0.188
X_8	市场被主导公司占有	0.570	0.223	-0.136	0.237	0.324
X_9	创新产品或服务需求不确定	0.415	0.023	0.729	0.014	-0.133
X_{10}	缺少市场信息	0.636	0.247	0.210	-0.108	0.186
X_{11}	缺乏市场销售渠道	0.585	-0.140	0.284	0.322	0.267
X_{12}	不当的市场定位	0.787	0.141	0.208	0.032	0.104
X_{13}	不当的包装	0.523	0.535	-0.086	0.245	0.049
X_{14}	缺乏消费者接受	0.404	0.550	0.187	0.091	-0.065
X_{15}	组织结构不合理	0.140	0.793	0.096	0.188	0.226
X_{16}	缺乏组织能力	0.046	0.855	0.191	0.086	0.054

在因子 F_4 中,企业内部资金不足 X_1 和本企业外部资金来源不足 X_2 共同决定,反映了资金是企业分布创新过程的主要阻碍因素。

在因子 F_5 中,缺少合格科技人力资源 X_4 和缺少技术信息 X_5 在表达式中的系数远远大于其他变量的系数,标志着该因子是这一个指标的综合反映,反映了知识因素是企业分布创新过程的主要阻碍因素。

因此,以各个指标的因子载荷为依据,对公因子进行命名解释,见表 4.7。

表 4.7 公因子命名表

公因子	高载荷指标
市场因素 F_1	市场被主导公司占有 X_8
	缺少市场信息 X_{10}
	缺乏市场销售渠道 X_{11}
	不当的市场定位 X_{12}
组织因素 F_2	组织结构不合理 X_{15}
	缺乏组织能力 X_{16}

续表

公因子	高载荷指标
目标因素 F_3	创新成本太高 X_3
	创新风险太大 X_7
	创新产品或服务需求不确定 X_9
资金因素 F_4	企业内部资金不足 X_1
	本企业外部资金来源不足 X_2
知识因素 F_5	缺少合格科技人力资源 X_4
	缺少技术信息 X_5

4.4.4　分布式创新过程因素模型

通过 SPSS 因子分析所得到的 5 个因子是市场因素、组织因素、创新目标、资金因素和知识因素,它们是分布式创新过程的阻碍因素。反之,如果市场定位恰当,市场未被主导公司占有,拥有很好的市场信息和市场销售渠道,那么在整个创新过程中该因素就成为了促进因素,因此可以认为市场因素是企业分布式创新过程的促进因素。同理,其余 4 个因素:组织因素、创新目标、资金因素和知识因素也是企业分布式创新的促进因素。其因素模型图如图 4.12 所示。

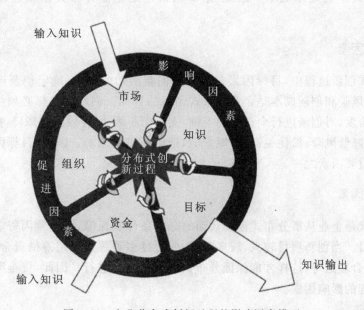

图 4.12　企业分布式创新过程的影响因素模型

4.4.5 分布式创新过程因素模型对企业的启示

1. 市场因素

市场因素是影响企业分布式创新过程的重要因素,研究表明出现在各个领域的重要创新,有 60%～80% 是市场需求和生产需要所激发的。市场定位恰当,市场未被主导公司占有,拥有很好的市场信息和市场销售渠道在企业分布式创新过程中起到了关键性的作用,因此市场因素是影响企业分布式创新过程的因素之一。

在分布式创新过程中,拥有良好的市场信息和准确的市场定位是分布式创新活动的出发点,它对产品和技术提出了明确的要求,通过创新活动,创造出适合这一需求的适销产品,这样市场信息就会得以满足。如果它所产生的产品或服务未被主导公司所占有,而且具有良好的市场销售渠道,就能够产生市场竞争优势,这种竞争优势就是企业分布式创新产生的结果。

2. 组织因素

企业分布式创新过程实质上是知识在分布式创新网络即企业内部和外部的网络中流动的过程,但关键还是应提供相应的组织保障,从根本上保证知识转移的畅通。在知识流动的过程中,如果组织变革和协调效率低下,对外部知识和内部知识的沟通迟钝,则易形成知识转移,共享的效率低下。因此,组织因素也是企业分布式创新过程的重要因素之一。

3. 目标因素

在分布式创新过程中,目标因素是分布式创新活动的终点,确定创新产品或服务需求,减少创新风险和创新成本是企业分布式创新的目标。创新的目标必须从企业总体和长远发展的角度,对创新进行全盘性的安排,支持创新活动,克服创新障碍,把握技术和市场时机,尽量降低风险、抓住关键、掌握方向,把创新引向成功。因此,目标因素是分布式创新过程的重要因素之一。

4. 资金因素

资金因素是企业从事分布式创新活动的必备条件和保障,企业常因资金缺乏而不能实施创新项目。当创新项目较大、较多时,需要通过多种筹资渠道筹措资金,要善于争取外部资金,并合理运筹,这样才能保证分布式创新正常的进行。因此,资金因素是企业分布式创新过程的影响因素。

5. 知识因素

分布式创新过程本身就是技术知识转化为创新产品的过程,在将新的技术知识转化成为实用产品的过程中,除了需要进行性能测试、工程设计、寻求资金、购置设备、组织调整等必要的努力外,常常还需要对原有的发明和设想进行反复试验、修改和再发明,以使其适应市场或企业的环境。这中间都需要大量的研究开发工作,仍然充满着大量的创造发明活动。在知识转化为创新产品的过程中,除了研究与开发活动外,还包括工厂设计、生产制造、金融、市场销售等一系列活动。正是在这一过程中,科技与经济的结合得以最大的实现,并显示出强大的威力。可见,创新的转化过程绝不仅仅是一个知识的运用过程,它还是技术知识的再创造过程。傅家骥认为个人和组织本身的知识存量以及外来知识通过组合加工,形成新设想、新发明即新的技术知识[85]。由于技术知识产生的过程是技术创新的源头,在相当长的一段时间,受到高度的重视,并且被简单地等同为技术创新过程,因此知识因素是企业分布式创新过程中重要的影响因素。

|第 5 章|
企业分布式创新的过程模型

本章分别对企业分布式创新能力、创新网络能力、知识吸收能力进行能力评价,将评价结果进行相关分析和回归分析,用以判断对企业分布式创新能力与创新网络能力,知识吸收能力和企业分公司(研发中心)分布数量之间的相关性。利用 Eviews 软件进行二元线性回归,验证了企业网络能力与企业知识吸收能力和企业分公司(研发中心)分布数量二者之间具有明显的线性关系,根据各个能力的相关性构建了企业分布式创新的过程模型,并提出了企业进行分布式创新的实施策略。

5.1　企业在分布式创新过程中创新能力的评价

5.1.1　创新能力的概念

R. Burgelman 等人指出企业技术创新能力是便于组织支持企业技术创新战略的企业一系列综合特征,它包括可利用资源及分配、对行业发展的理解能力、对技术发展的理解能力、结构和文化条件、战略管理能力[187]。这个定义侧重于从战略管理的角度对企业技术创新能力的构成作了分解,但作为一个定义,过于抽象笼统。而 D. L. Barton 认为,企业技术创新能力的核心是掌握专业知识的人、技术系统、管理系统的能力及企业的价值观[188]。这一定义虽然揭示了技术创新能力的核心内容,但作为定义却缺乏整合观点。从技术创新的内容来看,技术创新通常包括产品创新、工艺创新、设备创新、材料创新、生产组织与管理创新,但由于一个行业的材料可以视为另一个行业的产品,生产组织与管理也可以视为"绝妙"的工艺,所以,技术创新主要是指产品创新和工艺创新。因此,可以从产品创新能力和工艺创新能力两个方面来理解技术创新能力的概念[189]。魏江等人认为,企业技术创新能力的概念应包括以下三点:①产品创新能力和工艺创新能力的整体功能;②技术创新能力是一个系统的能力;③与企业技术创新战略密切联系的,对应企业技术能力通过技术创新表现出来的显性化能力[190]。

本课题主要从技术创新过程和内容,以及技术研发和产出的技术能力角度来分析和认识技术创新能力,并在此基础上讨论技术创新能力的相关问题。

5.1.2　创新能力评价指标的设置

本课题将创新型企业创新能力的评价指标体系分为三个层次。在第一层次上确立了创新投入能力、创新实施能力、创新实现能力和管理制度创新能力 4 个一级指标;在第二层次和第三层次上进一步细分,分别确立了 8 个二级指标和 28 个三级指标,见表 5.1。

表 5.1　创新能力评价指标

指标类型	变量	指标名称	计算公式
	X_1	企业固定资产	
	X_2	企业总人数	
创新投入	X_3	研发人员人数	
	X_4	研究及技术人员结构	研究人员/员工人数
	X_5	研发投入比率	研发投入/主营业务收入

指标类型	变量	指标名称	计算公式
创新产出	X_6	企业营业收入	
	X_7	企业利润	
	X_8	主营业务利润率	主营业务利润/主营业务收入
	X_9	资产报酬率	主营业务利润/固定资产
	X_{10}	拥有专利数	
	X_{11}	人均拥有专利数	专利总数/员工人数
	X_{12}	劳动生产率	营业收入/员工人数

利用指标体系对创新能力进行评价,能够在一定程度上克服单项指标的局限性,但是由于同时使用多个指标,经常会在不同指标之间出现相互矛盾的情况,影响企业创新能力的横向和纵向对比[191]。对多指标综合评价问题而言,其难点之一是如何确定各评价指标的权重,通常采用简单的加权合成法。其主要缺陷是主观赋权,人为地给定指标权重,一方面导致对某一个因素过高或过低的估计,使评价结果不能完全反映真实情况;另一方面诱导企业片面追求权重较高的指标,不利于企业创新能力的真正提升。

通过观察创新能力评价指标体系可以发现,所选取的每一个指标都在不同程度上反映了企业创新能力的某些信息,但由于各指标之间存在一定相关关系,评价过程中可能会造成信息重叠,导致统计结果失真。

因子分析是一种常用的多元统计分析方法,其功能在于简化观测系统、减少变量个数,用少量共性指标解释整个系统。因子分析法从研究多个指标之间的相互依赖关系入手,在尽量保持原有信息完整性的前提下,寻找少量能够控制所有变量的公因子,以体现原始变量与公因子之间的关系,最后计算主要指标的合理权重,依照公因子得分对每个样本对象进行综合评价[192]。

5.1.3　评价过程及结论

首先,将数据进行标准化处理,然后进行影响要素的效度检验,观测样本的 KMO 值为 0.736,Bartlett 球度检验的相伴概率为 0.000,表明所用数据适合于采用因子分析法进行评估,见表 5.2。

表 5.2　KMO 测度和 Bartlett 球形检验

Kaiser-Meyer-Olkin 抽样充足性测度		0.736
Bartlett 球形检验	近似卡方值	2.038E3
	自由度	55
	显著性概率	0.000

再利用 SPSS 进行因子分析,见表 5.3 和表 5.4。

表 5.3　相关系数矩阵的特征值与贡献率

因子序号	初始特征值			未旋转的因子载荷平方和			经方差最大旋转的因子载荷平方和		
	特征值	特征值占方差百分数的百分比/%	特征值占方差百分数的累加值/%	特征值	特征值占方差的百分数/%	特征值占方差百分数的累加值/%	特征值	特征值占方差的百分数/%	特征值占方差百分数的累加值/%
1	4.092	34.098	34.098	4.092	34.098	34.098	4.088	34.069	34.069
2	2.079	17.324	51.422	2.079	17.324	51.422	2.005	16.709	50.778
3	1.842	15.347	66.769	1.842	15.347	66.769	1.911	15.923	66.701
4	1.415	11.790	78.559	1.415	11.790	78.559	1.423	11.858	78.559
5	0.884	7.366	85.925						
6	0.601	5.010	90.936						
7	0.480	3.997	94.933						
8	0.295	2.462	97.395						
9	0.249	2.076	99.471						
10	0.057	0.477	99.949						
11	0.006	0.050	99.999						
12	0.000	0.001	100.000						

表 5.4 旋转后的因子载荷矩阵

变量	变量描述	主成分			
		F_1	F_2	F_3	F_4
X_1	企业固定资产	0.905	0.013	−0.069	0.074
X_2	企业总人数	0.964	−0.010	−0.077	−0.017
X_3	研发人员人数	0.840	−0.027	0.223	−0.077
X_4	研究及技术人员结构	−0.016	−0.040	0.877	−0.028
X_5	研发投入比率	0.007	0.080	0.890	0.018
X_6	企业营业收入	0.831	−0.026	−0.032	−0.087
X_7	企业利润	0.968	0.003	−0.047	0.070
X_8	主营业务利润率	0.051	−0.019	−0.015	0.844
X_9	资产报酬率	−0.074	−0.017	0.044	0.827
X_{10}	拥有专利数	−0.014	0.998	0.036	−0.022
X_{11}	人均拥有专利数	−0.017	0.999	0.033	−0.020
X_{12}	劳动生产率	0.006	−0.021	−0.530	−0.027

公因子本身是不可观测变量,对原始变量具有较高载荷能够将原始变量归为合理的类别,主要起到简化指标、便于解释的作用。下面以各个指标的因子载荷为依据,对公因子进行命名解释,见表 5.5。

表 5.5 公因子命名

公因子	高载荷指标
企业规模 F_1	固定资产 X_1
	企业总人数 X_2
	研发人数 X_3
	企业营业收入 X_6
	企业利润 X_7
创新产出 F_2	拥有专利数量 X_{10}
	人均专利数 X_{11}
创新投入 F_3	研发人员结构 X_4
	研发投入比率 X_5
创新利润 F_4	主营业务利润率 X_8
	资产报酬率 X_9

由表 5.5 得到前 4 个主成分 F_1,F_2,F_3 和 F_4 的线性组合为

$F_1 = 0.905X_1 + 0.964X_2 + 0.84X_3 - 0.016X_4 + 0.007X_5 + 0.831X_6 + 0.968X_7$

$$+0.051X_8-0.074X_9-0.014X_{10}-0.017X_{11}+0.006X_{12}$$

$$F_2=0.013X_1-0.1X_2-0.27X_3-0.04X_4+0.08X_5-0.026X_6+0.003X_7$$
$$-0.019X_8-0.017X_9+0.998X_{10}+0.999X_{11}-0.021X_{12}$$

$$F_3=-0.069X_1-0.077X_2+0.223X_3+0.877X_4+0.89X_5-0.032X_6-0.047X_7$$
$$-0.015X_8+0.044X_9+0.036X_{10}+0.033X_{11}-0.53X_{12}$$

$$F_4=0.074X_1-0.017X_2-0.077X_3-0.028X_4+0.018X_5-0.087X_6+0.07X_7$$
$$+0.844X_8+0.827X_9-0.022X_{10}-0.02X_{11}-0.027X_{12}$$

主成分分析的关键在于能否给主成分赋予新的意义,给出合理的解释,这个解释应根据主成分的计算结果定性分析来进行。主成分是原来变量的线性组合,在这个线性组合中,各变量的系数有大有小,有正有负,有的大小相当,因而不能简单地认为这个主成分是某个变量的属性的作用[193]。线性组合中各变量的系数的绝对值大者表明该主成分主要综合了绝对值大的变量,有几个变量系数大小相当时,应认为这一主成分是这几个变量的总和。F_1 代表企业规模,F_2 代表企业创新的产出,F_3 代表企业创新的投入,F_4 代表企业创新的利润。

最后按照公式

$$F=0.34098F_1+0.17324F_2+0.15347F_3+0.1179F_4$$

计算出各个企业创新能力的综合得分。

5.2 企业分布式创新过程中知识吸收能力的评价

5.2.1 知识吸收能力的概念

企业的知识大部分来自于外部,同时,市场上稍纵即逝的商机也对企业通过自身积累知识和技能对市场做出反应的效率提出了挑战,企业知识吸收能力作为企业获取、消化和利用外部新知识以实现特定商业目的的能力,成为企业不断识别市场机遇,并快速利用新知识实现分布式创新的关键因素。因此有必要研究企业分布式创新过程中的知识吸收能力。

Wesley M. Cohen 和 Daniel A. Levintha 于 1990 年首次提出了"知识吸收能力"的概念,他们把这种能力定义为对于外部信息,企业认识其价值并吸收和应用于商业端的能力[194]。S. A. Zahra 和 G. George 对企业知识吸收能力重新进行了界定,并提出了潜在吸收能力和实际吸收能力概念,认为潜在吸收能力往往取决于企业先验知识、经验,以及吸收知识的动力;而由潜在吸收能力转化为实际吸收能力则取决于企业内部机制,最后企业吸收能力能否转化为企业竞争优势则依赖外部市场中知识产权的保护程度[195]。基于该模型,结合上述的各类研究结论,认为企业吸收能力及其影响因素可以从下面的分析框架入手。J. Liao,H. Welsch 和 M. Stoica 扩展了潜在吸收能力的概念,他们认为在一个企业内获取外部知识的人并不一定是应用知识的人,因此,在吸收能力结构中应该还存在扩散或共享能力维度[196]。S. F. Matusik 和 M. B. Heeley 认为吸收能力由企业成员个体的吸收能力、公司边界和外部环境的多孔性、结构、惯例以及创造企业价值的主要工作组的知识基础三部分构成[197]。

本课题将企业知识吸收能力定义为企业在分布式创新过程中吸收隐性知识的一种重要能力。

5.2.2　知识吸收能力评价指标的设置

在上一章中本课题已经将企业获得知识资源情况设有以下18个来源：企业内部的各个部门包括研发部门、销售部门、管理部门和分布在其他地理位置的分公司或分厂的研发部门5个指标；市场有设备、原材料、零部件或软件供应商、客户或消费者、市场竞争者或对手和咨询机构4个指标；机构包括高等院校、政府或公共科研机构、私人非营利的研究机构3个指标；其他的有商品交易会、展销会、展览会、专业会议，科技杂志、科技文献、贸易/专利文献，投资者，专业行业协会，互联网络，经验丰富的风险承担者或企业家6个指标。详见附录问卷调查表中的第4部分知识资源。

知识的整合有以下三个指标组成：公司开发新产品由多个部门一起承担，员工之间能够分享信息、经验和技能和公司很容易利用外部新知识开发新机会。

企业知识吸收能力评价指标见表5.6。

表 5.6　企业知识吸收能力评价指标

因子名称	变量	指标名称
知识的来源	X_1	研发部门
	X_2	销售部门
	X_3	生产部门
	X_4	管理部门
	X_5	分布在其他地理位置的分公司或分厂的研发部门
	X_6	设备原材料零部件或软件供应商
	X_7	客户或消费者
	X_8	市场竞争者或对手
	X_9	咨询机构
	X_{10}	高等院校
	X_{11}	政府或公共科研机构
	X_{12}	私人非营利的研究机构
	X_{13}	商品交易会、展销会、展览会、专业会议
	X_{14}	科技杂志、科技文献、贸易/专利文献
	X_{15}	投资者、银行、风险资本家
	X_{16}	专业行业协会
	X_{17}	互联网
	X_{18}	经验丰富的风险承担者或企业家

续表

因子名称	变量	指标名称
知识的整合	X_{19}	公司开发新产品由多个部门一起承担
	X_{20}	员工之间能够分享信息、经验、技能
	X_{21}	公司很容易利用外部新知识开发新机会

5.2.3　评价过程及结论

知识、吸收能力评价过程,见表 5.7。

表 5.7　旋转后的因子载荷矩阵表

变量	变量描述	主成分					
		F_1	F_2	F_3	F_4	F_5	F_6
X_1	研发部门	0.055	−0.055	0.058	−0.127	0.820	−0.063
X_2	销售部门	−0.092	0.000	0.046	0.104	0.811	0.051
X_3	生产部门	0.962	−0.023	−0.068	0.057	−0.012	0.019
X_4	管理部门	0.832	0.125	0.002	0.008	−0.091	−0.177
X_5	分布在其他地理位置的分公司或分厂的研发部门	−0.022	0.285	0.092	−0.248	−0.016	−0.642
X_6	设备原材料零部件或软件供应商	0.012	0.108	0.068	−0.118	−0.025	0.851
X_7	客户或消费者	−0.140	−0.019	0.538	0.126	−0.144	0.057
X_8	市场竞争者或对手	0.076	0.193	0.187	0.915	0.028	0.064
X_9	咨询机构	0.034	0.729	0.053	0.028	−0.142	−0.087
X_{10}	高等院校	0.121	0.789	0.122	0.147	0.174	−0.007
X_{11}	政府或公共科研机构	−0.115	0.650	0.208	0.316	−0.017	−0.013
X_{12}	私人非营利的研究机构	0.031	0.762	0.035	−0.030	−0.080	−0.067
X_{13}	商品交易会、展销会、展览会、专业会议	−0.084	0.450	0.524	0.373	0.037	0.177
X_{14}	科技杂志、科技文献、贸易/专利文献	0.006	0.564	0.449	0.248	0.084	0.173
X_{15}	投资者、银行、风险资本家	0.086	0.110	0.849	0.026	0.078	−0.192
X_{16}	专业行业协会	0.065	0.100	0.882	0.089	0.069	−0.054
X_{17}	互联网	0.114	0.270	0.682	0.043	0.172	0.115
X_{18}	经验丰富的风险承担者或企业家	0.052	0.171	0.144	0.942	−0.056	−0.017
X_{19}	公司开发新产品由多个部门一起承担	0.908	−0.078	0.005	0.045	0.089	0.016
X_{20}	员工之间能够分享信息经验技能	0.825	0.103	0.069	−0.018	−0.095	0.126
X_{21}	公司很容易利用外部新知识开发新机会	0.968	−0.032	0.048	0.017	0.076	0.036

公因子本身是不可观测变量,对原始变量具有较高载荷,能够将原始变量归为合理的

类别,主要起到简化指标、便于解释的作用。下面以各个指标的因子载荷为依据,对公因子进行命名解释,见表5.8。

表5.8　知识吸收能力公因子命名表

公因子	高载荷指标
知识整合能力 F_1	生产部门 X_3
	管理部门 X_4
	公司开发新产品由多个部门一起承担 X_{19}
	员工之间能够分享信息经验技能 X_{20}
	公司很容易利用外部新知识开发新机会 X_{21}
知识外部来源 F_2	咨询机构 X_9
	高等院校 X_{10}
	政府或公共科研机构 X_{11}
	私人非营利的研究机构 X_{12}
	商品交易会、展销会、展览会、专业会议 X_{13}
	科技杂志、科技文献、贸易/专利文献 X_{14}
知识外部来源 F_3	客户或消费者 X_7
	投资者、银行、风险资本家 X_{15}
	专业行业协会 X_{16}
	互联网 X_{17}
知识外部来源 F_4	市场竞争者或对手 X_8
	经验丰富的风险承担者或企业家 X_{18}
知识内部来源 F_5	研发部门 X_1
	销售部门 X_2
知识外部来源 F_6	设备原材料零部件或软件供应商 X_6
	分布在其他地理位置的分公司或分厂的研发部门 X_5

由上表得到前6个主成分 F_1,F_2,F_3,F_4,F_5,F_6 的线性组合,并且将数据带入分别得到6个主成分的值,最后按照公式

$$F=0.23247F_1+0.19344F_2+0.08753F_3+0.08059F_4+0.06319F_5+0.05774F_6$$

计算出各个企业知识吸收能力的综合得分。

5.3　企业在分布式创新过程中网络能力的评价

5.3.1　网络能力的概念

网络能力从直观的理解是一种网络化的能力,在本课题中,由于研究的对象是企业,

所以具体是指企业的网络能力。

关于企业网络能力的思想,最初是由 H. Hakansson 提出的[198],他在一些经验研究中发现,企业在如何处理其外部网络关系的技巧和处理效果上是存在差异的,即有的企业非常有才能,属于稳健的实践者,而有的企业则显得十分简单和外行。由 J. Johanson 和 L. G. Mattsson 提出的"网络化组织的能力",即组织通过寻求和运用网络资源来获得竞争优势的能力;以及"动态核心能力",即在企业动态能力理论的分析框架中,组织网络化和网络化组织的竞争优势来源于嵌入组织过程中的动态核心能力,即在网络化组织内部运行的、由过程和位置所决定的高绩效的惯例[199]。K. K. Moller 和 A. Halinen 从产业网络、企业网络、关系组合和交易关系 4 个层面,构建了网络构想、网络管理、组合管理和关系管理的网络管理理论框架,并提出网络管理能力(network management capability)概念[200]。H. Hakansson 和 L. Snehota 初步介绍了企业的网络化能力的概念,包含企业改善其网络位置的能力和处理某单个关系的能力两个方面[201]。H. J. Bullinger 提出的适应网络创新范式的网络化能力(networking competence)的概念[202]。R. Gulati 和 M. Gargiulo 认为随着企业外部环境的不断变化,客观上造成了企业与供应商、顾客和竞争对手等外部组织之间的关系不断增强,这种关系直接影响企业竞争方式的变化与企业竞争优势的获得[203]。因此,他们提出,企业必须意识到与外部组织之间的相互利害关系,而且要处理好这些关系,要求企业具有发展和管理外部网络关系的能力,即企业的网络能力。A. Dubois 提出了"跨边界能力",即企业在区域内跨越组织边界的能力,其强弱决定了企业创新和竞争力的大小[204]。K. H. Heimeriks,G. M. Duysters 和 W. Vanhaverbeke 探讨了和网络能力内涵相似的"联盟能力"(alliance capability)的概念,认为联盟能力就是企业获取、分享、传播和应用嵌入在联盟关系中的缄默知识(know-how)和显性知识(know-why)的能力[205]。

本课题将企业网络能力定义为企业在分布式创新网络中从企业外部、内部获取知识及整合知识的一种重要能力。

5.3.2　网络能力评价的指标设置

由上文得知网络能力的概念,因此网络配置能力即为知识的配置能力。分布式创新网络是由供应商、客户、竞争对手、咨询机构、高等院校、政府或公共科研机构和金融机构机组成的,从上节知识来源中,可以得知企业可以从私人非营利的研究机构、商品交易会、展销会、展览会、专业会议、行业协会和互联网获得大量的知识。因此将这些指标作为网络配置能力的指标。

网络运作能力,则是指企业能够建立与伙伴间的强联结。这种才能侧重于如何与伙伴频繁、紧密和深入地互动以提高相互间的信息交流和知识转移。

企业网络能力的评价指标见表 5.9。

表5.9　企业网络能力评价指标

因子名称	变量	指标名称
网络配置能力	X_1	设备原材料零部件或软件供应商
	X_2	客户或消费者
	X_3	市场竞争者或对手
	X_4	咨询机构
	X_5	高等院校
	X_6	政府或公共科研机构
	X_7	私人非营利的研究机构
	X_8	商品交易会、展销会、展览会、专业会议
	X_9	投资者、银行、风险资本家
	X_{10}	专业行业协会
	X_{11}	互联网
网络运作能力	X_{12}	研发部门
	X_{13}	销售部门
	X_{14}	生产部门
	X_{15}	管理部门
	X_{16}	信息管理系统程度
网络结点	X_{17}	分公司或分厂的研发部门或制造厂的数量
	X_{18}	与高等院校合作的数量
	X_{19}	与供应商合作的数量
	X_{20}	与竞争对手合作的数量
	X_{21}	与科研院所合作的数量
	X_{22}	与咨询机构合作的数量
	X_{23}	与金融机构合作的数量

5.3.3　评价过程及结论

网络能力评价过程见表5.10。

表5.10　企业网络能力旋转后的因子载荷矩阵表

变量	变量描述	主成分						
		F_1	F_2	F_3	F_4	F_5	F_6	F_7
X_1	设备原材料供应商	-0.003	0.308	0.195	0.061	0.752	-0.022	0.134
X_2	客户或消费者	-0.121	0.337	-0.081	0.015	0.735	-0.048	-0.107

变量	变量描述	主成分						
		F_1	F_2	F_3	F_4	F_5	F_6	F_7
X_3	市场竞争者或对手	0.100	0.591	0.143	0.082	0.109	−0.029	0.124
X_4	咨询机构	0.030	0.044	0.762	0.042	0.289	−0.050	0.094
X_5	高等院校	0.114	0.444	0.674	0.098	−0.155	0.104	−0.026
X_6	政府或公共科研机构	−0.111	0.540	0.580	−0.025	−0.172	−0.080	−0.089
X_7	私人非营利的研究机构	0.038	0.058	0.781	−0.018	0.165	0.017	0.006
X_8	商品交易会、展销会、展览会、专业会议	−0.085	0.755	0.258	0.049	0.190	−0.018	−0.048
X_9	投资者、银行风险资本家	−0.076	0.220	0.624	0.011	−0.221	−0.255	−0.002
X_{10}	专业行业协会	0.034	0.692	0.038	0.026	0.125	0.105	−0.006
X_{11}	互联网	0.102	0.665	0.104	−0.099	0.275	0.213	0.013
X_{12}	研发部门	0.056	0.007	−0.045	−0.006	0.014	0.821	−0.033
X_{13}	销售部门	−0.094	0.190	−0.090	−0.017	−0.071	0.765	0.052
X_{14}	生产部门	0.020	0.245	−0.113	−0.004	0.017	−0.149	0.815
X_{15}	管理部门	−0.011	0.041	0.031	0.993	0.025	−0.016	−0.038
X_{16}	信息管理系统	−0.007	0.036	0.033	0.993	0.029	−0.016	−0.039
X_{17}	分公司或分厂的研发部门或制造厂的数量	0.736	0.026	−0.054	0.120	−0.276	−0.010	0.148
X_{18}	与高等院校合作的数量	0.957	−0.022	−0.005	−0.024	−0.006	−0.017	−0.057
X_{19}	与供应商合作的数量	0.912	0.072	−0.092	0.008	−0.119	0.036	−0.058
X_{20}	与竞争对手合作的数量营业	0.815	0.055	0.087	−0.049	0.104	−0.074	0.123
X_{21}	与科研院所合作的数量利润	0.967	0.081	−0.053	−0.010	−0.046	0.048	−0.031
X_{22}	与咨询机构合作的数量人员	0.818	−0.063	0.152	−0.044	0.163	−0.007	−0.107
X_{23}	与金融机构合作的数量	0.038	0.267	−0.209	0.105	0.000	−0.265	−0.606

公因子本身是不可观测变量,对原始变量具有较高载荷能够将原始变量归为合理的类别,主要起到简化指标、便于解释的作用。下面以各个指标的因子载荷为依据,对公因子进行命名解释,见表 5.11。

表 5.11　企业网络能力公因子命名表

公因子	高载荷指标
网络结点 F_1	分公司或分厂的研发部门或制造厂的数量 X_{17}
	与高等院校合作的数量 X_{18}
	与供应商合作的数量 X_{19}
	与竞争对手合作的数量营业 X_{20}
	与科研院所合作的数量利润 X_{21}
	与咨询机构合作的数量人员 X_{22}

公因子	高载荷指标
网络非营利资源配置能力 F_2	市场竞争者或对手 X_3
	商品交易会、展销会、展览会、专业会议 X_8
	专业行业协会 X_{10}
	互联网 X_{11}
网络营利资源配置能力 F_3	咨询机构 X_4
	高等院校 X_5
	政府或公共科研机构 X_6
	私人营利的研究机构 X_7
网络信息能力 F_4	管理部门 X_{15}
	信息管理系统 X_{16}
网络运作能力 F_5	设备原材料供应商 X_1
	客户或消费者 X_2
网络运作能力 F_6	研发部门 X_{12}
	销售部门 X_{13}
网络运作能力 F_7	生产部门 X_{14}

由表 5.11 得到前 7 个主成分 $F_1,F_2,F_3,F_4,F_5,F_6,F_7$ 的线性组合,并且将数据带入分别得到 7 个主成分的值,最后按照公式

$$F=0.20328F_1+0.1765F_2+0.08892F_3+0.08257F_4+0.06288F_5+0.05041F_6$$
$$+0.0407F_7$$

计算出各个企业网络能力的综合得分。

5.4 变量关系与研究假设

根据本章前三节中,分布式创新能力、企业知识吸收能力和企业网络能力的综合得分,在这一节中提出了 6 个假设,描述在其他变量保持不变的情况下,各研究变量之间的相互关系。变量 X_1 为企业分布式创新能力,变量 X_2 为企业网络能力,变量 X_3 表示企业知识吸收能力,变量 X_4 表示企业分公司分布数量。

5.4.1 企业分布式创新能力与分公司地理位置分布数量之间的关系

H1:分布式创新能力与企业分公司分布数量之间存在相关性

1. 相关分析

表 5.12 为相关分析结果表,从表中可以看出,企业的分布式创新能力和企业分公司

分布的数量之间的 Pearson 相关系数为 0.640。当相关系数 $r=0$ 时表示不存在相关性，但不意味着二者无任何关系；当 $0 \leqslant r \leqslant 0.3$ 时为微弱相关；当 $0.3 < r \leqslant 0.5$ 时，为低度相关；当 $0.5 < r \leqslant 0.8$ 时，为显著相关；当 $0.8 < r < 1$ 时，为高度相关；当 $r=1$ 时，为完全线性相关[206]。因此，企业的分布式创新能力和企业分公司分布的数量之间存在显著相关性，适合进行回归分析。

表 5.12　企业分布式创新能力与企业分公司的分布数量相关分析结果表

		x_1	x_4
x_1	皮尔逊相关系数	1	0.640*
	双尾检验值		0.000
	离均差平方和及交乘积和	242.054	948.999
	协方差	1.968	7.715
	样本量	124	124
x_4	皮尔逊相关系数	0.640*	1
	双尾检验值	0.000	
	离均差平方和及交乘积和	948.999	9 084.097
	协方差	7.715	73.854
	样本量	124	124

＊相关系数表明在 0.01 的水平上相关显著

2. 回归分析

根据表 5.13 可以看出，拟合优度最高的是三次曲线和二次曲线，因此应优先考虑这两个模型，结合图 5.1 可以看出观测变量与三次曲线的分布更为紧密，因此最终采用三次曲线，即企业分布式创新能力与企业分公司（具有研发中心）的分布数量呈三次曲线分布。因此验证了相关分析的结果：企业分布式创新能力与企业分公司的分布数量存在相关性。

表 5.13　企业分布式创新能力与企业分公司的分布数量综合方差表

方程	模型摘要					参数估计			
	判定系数	F 统计量	自由度 1	自由度 2	显著系数水平	常数	b_1	b_2	b_3
线性函数	0.410	84.632	1	122	0.000	−0.750	0.104		
对数曲线	0.111	15.302	1	122	0.000	−0.725	0.483		
逆函数	0.029	3.658	1	122	0.058	0.257	−0.752		
二次曲线	0.671	123.224	2	121	0.000	−0.055	−0.048	0.003	
三次曲线	0.717	101.394	3	120	0.000	−0.484	0.107	−0.006	0.000
负荷曲线						0.000	0.000		

方程	模型摘要					参数估计			
	判定系数	F 统计量	自由度1	自由度2	显著系数水平	常数	b_1	b_2	b_3
幂函数						0.000	0.000		
S 曲线						0.000	0.000		
增长曲线						0.000	0.000		
指数曲线						0.000	0.000		
逻辑函数						0.000	0.000		

注:因变量 x_1;自变量 x_4。

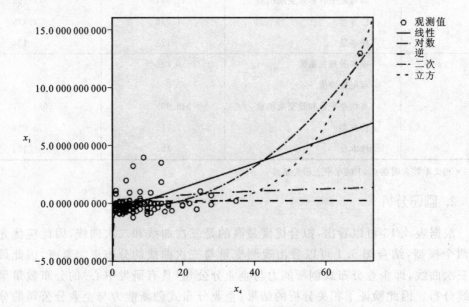

图 5.1　企业分布式创新能力与企业分公司的分布数量各模型的拟合回归线

5.4.2　企业分布式创新能力与企业知识吸收能力之间的关系

H2:企业分布式创新能力与企业知识吸收能力之间存在相关性

1. 相关分析

表 5.14 为相关分析结果表,从表中可以看出,企业的分布式创新能力和企业知识吸收能力之间的 Pearson 相关系数为 0.687,表示两变量具有显著的相关性,而且双尾检验值为 0,可以适合进行回归分析。

表 5.14　分布式创新能力和企业知识吸收能力相关分析结果表

		x_1	x_3
x_1	皮尔逊相关系数	1	0.687*
	双尾检验值		0.000
	离均差平方和及交乘积和	242.054	180.563
	协方差	1.968	1.468
	样本量	124	124
x_3	皮尔逊相关系数	0.687*	1
	双尾检验值	0.000	
	离均差平方和及交乘积和	180.563	285.134
	协方差	1.468	2.318
	样本量	124	124

＊相关系数表明在 0.01 的水平上相关显著

2. 回归分析

根据表 5.15 可以看出,拟合优度最高的是三次曲线和二次曲线,因此应优先考虑这两个模型,结合图 5.2 可以看出观测变量与二次曲线的分布更为紧密,因此最终采用二次曲线,即企业分布式创新能力与知识吸收能力呈二次曲线分布。因此进一步验证了相关分析的结果:企业分布式创新能力与知识吸收能力存在相关性。

表 5.15　企业分布式创新能力和企业知识吸收能力综合方差表

方程	模型摘要					参数估计			
	判定系数	F 统计量	自由度 1	自由度 2	显著系数水平	常数	b_1	b_2	b_3
线性函数	0.472	109.229	1	122	0.000	2.715E−11	0.633		
逆函数	0.001	0.133	1	122	0.716	0.000	0.003		
二次曲线	0.804	248.694	2	121	0.000	−0.258	0.259	0.112	
三次曲线	0.804	164.526	3	120	0.000	−0.250	0.254	0.106	0.001
负荷曲线						0.000	0.000		
S 曲线						0.000	0.000		
增长曲线						0.000	0.000		
指数曲线						0.000	0.000		
逻辑函数						0.000	0.000		

注:因变量 x_1;自变量 x_3。

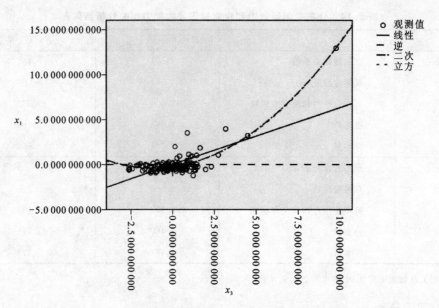

图 5.2　企业分布式创新能力和企业知识吸收能力模型的拟合回归线

5.4.3　企业分布式创新能力与企业网络能力之间的关系

H3：企业分布式创新能力与企业网络能力之间存在相关性

1. 相关分析

表 5.16 为相关分析结果表，从表中可以看出，企业的分布式创新能力和企业网络能力之间的 Pearson 相关系数为 0.749，表示两变量是显著的相关度，而且双尾检验值为 0。因此，表明企业的分布式创新能力和网络能力之间存在相关性，适合进行回归分析。

表 5.16　企业分布式创新能力和网络能力相关分析结果表

		x_1	x_2
x_1	皮尔逊相关系数	1	0.749*
	双尾检验值		0.000
	离均差平方和及交乘积和	242.054	172.307
	协方差	1.968	1.401
	样本量	124	124
x_2	皮尔逊相关系数	0.749*	1
	双尾检验值	0.000	
	离均差平方和及交乘积和	172.307	218.575
	协方差	1.401	1.777
	样本量	124	124

＊相关系数表明在 0.01 的水平上相关显著

2. 回归分析

根据表 5.17 可以看出,拟合优度最高的是三次曲线和二次曲线,因此应优先考虑这两个模型,结合图 5.3 可以看出观测变量与三次曲线的分布更为紧密,因此最终采用三次曲线,即企业网络能力与企业分布式创新能力呈三次曲线分布。也验证了相关分析的结论,企业网络能力与分布式创新能力具有相关性。

表 5.17　企业分布式创新能力和网络能力综合方差表

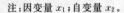

方程	模型摘要					参数估计			
	判定系数	F 统计量	自由度 1	自由度 2	显著系数水平	常数	b_1	b_2	b_3
线性函数	0.561	156.012	1	122	0.000	3.226E−11	0.788		
逆函数	0.000	0.008	1	122	0.929	−0.001	−5.042E−5		
二次曲线	0.842	322.100	2	121	0.000	−0.219	0.332	0.124	
三次曲线	0.850	225.975	3	120	0.000	−0.292	0.373	0.198	−0.009
负荷曲线						0.000	0.000		
幂函数						0.000	0.000		
S 曲线						0.000	0.000		
增长曲线						0.000	0.000		
指数曲线						0.000	0.000		
逻辑函数						0.000	0.000		

注:因变量 x_1;自变量 x_2。

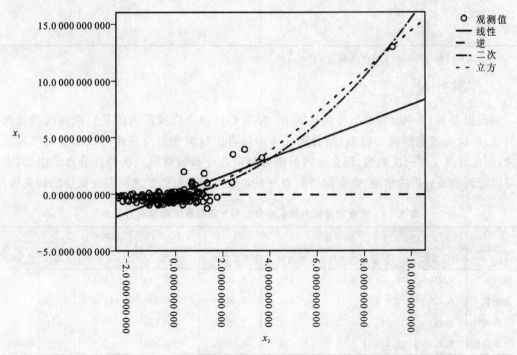

图 5.3　企业分布式创新能力和网络能力各模型的拟合回归线

5.4.4 企业网络能力与企业分公司分布数量的关系

H4:企业网络能力与企业分公司分布数量之间存在相关性

1. 相关分析

表 5.18 为相关分析结果表,从表中可以看出,企业网络能力与企业分公司分布数量之间的 Pearson 相关系数为 0.5,表示两变量是低度的相关度,而且双尾检验值为 0。因此,表明企业网络能力与企业分公司分布数量之间存在低度的相关性,适合进行回归分析。

表 5.18 企业网络能力与企业分公司分布数量之间相关分析结果表

		x_2	x_3
x_2	皮尔逊相关系数	1	0.500*
	双尾检验值		0.000
	离均差平方和及交乘积和	218.575	82.063
	协方差	1.777	0.667
	样本量	124	124
x_3	皮尔逊相关系数	0.500*	1
	双尾检验值	0.000	
	离均差平方和及交乘积和	82.063	123.000
	协方差	0.667	1.000
	样本量	124	124

* 相关系数表明在 0.01 的水平上相关显著

2. 回归分析

根据表 5.19 中可以看出各函数的 R^2 为 0.451,拟合优度最高的是三次曲线和二次曲线,应优先考虑这两个模型,结合图 5.4 可以看出观测变量与三次曲线的分布更为紧密,因此最终采用三次曲线,即企业网络能力与企业分布数量呈三次曲线分布。由此,也可以论证相关分析的结论:企业网络能力与企业分公司分布数量之间存在低度的相关性。

表 5.19 企业网络能力与企业分公司分布数量之间综合方差表

方程	模型摘要					参数估计			
	判定系数	F 统计量	自由度 1	自由度 2	显著系数水平	常数	b_1	b_2	b_3
线性函数	0.250	40.772	1	122	0.000	2.023E−18	0.375		
逆函数	0.000	0.001	1	122	0.971	0.000	−1.446E−5		
二次曲线	0.444	48.267	2	121	0.000	−0.130	0.106	0.074	
三次曲线	0.451	32.885	3	120	0.000	−0.079	0.077	0.022	0.006

续表

方程	模型摘要					参数估计			
	判定系数	F 统计量	自由度 1	自由度 2	显著系数水平	常数	b_1	b_2	b_3
负荷曲线						0.000	0.000		
幂函数						0.000	0.000		
S 曲线						0.000	0.000		
增长曲线						0.000	0.000		
指数曲线						0.000	0.000		
逻辑函数						0.000	0.000		

注:因变量 x_4;自变量 x_2。

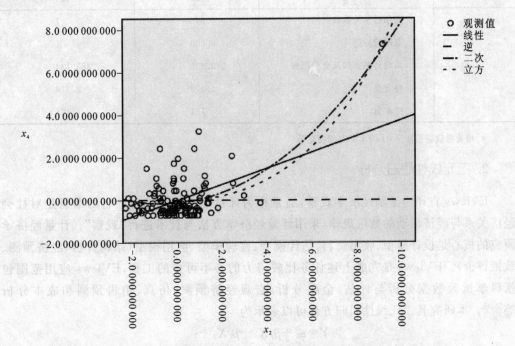

图 5.4　企业网络能力与企业分公司分布数量之间各模型的拟合回归线

5.4.5　企业网络能力与企业知识吸收能力和企业分公司分布数量二者之间的关系

H5:企业网络能力与企业知识吸收能力之间和企业分公司分布数量二者存在相关性

1. 相关分析

表 5.20 为相关分析结果表,从表中可以看出,企业的网络能力和知识吸收能力之

间的 Pearson 相关系数为 0.975,表示两变量是高度的相关度,而且双尾检验值为 0。因此,表明企业的网络能力和知识吸收能力之间存在高度的相关性,适合进行回归分析。

表 5.20 企业的网络能力和知识吸收能力相关分析结果表

		x_2	x_3
x_2	皮尔逊相关系数	1	0.975 *
	双尾检验值		0.000
	离均差平方和及交乘积和	218.575	243.430
	协方差	1.777	1.979
	样本量	124	124
x_3	皮尔逊相关系数	0.975 *	1
	双尾检验值	0.000	
	离均差平方和及交乘积和	243.430	285.134
	协方差	1.979	2.318
	样本量	124	124

* 相关系数表明在 0.01 的水平上相关显著

2. 二元线性回归分析

EViews 直译为激励经济学观察,通常称为计量经济学软件包。它的本意是对社会经济关系与经济活动的数量规律,采用计量经济学方法与技术进行"观察"。计量经济学研究的核心是设计模型、收集资料、估计模型、检验模型、应用模型(结构分析、经济预测、政策评价)。EViews 是完成上述任务比较得力的必不可少的工具,EViews 应用范围包括科学试验数据分析与评估、金融分析、宏观经济预测、仿真、销售预测和成本分析等[203]。本研究其二元线性回归方程可以表示为

$$Y = \alpha_0 + \beta_1 X_1 + \beta_2 X_2 + \varepsilon$$

式中,Y 为企业网络能力;X_1 为企业知识吸收能力;X_2 为企业分公司分布数量;$\alpha_0, \beta_1, \beta_2$ 为相应的拟合参数;ε 为随机干扰项。将数据输入 Eviews 软件中,得出的输出结果见表 5.21。

根据以上输出结果得出以下公式

$$Y = -6.56 + 0.8132 X_1 + 0.1468 X_2$$

$$R^2 = 0.960815 \qquad \overline{R}^2 = 0.960167$$

$$F = 1483.443 \qquad DW = 1.901872$$

表 5.21　企业网络能力与知识吸收能力和分公司分布数量二者二元回归表

Dependent Variable:X

Method:Least Squares

Date:03/15/09　Time:17:50

Sample:1 124

Included observations:124

Variable	Coefficient	Std. Error	t-Statistic	Prob.
C	−6.56E−12	0.023 892	−2.74E−10	1.000 0
X_1	0.813 212	0.017 364	46.833 88	0.000 0
X_2	0.146 834	0.026 437	5.554 063	0.000 0
R-squared	0.960 815	Mean dependent var		−3.94E−17
Adjusted R-squared	0.960 167	S. D. dependent var		1.333 054
S. E. of regression	0.266 054	Akaike info criterion		0.213 660
Sum squared resid	8.564 945	Schwarz criterion		0.281 893
Log likelihood	−10.246 94	F-statistic		1483.443
Durbin-Watson stat	1.901 872	Prob(F-statistic)		0.000 000

（1）科学意义检验。该方程回归系数为正值,这反映出企业知识吸收能力和企业分公司分布数量二者共同作用与企业网络吸收能力是呈正向变化的,且在大小上解释得通,符合创新学的实际常识,故该模型通过科学意义检验。

（2）统计检验。由斜率系数的 t 值可以看出,它们均在 0.05 的显著性水平上是显著的,且与预期的符号相一致。该方程回归系数为正值,这反映出企业知识吸收能力和企业分公司分布数量二者共同作用与企业网络吸收能力是呈正向变化的。该方程的拟合优度 $R^2=0.960815$,调整后的拟合优度 $\overline{R}^2=0.960167$,这说明企业知识吸收能力和企业分公司分布数量对企业网络能力有整体的解释意义;回归方程下括号为 T 统计值,均通过了 0.05 的变量显著性水平检验;回归方程的 F 统计值为 1 483.443,大于其临界值 3.58,表明回归模型的线性在 95% 的置信水平下显著成立。

（3）计量经济学检验。异方差检验图解法,如图 5.5 和图 5.6 所示。从图中可以看出,未发现这两个变量之间有任何系统性的联系,表明了数据中没有异方差。当然,图解法只是一种非正式的方法,下面,用一种正式的方法来侦察异方差。怀特检验,异方差检验采用怀特检验,其怀特统计量:

$$N \cdot R^2 = 124 \times 0.960815 = 119.1411$$

该值小于 5% 显著性水平下,$N=124$,$K=3$(包含常数项),查表得 $d_1=1.5$,$d_u=1.58$,由于 $DW=1.90187$,$DW > d_u = 1.58$(样本容量为 124),因此,此模型不存在序列相关性。

（4）多重共线性检验。由于多重共线性是一种样本现象,增加样本容量就可消除多重共线性。在方程中,由于回归方程的参数标准差较小,T 统计量较大,故多重共线性

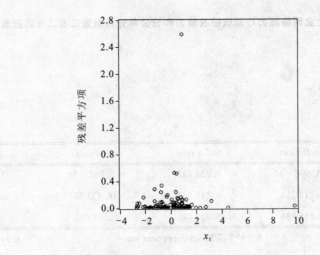

图 5.5　残差平方项与 X_1 的散点图

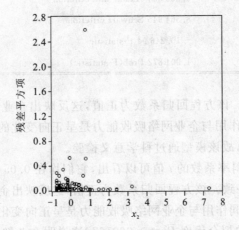

图 5.6　残差平方项与 X_2 的散点图

可以忽略,不予考虑。

通过以上的科学意义检验以及统计意义检验,该模型的二元线性回归方程近似为

$$\hat{Y} = -6.558156 + 0.813212X_1 + 0.146834X_2$$

因此,可以得出结论企业网络能力与企业知识吸收能力和企业分公司(研发中心)分布数量二者具有明显的相关性。

5.4.6　结论分析

根据以上的 SPSS 的相关分析和回归分析,和 EViews 软件的三元回归分析,可以得到以下 5 个结论:

H1:企业分布式创新能力与分公司分布数量之间存在相关性

许多企业正将单点研发机构逐步向多点研发机构转移,因为多点研发可以寻求更大的市场,带来更多的利润,无疑增强了企业的创新能力。根据以上二者的相关分析和回归分析,企业分布式创新能力与企业分公司(具有研发中心)的分布数量呈三次曲线分布。因此,企业分公司(具有研发中心)分布的数量越多,企业分布式创新能力就越强,反之则越弱。

　　H2:企业分布式创新能力与企业知识吸收能力之间存在相关性

　　从知识基础的观点来看,企业分布式创新能力的本质就是一种知识本质,包括了从嵌入在设备、人员、流程、规程中的知识,到协调配置资源、能力的知识以及对技术发展进行战略分析等各种类型的知识。企业分布式创新能力的发展是企业在持续的技术变革中,选择、获取、吸收、改进和创造技术(知识)并与其他资源相结合,从而进行累积性学识(知识)生产的过程。企业知识吸收能力越强,并将其转化为创新产出,从而提高创新能力。根据根据以上二者的相关分析和回归分析,企业分布式创新能力与企业知识吸收能力的分布数量呈二次曲线分布。因此,企业吸收能力越强,企业分布式创新能力就越强,反之则越弱。

　　H3:企业分布式创新能力与企业网络能力之间存在相关性

　　企业的网络能力是一种企业整体层面的能力,而非企业的研发中心、技术中心或客户服务中心等某个部门的网络能力,也不是单纯指企业家的网络能力。因为,从企业的技术创新过程来看,采购、研发、设计、制造、销售、人事、财务、行政等各个部门分别与供应商、同行、客户、高校、科研院所、金融机构、政府部门等外部创新伙伴发生各种业务上的联系。因此企业的网络能力也决定了企业分布式创新能力。根据二者的相关分析和回归分析,二者呈三次曲线分布,当企业的网络能力越强,企业分布式创新的能力也越强,反之企业的网络能力越弱,企业分布式创新能力也相对弱。

　　H4:企业网络能力与企业分公司分布数量之间存在相关性

　　企业在分布式创新过程中形成的子网络数量总和的大小,也可以定义为在分布式创新过程中,与总企业直接相关联的创新伙伴的数目。子网络的分布数量多少意味着焦点企业可以获取的创新资源的丰裕程度,而分布式创新网络中的子网络则是指具有研发部门的子公司分布的数量。根据二者的相关分析和回归分析,二者呈三次曲线分布,当子公司分布的数量越多,子网络总量就越大,企业创新能力就越强,反之则弱。

　　H5:企业网络能力与企业知识吸收能力和企业分公司(具有研发中心)分布数量二者之间存在相关性

　　企业分布式创新系统是在外部环境的制约控制下,与分布在世界各地的企业、供应商、科研院所、用户、子公司形成一个创新网络,并在网络中实现知识的整合。因此,企业知识吸收能力是企业网络能力的一种表现形式,企业分公司(具有研发中心)分布数量也决定了企业网络能力的强弱。所以,企业网络能力是各个子网络进行知识吸收能力的一种反映。通过二元线性回归也证实了企业网络能力与企业知识吸收能力和企业分公司(具有研发中心)分布数量二者之间存在相关性。

5.5 构建企业分布式创新过程模型

根据 5.4 中所得出来的 5 个结论,可以清楚地知道分布式创新的能力与企业知识吸收能力、企业的网络能力和企业分布的数量有明显的相关性。而本课题将分布式创新过程划分了模糊前端阶段、确定产品阶段、开发阶段、测试阶段和商业化阶段 5 个重要阶段。

模糊前端阶段中每一个环节的知识来源都是企业分布式创新的源泉,同时都对创新成败起着决定性的作用。在模糊前端阶段,知识分布最广泛,企业分布的数量越多,知识吸收能力就越强,网络能力也越强,企业分布式创新的能力也随之增强;但是在这个阶段往往获取的知识较少,产品研究设计的模糊度高、自由度大,对研究人员的约束较少。所以,模糊前端阶段是企业分布式创新过程中最重要的一个阶段,也是分布式创新成功的关键阶段;而在其他 4 个阶段确定产品阶段、开发阶段、测试阶段和商业化阶段,也贯穿了知识的吸收、转移和整合,如图 5.7 所示。各个阶段参与创新的实质是知识整合过程,其创新成果最终汇总到主导性公司,由主导性公司进行知识吸收,同时进行知识整合,这样形成一个开放式的知识吸收、转化和整合过程。由此,可以认为企业分布式创新过程的实质是知识吸收、转换和整合的过程,而分布式创新的过程是在分布式创新网络中存在的,因此分布式创新过程是企业在分布式创新网络中知识吸收、转换和整合的过程。

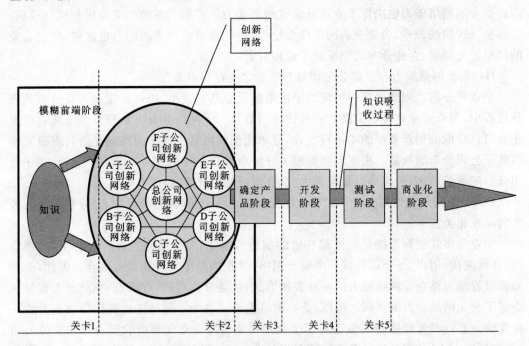

图 5.7 企业分布式创新过程的模型

5.6　企业分布式创新过程模型对企业的启示

企业分布式创新过程的模型构建,为我国企业如何积极走出去,利用当地科技、知识资源和有关能力,在全球范围内开展分布式创新,提高我国企业的创新能力具有一定的启发作用。在分布式创新过程的模糊前端阶段、确定产品阶段、开发阶段、测试阶段和商业化阶段5个阶段中,企业应该在各个阶段注意如下事项。

5.6.1　模糊前端阶段

对于企业而言,考虑如何选择创新项目,以及深思他们所能做的努力来提升分布式创新能力需要提上议程。企业关注模糊前端的创意,就是从创新的开始阶段,从创意最早开始的地方,关注大量创意的产生。对模糊前端采取合适的创意管理方法,使得好创意漫溢,并为企业分布式创新成功带来显著绩效。

为了保证企业分布式创新的成功,使模糊前端的不确定性出现的数量和变化递减,必须认真做好市场调研,从多方面了解市场信息,透彻了解消费者及其需求情况、竞争者状况及其他环境变量的影响,最大限度地降低创新的盲目性、随意性和风险性,提高分布式创新的成功率。另外,为加强前期的有效管理,需建立包括R&D、产品设计人员、管理人员、市场营销人员、生产和制造部门的成员、顾客、供应商等外部人员在内的跨职能团队,来自不同职能部门的人扮演不同的角色,比如,市场营销人员主要立足于降低市场营销信息的不确定性;R&D人员主要负责降低技术信息的不确定性。整个模糊前端过程就是通过对知识的收集与处理来降低研发的不确定性和模糊性。

5.6.2　确定产品阶段

企业必须从众多模糊前端阶段的创意中筛选出有价值并切实可行的开发项目。企业要设立建立在企业目标和长远战略基础之上的筛选标准,标准要与期望回报率、新产品对资源的利用程度、技术的可行性、开发成本和时间、市场规模、产品价格、获利能力等指标协调。同时,在筛选过程中,企业还应审查自身是否从组织结构、企业资源、培训等方面都能满足新产品开发的要求。审查工作一般由新项目组来执行。该项目组一般由企业制造、质量保证、财务、研发和市场营销部门,由直接经历产品研发的员工和主席组成。此外,在确定产品过程中,企业必须尽可能避免可能出现的失误:①既要避免留下缺乏开发前途的创意又要避免排除有开发前途的创意;②尽最大努力避免舍弃在其他方面有价值的创意。例如,施乐公司发现了复印机的开发前景后,毅然进入复印机行业。其后10多年间复印机市场迅速增长。而复印机正是IBM和柯达公司曾看中而最终舍弃了的新产品创意。

5.6.3 开发阶段

在此阶段,企业研发、工程和制造部门的员工一般要开发一个或多个产品概念实体形式,然后找到一个消费者认为能具体体现产品概念所描述的主要属性,在正常使用和正常条件下,能安全运行,不超过预算成本的样品。样品出来后,要经过严格的性能和消费者测试,性能测试一般在实验室或实地进行。常用的消费者测试步骤有三种:①单一产品评估法,这种方法最为简单,只需要请消费者评估每件产品样品,然后依照喜好的分值(5分制或10分制)让他们打分;②成队比较法,将产品样品成对展现给消费者,询问他们更喜欢每对中的哪一个;③简单排序法,请消费者依照喜好的次序将数个新产品样品进行排列。

5.6.4 测试阶段

一旦新产品通过性能和消费者测试,即要进入市场测试阶段。市场测试阶段的主要目的就是在真实的使用条件和市场形式下,测试新产品本身,了解市场的规模以及消费者的实际购买情况。市场测试可以让企业测试其产品项目的其他要素,包括产品定价、促销、分销、品牌与包装、产品定位。这一阶段的工作要花费时间和较多的费用,理想的情况就是辨认出能代表多个国外市场的海外测试市场,比利时、瑞士和马来西亚等由多种文化群体组成的小市场,就被视为这类理想的测试市场,市场测试需花费时间,从几个月到几年不等,这样就会延缓新产品的上市,让竞争对手有更多时间来反应和监视这一测试工作或对企业新产品进行预先测试市场分析,进而最终开发他们自己的竞争性产品,由此不可避免地会使该新产品的竞争优势受到削弱,甚至被击垮。例如,保洁公司数年前曾对其一种即喷式发霜(摩丝)进行市场测试,当时的 GM 公司立即对此进行密切的监视,并迅速开发出自己的产品 Betty Croker Brand,使得该产品迅速居于市场同类产品的主导地位。值得注意的是,从单个领先的市场通过测试获取的数据对于其他相似市场的产品具有很大的价值。此外,市场测试方法会因产品种类和市场情况的不同而不同,一些常用的方法有标准市场测试法、控制市场测试法、模拟市场测试和贸易展销。

5.6.5 商业化阶段

市场测试大体上为管理层提供了足够的信息,以便对是否推出产品做出最后的决策,如果企业决定将该产品商品化,它将面临到目前为止最大的成本,企业将必须建立或租赁一个全面的制造设施。出于稳妥、安全起见,企业可以建立一个比销售预测规模小的工厂,并需就下列问题进行决策:①何时(时间性),在新产品正式上市时,进入市场时机的选择是个关键问题,有率先进入、并行进入、延迟进入三种选择;②何地(地理战略),公司必须决定新产品是否推向单一地区、一个区域、几个区域、全国市场或国际市场;③给谁(目标市场展望),在新产品第一次展示的市场中,公司必须将它的分销和促销目标对准最有希望的购买群体。

5.7　企业进行分布式创新的实施策略

在知识经济为特征的新经济环境下,企业作为一个开放系统及自治单元与外部各种组织进行有效的交往,这对企业的发展日趋重要。许多企业积极探索并实践了将其研发活动本土化或跨地域分布。对于实践者来说,在复杂的网络环境下,企业应如何提高企业的创新能力?根据上文企业分布式创新过程的模型,可以准确地判断出分布式创新的能力与企业知识吸收能力、企业的网络能力和企业分布的数量有明显的相关性。综合前文的讨论,分布式创新网络有助于企业整合分布式创新过程中必要的内部和外部资源和知识,降低创新的成本;提高企业知识吸收能力;以分布式创新网络为平台有助于企业与发布在异地的子公司进行知识和市场信息的交流互动,提高创新效率和降低创新风险;通过分布式创新网络获得的行业压力和竞争者动向可以激发企业的创新动力等。

5.7.1　培育企业的网络能力

网络能力是企业在分布式创新网络中从企业内外部获取知识及整合知识的一种重要能力,在企业外部获取知识和内部积累知识过程中均具有重要作用,企业需要注重网络能力的培育,要制定适合网络发展的总体战略,在此指导下培育企业的网络能力,并根据企业需求保持网络的动态性、新鲜性和灵活性,而且要合理利用网络,充分发挥分布式创新网络在分布式创新过程的作用。

在本章中对企业网络能力评价中,根据 SPSS 进行主成分分析得出了企业网络能力的网络结点、网络配置能力、网络信息能力、网络运作能力几个主要因素。其中将企业网络结点用网络的特征来解释,包括网络规模、网络强度和网络多样性三个方面。网络规模有利于企业知识的内部积累,网络多样性有利于企业知识的外部获取,而网络强度对知识外部获取和内部积累都具有促进作用。因此提高企业的网络能力要分别考虑规模、强度和多样性的不同作用及对知识外部获取和内部积累的影响路径。从网络规模看,企业不能一味追求网络规模的扩大,而要注重网络质量的提高,要识别有潜力的企业或机构并与之建立网络关系。从网络多样性看,要对各种类型关系进行分别评估,一般来讲,在企业分布式创新过程中,模糊前端阶段,个人网络起的作用较大,而在新企业成长阶段,组织网络起到作用较大。对于网络强度,往往需要投入更多的时间和精力去创造和维护与企业或机构之间的强关系网络。总之,需要充分关注网络的这三种静态特性对知识外部获取和内部积累的影响路径。

网络配置能力对创新网络进行动态调整和网络组合进行动态优化。目前我国处于转型经济时期,环境具有高度动荡性和高不确定性,网络能力是企业应对外部环境变化,提高战略柔性的重要保证。企业需要根据环境变化、商业机会、资源需求情况识别和发展新网络结点、调整原有网络结点,实现网络结点的最优组合。网络运作能力指使网络有效发挥作用的能力。企业要提高自身的专业技能、沟通和协调和外交能力,提高网络利用能力和网络利用效果。网络的信息能力发展过程就是从零散信息到知识整合的过程。

企业由于其自身具有高知识性、高投入性、高风险性等特点,在分布式创新过程的模糊前端阶段,存在大量不确定与模糊因素,主要包括顾客需求、竞争环境以及所需资源的不确定性。因此,构建并维持良好的分布式创新网络,从中获取并控制所需资源与知识,从而提高企业的网络能力,成为企业进行分布式创新的必然选择。

5.7.2 提高企业的知识吸收能力

显性知识和隐性知识在分布式创新过程中具有重要作用。在分布式创新过程中,需要首先从外部环境获得知识,经过知识的吸收、转移和整合后,选择有潜力的知识供给者,与之进一步沟通、谈判后达到交易。在分布式创新过程中,需要首先获得生产运作技能、管理技能、新产品开发技能和营销技能等一系列隐性知识,然后应用于企业的内部积累过程中。所以知识搜集和处理在分布式创新过程中均具有关键作用,创新网络中的知识流动通过提供决策时所需要的企业经营技能而使创业者能够应对外部环境的不确定性。

识别知识的来源和获取渠道是企业分布式创新知识获取的前提。知识来源主要有两个方面:①设备、原材料、零部件或软件供应商、客户或消费者、市场竞争者或对手、咨询机构、高等院校、政府或公共科研机构、私人非营利的研究机构和经验丰富的风险承担者或企业家的直接接触,这一知识来源通常能够最直接反映企业所处的外部环境[208];②书面信息,D. G. Sirmon, M. A. Hitt 和 R. D. Ireland 的一项调查表明,报纸、商业出版物、专业行业协会和互联网能够为企业提供竞争者市场信息[209]。雇员高流动性、非正式交流、企业衍生、合作创新、商业刺探、逆向工程、专利或技术转让及利用专业杂志、专利出版物、报纸、电视等是企业获取知识的重要途径。搜集有用的并难于获取的市场信息是新企业的关键任务之一,企业的知识吸收能力越强,通过网络获得知识的效率就越高,企业的网络能力也相对提高。

企业需要提高知识吸收能力,尤其是对隐性知识进行有效地管理,是学术界近年来比较感兴趣的话题。隐性知识是很难传递和获取的,本课题认为只有解决两方面问题,隐性知识溢出才能更好地服务于企业创新:①具备畅通的知识获取渠道;②企业要有效地吸收和管理获得的隐性知识[210]。日本企业的隐性知识管理方式是值得世界各地企业学习的。在许多日本企业中,对待知识的方式是基于一种独特的见解,即企业不是一台机器,而是一个活生生的有机体。企业就像一个人一样,有自己的独特个性和基本目标,这便是企业的自我认知,如在企业定位、企业将向何处发展、企业希望在什么样的环境中生存,以及最重要的是如何创造出这样的环境等问题上,企业成员持有共同看法。在这些企业中,知识创新并不是研发、营销或战略规划部门专有的活动,而是一种行为方式,一种生存方式。在这种方式下,人人都是知识的创造者,也就是所说的企业家。隐性知识对创新的贡献通常需要一个显性化过程才能实现。将隐性知识显性化,意味着寻找一种方式来表达那些只可意会不可言传的隐性知识。达到这一目的的最有力管理工具之一,便是用比喻和象征性的语言来表达管理人员的直觉和灵感。不幸的是,这一工具往往被忽略。在日本企业中,这种启迪性的,有时甚至极富诗意的语言,在产品开发中起着特别重要的作用。所以,企业要寻求一种有效管理隐性知识的方式,才能在分布式创新过程中提高企业的知识吸收能力。

5.7.3　有效利用网络能力的自组织性

企业的网络能力能够促进知识的外部获取和内部积累,企业知识吸收能力的增加又会促进网络能力的提高,网络能力具有很强的自组织性,本课题的核心问题是在分布式创新过程中如何提高企业的创新能力。一般在企业创新能力理论的研究中,除了对能力的内容进行分析之外,还要对其表现形式、依附载体和形成机制进行探讨。例如魏江、寒午从分析核心能力的角度,认为分析能力的本质要以能力的表现形式和依附载体分析为前提[190]。前者探究一个企业的核心能力是以何种形式反映出来的,而后者探究企业核心能力存在于何种载体中。就企业核心能力的本质分析而言,显然前者比后者更为重要,但从核心能力的度量、评判和提高措施分析看,后者成为了措施的落实点,即只有在载体培育的基础上,才能孕育出独特的、不是外部所获取和模仿的核心能力。Thomas Ritter 和 Hans Georg 的研究认为,企业内部的资源配置、网络导向和知识共享的人力资源管理、组织文化的开放性及内部交流结构的整合性为发展企业网络能力的 4 个前提条件[211]。

从网络能力的形成机制来看,除具备必需的资源要素的保障机制之外,还需要有一定的动力机制,才能解释网络能力的形成。能力理论一般认为,能力是在一定的资源条件下通过积累性学习而获得。所以,可以将网络能力的形成归结为两类制约要素,一类是资源要素类,如企业家的合作意识等特质以及企业的内部物质条件、人力资源等,构成企业培育和发展网络能力的潜质和保障,从能力的落实点来看,资源类要素也可以理解为上文提到的能力所依附的载体;另一类是学习要素类,如组织学习,构成实现网络能力的手段或措施,即网络能力形成的动力机制。应该说这两类要素相互依赖,共同作用于网络能力的形成和提升[213]。因此,需要分析网络能力的不同影响因素,利用网络能力的自组织特点培育企业网络能力,从而达到提高企业分布式创新能力的目的。

5.7.4　增强企业的学习能力

知识的内部积累需要学习。在许多情况下,企业并不具备所需的隐性知识。因此,企业需要通过学习获得所需的隐性知识。例如,为了提高企业的创新能力,员工必须提高隐性知识水平。将没有管理技能或相关经验的管理人员分配到与有经验的管理人员一起工作,这样会帮助他们提高隐性管理技能。

企业也需要重点培育其学习能力,组织学习对知识外部获取,尤其是企业分布式创新过程中必不可少的一个环节。组织学习是企业获取新知识,并将新知识用于企业决策或其他企业管理行为的过程,是企业创造新知识,加强组织创新程度,提高企业创新能力的基本途径。在动态性高或宽松性低的环境中,学习能力对企业资源和知识整合效率尤其重要。在动态性高的环境中,学习能够帮助企业寻找、发现并满足顾客需求,帮助企业适应环境变化,保持战略柔性。在宽松性低的环境中,学习能力对企业价值创造更加关键。宽松性指环境中资源的充裕程度,宽松性低意味着资源比较匮乏,在这种情况下,企业更加需要通过学习积累并有效整合资源,保持竞争优势。学习机制是企业在分布式创新过程中有效整合及利用知识的重要机制,通过外源学习,企业从创新网络中获取隐性知识,通过内源学习,将所获取的隐性知识在企业内部消化吸收,付诸管理实践。学习能力越强,企业利用网络获取的隐性知识越多,获取和积累的知识就越多,企业的知识吸收能力就越强,网络能力也相对提高,最终企业在分布式创新过程中增强了其创新能力。

|第6章|
企业分布式研发网络与系统动态仿真

分布式研发是实现企业分布式创新的重要支撑和条件。本章重点对企业分布式研发网络进行了研究。在对企业分布式研发网络概念界定基础上,对企业分布式研发网络的中心性、数据关系及小世界网络进行了重点分析,并建立了企业分布式研发网络结点选择评价体系。以高新区为例,对企业分布式研发网络技术经济系统进行了动态仿真分析。

6.1 企业分布式研发网络概念

企业分布式研发,简称企业分布式 R&D(distributed R&D),在 J. Singh 的研究,以及 R. Boutellier,O. Gassmann 和 M. V. Zedtwitz 的合作研究中,它主要是指 R&D 活动的地理分布,有时还以 R&D 机构或 R&D 组织的分散(R&D dispersion)来指代[214-215]。有不少学者对分布式研发做了相关研究。Walter Kuemmerle 的研究虽然没有提出分布式 R&D 的说法,但也是关于 R&D 机构的地理分布方面的研究。对于分布式 R&D 对研发成功的影响主要有三种观点:①R&D 活动的地理分布有助于 R&D 成功或创新成功;②R&D 活动的分散有负面影响;③R&D 活动是否分散要具体考虑企业发展阶段或规模以及项目的特点等实际情况。Walter Kuemmerle 的研究,Aija Leiponen 和 Constance E. Helfat 的合作研究支持第一种观点;J. Singh 的研究则反映了第二种观点;还有学者认为是否采用分布式 R&D 应分析具体情况而定。Walter Kuemmerle 对 27 家跨国公司的 129 个在国外的实验室进行了调查研究后认为,地理接近有助于 R&D 成功,原因在于研究过程中出现问题的不可预见性以及这些问题难以规范成文,这也应是隐性知识的一种表现形式[216]。

总体而言,地理接近的优势在于:①获得潜在的支持;②有利于交流,包括降低交流的复杂性以及更易进行非正式沟通。Aija Leiponen 和 Constance E. Helfat 在其交流讨论论文中提出地理位置分散即多点 R&D 能提高创新成功率。

从以上相关研究可以看出,对于企业分布式研发目前还没有统一的定义,因此,本文提出企业分布式研发是指企业等形式的组织或组织之间在资源优化配置、资源共享的基础上,在不同地域,以共同的网络平台进行的研发活动。企业分布式研发具有不同地域性、协同性、异构性、互补性等特征。不同地域性是指参与研发的组织分布在全国甚至世界各地;异构性是指参与研发的组织有不同的运作环境、不同的组织文化和管理模式;互补性是指 R&D 机构或参与人员具有不同的资源或专业背景,进行研发可实现知识等资源互补;协同性是指利用 Internet/Intranet 联盟组织共享知识和信息,协同解决研发小组/团队或人员之间的矛盾和冲突,最终达成一致。

企业分布式研发网络是由企业等组织或组织之间以研发机构、R&D 人员等作为网络结点通过 R&D 合作、信息流动等形式联结而成的有机的组织系统。即以某种 R&D 资源或资源集合体为结点,分布于不同的时间、地域以及项目等位置,通过信息流动等形式作用而形成的网络。推而广之,R&D 资源在地域、人员、项目以及组织等方面的分散并相互联系作用,由此形成的网络可称为分布式 R&D 网络,具体表现为 R&D 机构网络、R&D 人员网络、R&D 项目网络、R&D 成果网络等。

6.2 企业分布式研发网络 2-模网络的中心性

R&D 人员常常是 R&D 项目成员、R&D 团队成员或其他 R&D 组织成员,即 R&D

人员隶属于 R&D 组织或某些 R&D 活动。那么,这些个体和组织之间的网络是 2-模网络。本节将分别以 R&D 人员与 R&D 项目、R&D 团队或研究小组、隶属的组织如企业、R&D 成果如专利之间的 2-模网络进行分析,作出 R&D 人员-专利网络图、R&D 人员网络图、R&D 项目网络图、专利网络图,从中确定关键 R&D 人员或专利,了解这些分布于不同 R&D 资源的网络,从而为提高 R&D 能力提供研究思路。

2-模网络数据描述的是一类网络结点(如 R&D 人员)和另一类网络结点(如 R&D 组织或活动等事件)之间的关系,2-模网络数据也称为隶属关系数据。

为方便起见,这里选择 H 公司终端产品 2008 年申请并获得授权专利和发明人员(以下简称 R&D 人员)构成的 2-模网络来进行分析。

6.2.1 分布式研发网络 2-模矩阵分析

分布式 R&D 网络 2-模数据分析。H 公司终端产品专利和发明人员 2-模数据见表6.1。表中第一列数据是 H 公司终端产品专利发明人,共 35 人,专利发明人或 R&D 人员所对应的专利是 P1~P53,共 53 件专利。表中数据 1 表示 R&D 人员是专利发明人之一,0 表示不是该专利的发明人。2-模数据可以转化为两个 1-模数据。

表 6.1 H 公司终端产品专利-R&D 人员 2-模数据表

```
              1111111111222222222233333333334444444444 5555
              1234567890123456789012345678901234567890123
     PPPPPPPPPPPPPPPPPPPPPPPPPPPPPPPPPPPPPPPPPPPPPPPPPPPPPP
 1 CZH 10000000000000000000000000000000000000000000000000000
 2 DZM 11111111111111111111111111111100000000000000000000000
 3 ZK  00100000000000000000000000000000000000000000000000000
 4 DM  01000000000000000001000000000000000000000000000000000
 5 WXJ 01000000000000000000000000000000000000000000000000000
 6 WHW 01000000000000000000000000000000000000000000000000000
 7 YB  01000000000000000000000000000000000000000000000000000
 8 YYL 00010000000100100101111101000000000000000000000000000
 9 LQL 00000000000001110011000000000000000000000000000000000
10 ZGY 00001101111100000000001110000000000000000000000000000
11 SGM 00001111111111001010011111100001111110000000000000000
12 HJL 00001101111100000000010000001000000000000000000000000
13 WJL 00000000000000000000010000000000000000000000000000000
14 YZZ 00000000000000000000010000000000000000000000000000000
15 KXD 00000000000000000000010000000000000000000000000000000
16 ZGH 00000000000000000000000110000000000000000000000000000
```

17	FYY	0 0 0 0 0 0 0 0 0 0 0 0 0 0 0 0 0 0 0 0 0 0 0 0 0 0 0 0 0 0 0 1 0 0 0 0 0 0 0 0 0 0 0 0 0 0 0 0
18	LQS	0 0 0 0 0 0 0 0 0 0 0 0 0 0 0 0 0 0 0 0 0 0 0 0 0 0 0 0 0 1 0 0 0 0 0 0 0 0 0 0 0 0 0 0 0 0 0 0
19	ZZY	0 0 0 0 0 0 0 0 0 0 0 0 0 0 0 0 0 0 0 0 0 0 0 0 0 0 0 0 0 0 0 1 0 0 0 0 0 0 0 0 0 0 0 0 0 0 0 0
20	WJ	0 0 0 0 0 0 0 0 0 0 0 0 0 0 0 0 0 0 0 0 0 0 0 0 1 0 0 0 0 0 0 1 1 1 1 1 1 1 1 1 1 1 1 1 1 1 1
21	LK	0 0 0 0 0 0 0 0 0 0 0 0 0 0 0 0 0 0 0 0 0 0 0 0 0 0 0 0 0 0 1 0 0 0 1 1 1 1 0 1 0
22	WZF	0 0 0 0 0 0 0 0 0 0 0 0 0 0 0 0 0 0 0 0 0 0 0 0 0 0 0 0 0 0 0 0 1 0 0 0 0 0 0 0 0 0 1
23	LY	0 0 0 0 0 0 0 0 0 0 0 0 0 0 0 0 0 0 0 0 0 0 0 0 0 0 0 1 0 1 1 0 0 0 1 1 1 1 1 1 0
24	FP	0 0 0 0 0 0 0 0 0 0 0 0 0 0 0 0 0 0 0 0 0 0 0 0 0 1 0 0 0 0 1 0 0 1 0 0 0 0 1 1 0 0 0 0 0
25	ZWZ	0 0 0 0 0 0 0 0 0 0 0 0 0 0 0 0 0 0 0 0 0 0 0 0 0 0 0 0 0 0 0 0 0 0 1 0 0 1 0 0 0 0 0 0 0
26	WXY	0 0 0 0 0 0 0 0 0 0 0 0 0 0 0 0 0 0 0 0 0 0 0 0 0 0 0 0 0 0 0 0 0 0 0 1 0 0 0 0 0 0 0 0 0
27	ZS	0 0 0 0 0 0 0 0 0 0 0 0 0 0 0 0 0 0 0 0 0 0 0 0 0 0 0 0 0 0 0 0 0 1 0 0 0 0 1 0 1 1 0 1 0
28	ZZG	0 0 0 0 0 0 0 0 0 0 0 0 0 0 0 0 0 0 0 0 0 0 0 0 0 0 0 0 0 0 0 0 1 0 0 0 0 0 0 0 0 0 0
29	SHH	0 0 0 0 0 0 0 0 0 0 0 0 0 0 0 0 0 0 0 0 0 0 0 0 0 0 0 0 0 0 0 0 0 1 0 0 0 0 0 0 1 0 0 0 0
30	WDQ	0 0 0 0 0 0 0 0 0 0 0 0 0 0 0 0 0 0 0 0 0 0 0 0 0 0 0 0 0 0 0 0 0 1 0 0 1 0 0 0 0 0 0 0
31	ZQ	0 0 0 0 0 0 0 0 0 0 0 0 0 0 0 0 0 0 0 0 0 0 0 0 0 0 0 0 0 0 0 0 0 0 1 0 0 1 0 0 0 0 0 0
32	TYF	0 0 0 0 0 0 0 0 0 0 0 0 0 0 0 0 0 0 0 0 0 0 0 0 0 0 0 0 0 0 0 0 0 0 0 1 0 1 0 0 0 0 0 0
33	ZY	0 0 0 0 0 0 0 0 0 0 0 0 0 0 0 0 0 0 0 0 0 0 0 0 0 0 0 0 0 0 0 0 0 0 0 0 0 1 0 0 0 0 0 0
34	LYB	0 0 0 0 0 0 0 0 0 0 0 0 0 0 0 0 0 0 0 0 0 0 0 0 0 0 0 0 0 0 0 0 0 0 0 0 0 0 0 0 1 0 0
35	WQ	0 0 0 0 0 0 0 0 0 0 0 0 0 0 0 0 0 0 0 0 0 0 0 0 0 0 0 0 0 0 0 0 0 0 0 0 0 0 0 0 0 1

　　由 2-模矩阵到 1-模矩阵转换。2-模数据到 1-模数据转换是指将 2-模数据矩阵转换为两个 1-模数据矩阵。转换后可得到 H 公司研发人员矩阵和专利矩阵，见表 6.2 和表 6.3。

表 6.2　H 公司终端产品 R&D 人员矩阵

		1 2 3 4 5 6 7 8 9 10 11 12 13 14 15 16 17 18 19 20 21 22 23 24 25 26 27 28 29 30 31 32 33 34 35
		CZ DZ ZK DM WX WH YB YY LQ ZG SG HJ WJ YZ KX ZG FY LQ ZZ WJ LK WZ LY FP ZW WX ZS ZZ SH WD ZQ TY ZY LY WQ
1	CZH	1 1 0 0 0 0 0 0 0 0 0 0 0 0 0 0 0 0 0 0 0 0 0 0 0 0 0 0 0 0 0 0 0 0 0
2	DZM	1 25 1 1 1 1 1 9 7 7 17 8 0 0 0 0 0 0 0 0 0 0 0 0 0 0 0 0 0 0 0 0 0 0 0
3	ZK	0 1 1 0 0 0 0 0 0 0 0 0 0 0 0 0 0 0 0 0 0 0 0 0 0 0 0 0 0 0 0 0 0 0 0
4	DM	0 1 0 2 1 1 1 0 0 0 0 0 0 0 0 0 0 0 0 0 0 0 0 0 0 0 0 0 0 0 0 0 0 0 0
5	WXJ	0 1 0 1 1 1 1 0 0 0 0 0 0 0 0 0 0 0 0 0 0 0 0 0 0 0 0 0 0 0 0 0 0 0 0
6	WHW	0 1 0 1 1 2 1 0 0 0 1 0 0 0 0 1 0 0 1 0 0 0 0 0 0 0 0 0 0 0 0 0 0 0 0
7	YB	0 1 0 1 1 1 1 0 0 0 0 0 0 0 0 0 0 0 0 0 0 0 0 0 0 0 0 0 0 0 0 0 0 0 0
8	YYL	0 9 0 0 0 0 0 10 5 0 7 0 0 0 0 0 0 0 0 0 0 0 0 0 0 0 0 0 0 0 0 0 0 0 0
9	LQL	0 7 0 0 0 0 0 5 7 0 5 0 0 0 0 0 0 0 0 0 0 0 0 0 0 0 0 0 0 0 0 0 0 0 0

```
10  ZGY   0 7 0 0 0 0 0 0 0 11 7 7 1 1 2 2 0 1 0 0 0 0 0 0 0 0 0 0 0 0 0 0 0 0 0

11  SGM   0 17 0 0 0 1 0 7 5 7 23 7 0 0 0 0 1 0 1 1 0 0 0 1 0 0 0 0 0 0 0 0 0 0 0

12  HJL   0 8 0 0 0 0 0 0 0 7 7 9 0 0 0 0 0 0 0 0 0 0 0 0 0 0 0 1 0 0 0 0

13  WJL   0 0 0 0 0 0 0 0 1 0 0 1 0 0 0 0 0 0 0 0 0 0 0 0 0 0 0 0 0 0 0 0

14  YZZ   0 0 0 0 0 0 0 0 1 0 0 0 1 1 1 0 0 0 0 0 0 0 0 0 0 0 0 0 0 0 0 0

15  KXD   0 0 0 0 0 0 0 0 2 0 0 0 1 2 2 0 1 0 0 0 0 0 0 0 0 0 0 0 0 0 0 0

16  ZGH   0 0 0 0 0 0 0 0 2 0 0 0 1 2 2 0 1 0 0 0 0 0 0 0 0 0 0 0 0 0 0 0

17  FYY   0 0 0 0 0 1 0 0 0 0 1 0 0 0 0 1 0 0 1 0 0 0 0 0 0 0 0 0 0 0 0 0

18  LQS   0 0 0 0 0 0 0 0 1 0 0 0 1 1 0 1 0 0 0 0 0 0 0 0 0 0 0 0 0 0 0 0

19  ZZY   0 0 0 0 0 0 0 0 0 1 0 0 0 0 0 0 1 0 0 0 0 0 0 0 0 0 0 0 0 0 0 0

20  WJ    0 0 0 0 0 1 0 0 0 0 1 0 0 0 0 1 0 0 16 7 2 9 4 2 1 5 1 2 2 2 2 1 1 1

21  LK    0 0 0 0 0 0 0 0 0 0 0 0 0 0 0 0 7 7 0 7 4 0 0 5 0 1 0 0 0 0 0 0

22  WZF   0 0 0 0 0 0 0 0 0 0 0 0 0 0 0 0 2 0 2 0 0 0 0 0 1 0 0 0 0 0 0 1

23  LY    0 0 0 0 0 0 0 0 0 0 0 0 0 0 0 0 9 7 0 9 4 0 0 5 0 2 0 0 0 0 1 0

24  FP    0 0 0 0 0 0 0 0 1 0 0 0 0 0 0 0 4 4 0 4 5 0 0 2 0 0 0 0 0 0 0 0

25  ZWZ   0 0 0 0 0 0 0 0 0 0 0 0 0 0 0 0 2 0 0 0 2 0 0 0 2 2 2 0 0 0

26  WXY   0 0 0 0 0 0 0 0 0 0 0 1 0 0 0 0 1 0 0 0 0 0 1 0 0

27  ZS    0 0 0 0 0 0 0 0 0 0 0 0 5 5 0 5 2 0 0 5 0 1 0 0 0 0 0

28  ZZG   0 0 0 0 0 0 0 0 0 0 1 0 1 0 0 0 1 0 0 0 0 0

29  SHH   0 0 0 0 0 0 0 0 0 0 0 2 1 0 2 0 0 0 1 0 2 0 0 0 0 0

30  WDQ   0 0 0 0 0 0 0 0 0 0 0 2 0 0 0 2 0 0 0 2 2 2 0 0 0

31  ZQ    0 0 0 0 0 0 0 0 0 0 0 2 0 0 0 2 0 0 0 2 2 2 0 0 0

32  TYF   0 0 0 0 0 0 1 0 0 0 0 2 0 0 0 2 0 0 0 2 2 3 0 0 0

33  ZY    0 0 0 0 0 0 0 0 0 1 0 0 1 0 0 0 1 0 0 0 1 0 0

34  LYB   0 0 0 0 0 0 0 1 0 0 1 0 0 0 0 0 0 1 0

35  WQ    0 0 0 0 0 0 0 0 0 1 0 1 0 0 0 0 0 0 0 1
```

表6.3 H公司终端产品专利矩阵表

AFFILIATIONS
....

```
                 1 1 1 1 1 1 1 1 1 1 2 2 2 2 2 2 2 2 2 2 3 3 3 3 3 3 3 3 3 3 4 4 4 4 4 4 4 4 4 4 5 5 5
       1 2 3 4 5 6 7 8 9 0 1 2 3 4 5 6 7 8 9 0 1 2 3 4 5 6 7 8 9 0 1 2 3 4 5 6 7 8 9 0 1 2 3
     P P P P P P P P P P P P P P P P P P P P P P P P P P P P P P P P P P P P P P P P P P P
```

....

```
1  P1  2 1 1 1 1 1 1 1 1 1 1 1 1 1 1 1 1 1 1 1 1 1 1 1 1 1 0 0 0 0 0 0 0 0 0 0 0 0 0 0 0 0 0 0 0 0 0
```

```
2   P2   15111111111111111111111111111110000001000000000000000000000

3   P3   11211111111111111111111111111110000000000000000000000000000

4   P4   11121111111111211212121222220100000000000000000000000000000

5   P5   11114424444442222212112222200111111111111000000000000000000

6   P6   11114424444442222212112222200111111111111000000000000000000
```

```
52  P52  00000000000000000000000000000010000000312411111434424 1

53  P53  00000000000000000000000000000010000000121111111111113
```

转换后得到的 1-模数据矩阵的含义如下：

从终端产品研发人员矩阵可以看出，研发人员参与发明专利的数量，如 DZM 参与发明的专利数量为 25，DZM 和 SGM 共同参与发明的专利数量 17；

从专利矩阵表可以看出，每项专利参与发明的 R&D 人员情况，如 P2 专利参与发明的 R&D 人员为 5 人，并且这 5 人还参与了其他 25 项专利的发明。

6.2.2　二部 2-模图分析

分析 2-模网络数据除了矩阵方法外，还有图形法。采用图形方法分析 2-模网络数据，先构建二部矩阵。

1. 构建二部矩阵

构建二部矩阵(bipartite matrix)，是指在原来 2-模网络数据矩阵的基础上加上一定的行和列，使之变成方阵。H 公司终端产品 R&D 人员-专利 2-模网络矩阵是 35 行和 53 列，在此基础上分别加上 53 行和 35 列，转变成方阵就是 88 行和 88 列。利用 UCINET，按照 Transform→Bipartite，选择输入原 2-模网络矩阵，即可得到 2-模二部矩阵，矩阵数据限于篇幅这里省略。

2. 作二部图

根据已构建的二部矩阵，用 UCINET 即可绘出二部图(bipartite two-mode graphs)，结果如图 6.1 所示。

图中结点数 88，一共 162 条连接。图中存在一些孤立的点，是建立 2-模二部矩阵时加上的但又没有连接的点。

同时，还可利用二部图可以清晰地看出每个研发人员所参加的专利以及每项专利所涉及的研发人员的情况，如 DZM 参与发明的专利情况，如图 6.2 所示。

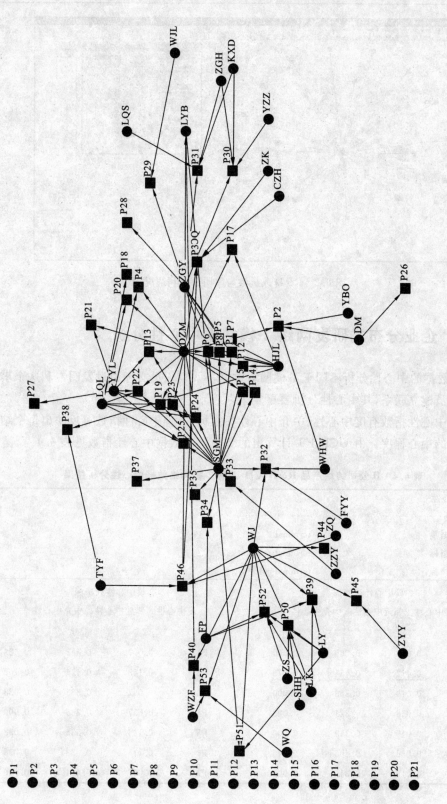

图 6.1　H 公司 R&D 人员-专利网络二部图

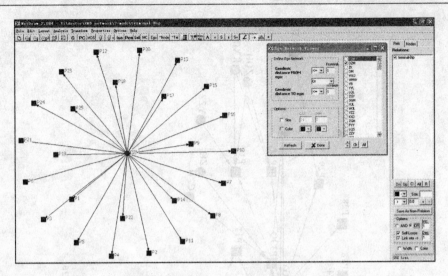

图 6.2　R&D 人员参与发明的专利情况

6.2.3　企业分布式研发网络 2-模数据中心性分析

2-模数据的中心性分析不同于 1-模网络数据，R&D 人员必须通过发明专利这个事件和其他人员建立联系，其中心性分析要更复杂。

网络中心性指数有度中心性、中介中心性等指标，各种中心性指数可反映出每个结点在网络中的中心程度。由 UCINET 计算出的 2-模网络数据中心性指数见表 6.4。

表 6.4　H 公司终端产品 R&D 人员-专利 2-模网络数据中心性分析结果

2-模中心性

输入数据集：	terminal
输出行指标：	terminal-rowcent
输出列指标：	terminal-colcent

| 2-模中心性行指标 | | | | 2-模中心性列指标 | | |
度中心性	邻近中心性	中介中心性		度中心性	邻近中心性	中介中心性
CZH	0.019	0.269	0.000	P1	0.057	0.383	0.023
DZM	0.472	0.434	0.278	P2	0.143	0.474	0.102
ZK	0.019	0.269	0.000	P3	0.057	0.383	0.023
DM	0.038	0.321	0.023	P4	0.057	0.385	0.002
WXJ	0.019	0.319	0.000	P5	0.114	0.533	0.038
WHW	0.038	0.405	0.046	P6	0.114	0.533	0.038
YB	0.019	0.319	0.000	P7	0.057	0.484	0.006

续表

YYL	0.189	0.347	0.033	P8	0.114	0.533	0.038
LQL	0.132	0.341	0.007	P9	0.114	0.533	0.038
ZGY	0.208	0.382	0.197	P10	0.114	0.533	0.038
SGM	0.434	0.524	0.506	P11	0.114	0.533	0.038
HJL	0.170	0.379	0.051	P12	0.114	0.533	0.038
WJL	0.019	0.248	0.000				
YZZ	0.019	0.251	0.000	P29	0.057	0.347	0.023
KXD	0.038	0.253	0.000	P30	0.114	0.350	0.046
ZGH	0.038	0.253	0.000	P31	0.114	0.350	0.046
FYY	0.019	0.368	0.000	P32	0.114	0.572	0.395
LQS	0.019	0.251	0.000	P34	0.057	0.462	0.052
ZZY	0.019	0.302	0.000				
WJ	0.302	0.453	0.464	P51	0.086	0.398	0.025
LYB	0.019	0.278	0.000	P52	0.114	0.401	0.008
WQ	0.019	0.278	0.000	P53	0.086	0.398	0.035

表 6.4 中第一列左边的是 H 公司终端产品专利发明人的字母缩写,第二列从 P1 到 P53 表示 2008 年申请并获得授权的专利代号,为简单起见,有些专利数据省略了。

根据中心性指数所作的网络图,重要的网络结点将以更大的尺寸来突出显示。根据中介中心性重新所做的图,如图 6.3 所示。从中可以看出,以"中介中心性"来衡量,SGM,WJ,DZM,ZGY 这些 R&D 人员以及专利 P32 居于网络核心位置,这些结点的形状尺寸或者规模更大。

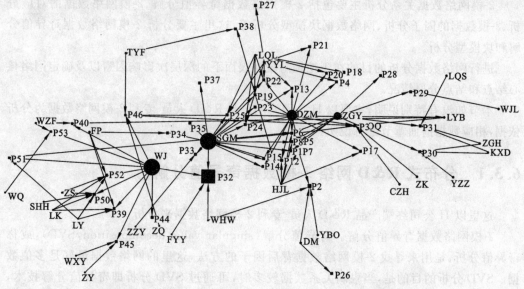

图 6.3 根据中介性所作的 H 公司 R&D 人员-专利网络图

同样,根据度中心性可作出 H 公司 R&D 人员-专利网络图,以此可判断重要的网络结点,如图 6.4 所示,SGM,DZM,WJ 等是重要的专利发明人,他们与其他 R&D 人员的联系更多。

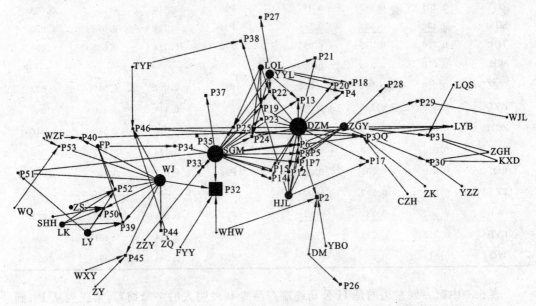

图 6.4　根据度中心性所作的 H 公司终端产品 R&D 人员-专利网络图

6.3　企业分布式研发 2-模网络数据关系分析

2-模网络数据关系分析主要包括 2-模网络数据奇异值分解、2-模网络数据的对应分析、2-模数据的因子分析、网络数据块模型分析等,这里主要分析 2-模网络数据奇异值分解和块模型分析。

进行网络数据分析的目的在于挖掘隐藏在表面下的深层次影响因素以及确定网络核心结点和结点分群情况。

本节如没有特别说明,主要以 H 公司终端产品 R&D 人员-专利 2-模网络数据为分析依据,相应数据前面章节已有说明。

6.3.1　分布式 R&D 网络 2-模数据奇异值分解

这里以 H 公司终端产品 R&D 人员-专利 2-模网络数据来分析。

2-模网络数据奇异值分解。奇异值分解(singular value decomposition,SVD),或称奇异值分析,是用来寻找 2-模网络数据背后因子的方法,这里的网络数据最好是多值数据。SVD 分析的目的是,当隶属关系数据较多时,可通过 SVD 分析即奇异值分解技术,降低维度,找到数据背后共同的因子。奇异值是非零特征根的平方根。

奇异值分解的原理这里省略,主要是采用这种分析方法,找出网络数据背后的影响因子。

H公司R&D人员-专利2-模网络数据见前一节,变化在于奇异值分解和因子分析都最好采用多值数据分析,因此,将第一专利发明人的取值定为2而不再是1,这里不再列出。将多值2-模网络数据输入后,由UCINET计算得到奇异值,见表6.5。R&D人员-专利矩阵的秩为27,故有27个奇异值。第一个奇异值为9.838,占总体数值的13.3%;第二个奇异值为7.074,占总体数值的9.6%,累计百分比22.9%;第三个奇异值为5.309,占总体数值的7.2%,累计百分比30.1%。

三个维度的解释如下:

考虑前三位的奇异值作为三个维度,可以得到R&D人员和专利在每个奇异值上的负载值。

第一个维度可以认为是R&D人员基本素质能力,就是能进H公司必须具备的能力;

第二个维度可认为是终端产品在图像研发方面的能力,第二个奇异值在专利P47,P48,P50上的负载值大,见表6.6;

第三个维度可认为是网络设备方面的R&D能力,而且YYL以及LQL在第三个维度的负载值最大,这与他们在网络设备方面获得的专利非常适合,说明这个维度的解释力是充分的。

同样,R&D人员WJ在第二个维度的负载值最大,见表6.7,恰恰WJ是在图像研发方面的核心人员。所以这几个维度的解释能力是符合实际的。

奇异值数值以及对维度的解释,这些都可以和后面的三个维度的SVD分析图6.5～图6.7对应起来分析。

表6.5　H公司终端产品R&D人员-专利数据的奇异值

因子	数值	百分比/%	累计百分比/%	比率/%	减少误差比例/%	累计减少误差比例/%
1:	9.838	13.3	13.3	1.391	0.257	0.257
2:	7.074	9.6	22.9	1.333	0.156	0.413
3:	5.309	7.2	30.1	1.024	0.095	0.508
4:	5.186	7.0	37.1	1.245	0.091	0.599
5:	4.166	5.6	42.8	1.060	0.058	0.657
6:	3.929	5.3	48.1	1.165	0.052	0.709
7:	3.373	4.6	52.7	1.072	0.038	0.747
8:	3.147	4.3	57.0	1.021	0.033	0.780
9:	3.082	4.2	61.1	1.080	0.032	0.813
10:	2.854	3.9	65.0	1.029	0.027	0.840
11:	2.772	3.8	68.8	1.053	0.026	0.866
12:	2.632	3.6	72.3	1.081	0.023	0.889
13:	2.435	3.3	75.6	1.076	0.020	0.909
14:	2.262	3.1	78.7	1.125	0.017	0.927

因子	数值	百分比/%	累计百分比/%	比率/%	减少误差 比例/%	累计减少误差 比例/%
15：	2.012	2.7	81.4	1.029	0.014	0.940
16：	1.956	2.7	84.1	1.064	0.013	0.953
17：	1.838	2.5	86.6	1.293	0.011	0.965
18：	1.422	1.9	88.5	1.151	0.007	0.971
19：	1.236	1.7	90.2	1.030	0.005	0.977
20：	1.200	1.6	91.8	1.026	0.005	0.981
21：	1.170	1.6	93.4	1.170	0.005	0.986
22：	1.000	1.4	94.7	1.054	0.003	0.989
23：	0.949	1.3	96.0	1.039	0.003	0.993
24：	0.913	1.2	97.3	1.144	0.003	0.995
25：	0.799	1.1	98.3	1.306	0.002	0.997
26：	0.612	0.8	99.2	1.002	0.001	0.999
27：	0.610	0.8	100.0		0.001	1.000
	73.774	100.0				

表 6.6　H 公司终端产品 R&D 人员-专利数据的 SVD 分析的专利量表

		行负载值		
		1	2	3
1	P1	0.074	-0.007	0.021
2	P2	0.078	-0.003	0.023
3	P3	0.144	-0.014	0.037
4	P4	0.117	-0.011	0.240
19	P19	0.192	-0.007	0.255
20	P20	0.162	-0.015	0.114
21	P21	0.117	-0.011	0.240
22	P22	0.192	-0.007	0.255
23	P23	0.195	-0.008	0.288
24	P24	0.192	-0.007	0.255
……		……	……	……
47	P47	0.005	0.351	0.010
48	P48	0.007	0.332	0.003
49	P49	0.004	0.329	0.011
50	P50	0.004	0.336	0.011
51	P51	0.003	0.236	0.006
52	P52	0.004	0.317	0.011
53	P53	0.002	0.107	-0.001

表 6.7　H 公司终端产品 R&D 人员-专利数据的 SVD 分析的 R&D 人员量表

		列负载值		
		1	2	3
1	CZH	0.015	-0.002	0.008
2	DZM	0.700	-0.047	0.096
3	ZK	0.015	-0.002	0.007
4	DM	0.016	-0.001	0.010
5	WXJ	0.008	-0.000	0.004
6	WHW	0.015	0.026	-0.002
7	YB	0.008	-0.000	0.004
8	YYL	0.224	-0.016	0.589
9	LQL	0.194	-0.011	0.413
10	ZGY	0.202	-0.012	-0.536
11	SGM	0.580	0.036	-0.157
……		……	……	……
19	ZZY	0.012	0.001	-0.012
20	WJ	0.020	0.620	-0.004
35	WQ	0.000	0.015	-0.000

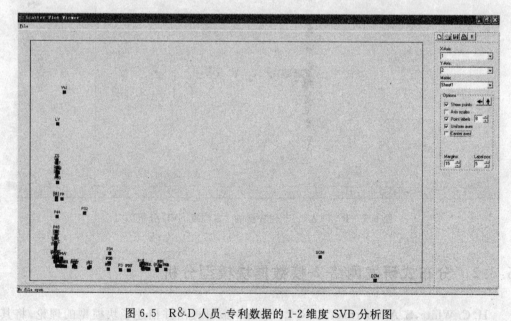

图 6.5　R&D 人员-专利数据的 1-2 维度 SVD 分析图

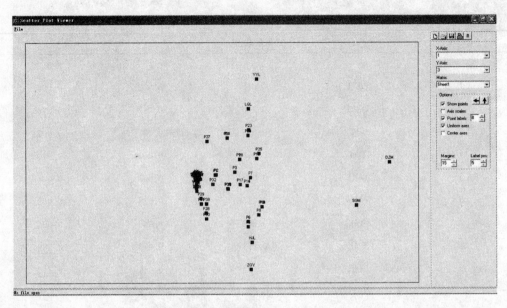

图 6.6　R&D 人员-专利数据的 1-3 维度 SVD 分析图

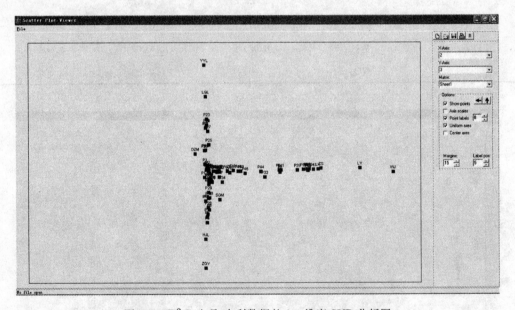

图 6.7　R&D 人员-专利数据的 2-3 维度 SVD 分析图

6.3.2　分布式研发网络 2-模数据块模型分析

H. C. White，S. A. Boorman 和 R. L. Breiger 最早提出并描述了块模型的理论，将其作为一种研究网络位置模型的方法，他们还认为可以根据角色的互动解释社会结构[217]。

后来学者将网络简化为块模型,也就是把初始发生矩阵的点用一种聚类分析方法重排,形成在结构上对等的一系列矩阵。也就是根据"结构对等性"对结点分类,这种研究方法是块模型分析方法。

块模型可对 1-模矩阵分析,也可直接对二值发生矩阵进行分析,包括核心-边缘分析和分派分析。以下重点对终端产品 R&D 人员网络数据块模型进行分析。

1. CONCER 分群

终端产品 R&D 人员网络是 1-模矩阵,也是前面章节提到过的将 2-模矩阵转换的 1-模矩阵。该网络用来表示参与专利发明的 R&D 人员相互之间的联系情况。通过计算得到该网络的密度矩阵表,见表 6.8。

表 6.8　终端产品 R&D 人员网络的密度矩阵表

CONCOR

对角线:	Ignore
最多分割次数:	3
输入数据集:	terminal(trans)-Aff GT0

原相关系数矩阵(略)

密度矩阵

	1	2	3	4	5	6	7	8
	....	....	....	....	....	....	....	....
1	0.24	0.20	0.10	0.00	0.02	0.04	0.14	0.02
2	0.20	1.00	0.07	0.00	0.03	0.00	0.20	0.00
3	0.10	0.07	1.00	0.78	0.00	0.00	0.00	0.00
4	0.00	0.00	0.78	0.00	0.00	0.00	0.00	0.00
5	0.02	0.03	0.00	0.00	0.20	0.00	1.00	0.00
6	0.04	0.00	0.00	0.00	0.00	1.00	1.00	0.00
7	0.14	0.20	0.00	0.00	1.00	1.00		1.00
8	0.02	0.00	0.00	0.00	0.00	0.00	1.00	0.67

R-squared=0.623

CONCOR 分群的特点是一次分两群,两次 4 群,所以总群数是 2,4,8,16 群等。

从图 6.8 和表 6.8 可以清楚地看出,终端产品 R&D 人员网络可以分成 8 个子群:

第 1 子群成员:CZH,ZZY,ZK,HJL,LQL,YYL,SGM

第 2 子群成员:WHW,WXY,DM,YB,DZM

第 3 子群成员:ZGY,ZGH,KXD

第 4 子群成员:YZZ,WJL,LQS

第 5 子群成员:FYY,ZZG,ZY,WZF,WQ,WXY

第 6 子群成员:ZWZ,TYF,ZQ,WDQ

第 7 子群成员：WJ

第 8 子群成员：LK，LY，FP，SHH，LYB，ZS

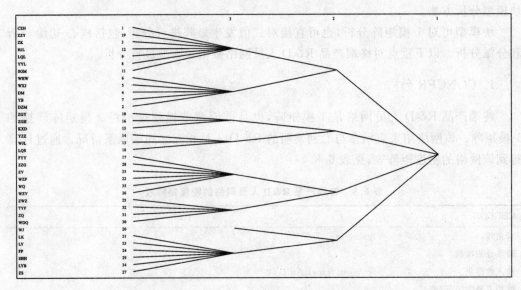

图 6.8　CONCOR 对终端产品 R&D 人员分群

以上分群是选择最多分割三次，如果选择分割两次，见表 6.9，密度矩阵和分群图都有改变，如图 6.9 所示。

表 6.9　分割两次 R&D 人员网络的密度矩阵表

CONCOR				
对角线：	Ignore			
最多分割次数：	2			
输入数据集：	terminal(trans)-Aff GT0			
原相关系数矩阵（略）				
密度矩阵				
1	2	3	4	
....	....	....	....	
1	0.33	0.04	0.03	0.04
2	0.04	0.67	0.00	0.00
3	0.03	0.00	0.20	0.14
4	0.04	0.00	0.14	0.76
R-squared＝0.302				

2. 绘制柱状图

为方便比较，现作出柱状图，如图 6.10 所示。

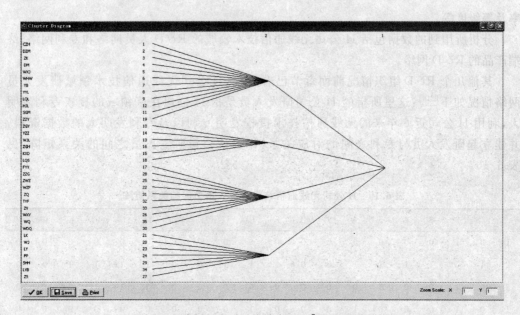

图 6.9 分割两次时对终端产品 R&D 人员分群图

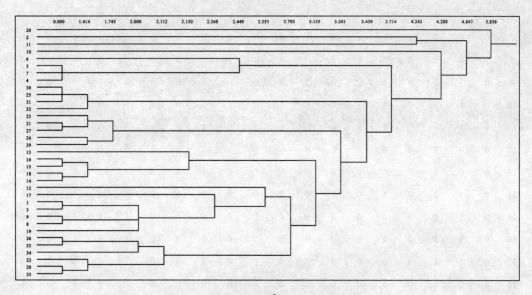

图 6.10 终端产品 R&D 人员分群柱状图

柱状图和 Concor 分群不同,分析者可以根据具体情况自己调整分群情况。

6.4 企业分布式研发网络的小世界网络分析

分布式 R&D 网络特性这里主要从小世界网络特性、无标度网络特性和结构洞三个方面来加以分析,测量指标包括网络特征路径长度、集聚系数、网络度分布和有效规模、效率及等级度等。

分析所用到的数据包括 H 公司无线通信技术领域的 R&D 人员网络和专利网络、终端产品的 R&D 网络。

其他几个 R&D 组织情况前面章节已有交代，H 公司无线通信技术领域研发人员网络情况如下[218]；这里所指的 H 公司研发人员是指 H 公司在该领域的授权专利发明人，利用 H 公司近 6 年来的无线通信技术授权发明专利以及专利发明人的数据资料，并建立起研发人员与专利之间的对应关系，作出该公司研发人员之间的关系矩阵，见表 6.10。

表 6.10　H 公司无线通信技术研发人员之间的关系矩阵

	1	2	3	4	5	6	7	8	9	10	11	12	13	14	15	16	17	18	19
1	0	1	0	0	0	0	0	0	0	0	0	0	0	0	0	0	0	0	0
2	1	0	1	1	1	1	0	0	0	1	1	0	1	1	1	1	1	0	0
3	0	1	0	0	1	0	0	0	0	0	0	0	0	0	1	1	1	0	0
4	0	1	0	0	0	1	0	0	0	1	0	0	0	0	0	0	0	0	0
5	0	1	1	0	0	0	0	1	0	0	0	0	0	0	0	0	0	0	0
6	0	1	0	1	0	0	1	1	0	0	0	0	0	0	0	0	0	0	0
7	0	0	0	0	0	1	0	1	0	0	0	0	0	0	0	0	0	0	0
8	0	0	0	0	1	1	1	0	0	0	0	0	0	0	0	0	0	0	0
9	0	0	0	0	0	0	0	0	0	0	0	0	0	0	0	0	0	0	0
10	0	1	0	1	0	0	0	0	0	0	1	0	0	0	0	0	0	0	0
11	0	1	0	0	0	0	0	0	0	1	0	0	0	0	0	0	0	0	0
12	0	0	0	0	0	0	0	0	0	0	0	0	1	0	1	0	0	0	0
13	0	1	0	0	0	0	0	0	0	0	0	1	0	0	0	0	0	0	0
14	0	1	0	0	0	0	0	0	0	0	0	0	0	0	0	1	0	0	0
15	0	1	1	0	0	0	0	0	0	0	0	1	0	0	0	0	0	0	0
16	0	1	1	0	0	0	0	0	0	0	0	0	0	1	0	0	0	0	0
17	0	1	1	0	0	0	0	0	0	0	0	0	0	0	0	0	0	1	1
18	0	0	0	0	0	0	0	0	0	0	0	0	0	0	0	0	1	0	1
19	0	0	0	0	0	0	0	0	0	0	0	0	0	0	0	0	1	1	0

根据表 6.10 的数据，利用 UCINET 软件可作出研发人员的网络图，如图 6.11 所示。

网络度中心性是网络分析中非常重要的指标，是结点与其他结点发展交往的能力，网络度中心性高的结点在网络中往往居于一个关键的位置。具体而言，就是反映该研发人员与其他研发人员的协作交往的频率大小。

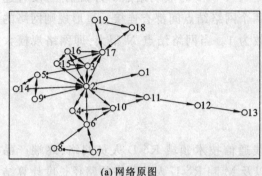
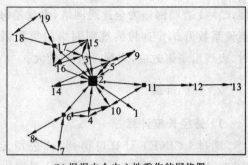

(a) 网络原图　　　　　　　　　　　　(b) 根据中介中心性重作的网络图

图 6.11　H 公司无线通信技术分布式研发人员网络图比较

通过计算得到,该公司无线通信技术专利发明研发人员网络中度中心性较高是代号为 2,17,3,6 的人员,网络度中心性分别是 12,6,5,5,表明这些人员与其他成员的合作多。

网络中介中心性是反映网络结点对资源控制程度的指标,也说明了网络结点控制其他结点交往的能力,它依赖于该结点与所有结点之间的关系。如果某个结点处于许多其他点对的捷径上,那么这个结点就具有较高的中介中心性。

中介中心性较高的是代号为 2,11,17,6 的研发人员,也说明这些人员在网络中的重要性。按照中介中心性(betweenness centrality)重新画图可以得到图 6.11(b),从中可以看出结点 2,11,17 以及 6 的研发人员在图中的重要位置,即 4 个在图中较大尺寸的结点,也处于网络图中的核心位置。

6.4.1　小世界效应分析

1. 小世界网络的测量指标

六度分隔实验说明小世界网络特征路径长度小,同时小世界网络又是高度集聚的。小世界网络可用特征路径长度(characteristic path length)和集聚系数(clustering coefficient)来测量。

1) 特征路径长度

特征路径长度 L 是指任意两个结点之间的距离的平均值。网络中两个结点 i 和 j 之间的距离 d_{ij} 是指连接这两个结点的最短路径上的边数。

2) 集聚系数

集聚系数 C 是局部网络结构指标,用来描述网络结点的集聚情况,即网络紧密情况。

假设网络中结点 i 的集聚系数 C_i 为实际存在的边数和理论最多边数的比。网络集聚系数是指所有结点集聚系数的平均。

集聚系数 C_i 介于 0 与 1 之间,即 $0 \leqslant C_i \leqslant 1$。$C_i = 0$ 时表明结点 i 为孤立点,没有连接;$C_i = 1$ 表明网络为全连通网络,也就是每两个网络结点间都有连接。星形规则网络的集聚系数为 0,全连接的规则网络的集聚系数为 1。当网络结点 N 很大,即网络规模大时,表现出集聚效应,集聚系数 C 较大。

2. 指标计算

1)路径长度计算

通过 UCINET 计算可得到,H 公司无线通信技术领域 R&D 人员网络、终端产品 R&D 人员网络、MRT 小组 R&D 人员网络以及 M 院 R&D 人员网络的路径长度计算结果,见表 6.11 和表 6.12。

H 公司无线通信技术领域 R&D 人员网络平均距离为 2.357,表示每两个研发人员只需要 2.357 个人就能取得联系。具体数据见表 6.11。从计算结果可以看出,距离是 1 的情况出现了 66 次,而距离是 2 的情况则出现了 140 次,加上距离是 3 的情况出现的次数 92 次,约占总数的 87%。说明绝大部分结点间的距离在 2~3。

表 6.11　H 公司无线通信技术研发人员网络路径长度计算结果

路径长度		
数据种类: 　ADJACENCY		
对每一对结点由算法找出最短路径的边		
平均距离	=2.357	
基于距离的凝聚力(紧密度)	=0.518	
(0-1 之间,数值越大说明有更强的凝聚力)		
距离加权碎片(广度)	=0.482	
路径长度频次		
	频次	比例
	………	………
1	66.000	0.193
2	140.000	0.409
3	92.000	0.269
4	36.000	0.105
5	8.000	0.023

H 公司无线技术领域研发人员网络平均距离小,具有小世界网络的特点之一,也表明研发人员之间有较好的信息交流。

表 6.12　H 公司终端产品 R&D 人员网络路径长度计算结果

路径长度	
数据种类：	ADJACENCY
Nearness transform：	NONE
Input dataset：	terminal(trans)-Aff GT0-Sym
Output distance：	terminal(trans)-Aff GT0-Sym-Geo

对每一对结点由算法找出最短路径的边

平均距离	=2.516
基于距离的凝聚力（紧密度）	=0.469
（0-1 之间，数值越大说明有更强的凝聚力）	
距离加权碎片（广度）	=0.531

路径长度频次

	频次	比例
1	152.000	0.128
2	454.000	0.382
3	402.000	0.338
4	182.000	0.153

　　H 公司终端产品 R&D 人员网络路径长度计算结果为 2.516，表明每两个 R&D 人员联系只需要通过 2.516 个人，不到三个人，说明网络距离小。联系距离为 3 及以下出现次数的比重占 85%，占绝大多数，说明终端产品 R&D 人员之间有较好的交流。

2）集聚系数计算

　　H 公司无线技术 R&D 人员网络、终端产品 R&D 人员网络、MRT 研究小组 R&D人员网络（2007 年）和 M 院 R&D 人员网络（2007 年）集聚系数计算结果见表 6.13。

表 6.13　各网络集聚系数

网络种类	集聚系数 C
H 公司无线技术 R&D 人员网络	0.721
H 公司终端产品 R&D 人员网络	0.806

　　由 UCINET 可算出 H 公司无线通信技术研发人员网络集聚系数 C=0.721.

　　H 公司无线通信技术 R&D 人员网络中，代号为 1 和 13 的研发人员集聚系数为 0（计算过程省略），表明其只有一个联系人员，与其他人员之间无联系。该研发网络集聚系数高也反映研发人员之间的交流和合作程度高。集聚系数高，成员间的联系紧密，反之则比较松散。所以从该研发人员网络的平均距离和集聚系数来判断，该网络是个小世界网络，有利于信息流通和交流。这也是这些研发人员取得众多发明专利的主要原因。同时，结点 2,17,6 的度中心性和中介中心性都较高,说明这些研发人员在网络中占据重要位置,研发网络的信息流动对此有依赖性。从网络途径长度和集聚系数指标来判断,这些 R&D 人员网络都具有小世界网络特征,那么,这些网络是否也具有无标度网络特征呢?

6.4.2 企业分布式研发网络度分布

网络度分布 $P(k)$ 表示结点的度中心性为 k 时的概率,网络各结点的度中心性可通过 UCINET 计算得到,再根据网络各结点的度中心性依次计算出不同度中心性的概率,以度 k 为横坐标,$P(k)$ 为纵坐标,即可得到网络的度分布。运用以上方法,作出 H 公司终端产品 R&D 人员网络度分布图,如图 6.12 所示。

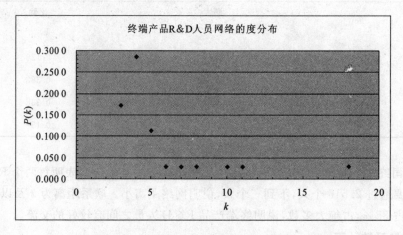

图 6.12　H 公司终端产品 R&D 人员网络的度分布图

具有无标度网络特征的度分布即幂律分布具有胖尾或长尾特征,或者双对数坐标情况下,曲线表现为直线特征。R&D 人员网络的度分布以及专利网络的度分布都没有表现出胖尾特征,而且根据各个网络的度分布作出的双对数坐标的度分布(这里省略,即没有双对数坐标的度分布图)也没有直线趋势特征。

6.5　企业分布式研发网络结点选择

由于 R&D 机构布点或 R&D 合作伙伴等方面的原因,而导致企业 R&D 目的没达到的现象时有出现,这也正好说明恰当选择分布式 R&D 网络结点的重要性。一个产业或区域 R&D 资源的分布情况也成为该产业或区域经济发展的重要影响因素,具体而言,R&D 人员、R&D 资金投入以及 R&D 项目等对经济发展的影响程度到底怎样,这些都是值得研究的内容。

6.5.1　企业分布式研发网络结点选择概况

面对全球激烈竞争的市场,企业保持提高竞争力的途径有多种,如进行新产品开发,与一个或多个合作伙伴建立 R&D 联盟,企业依靠 R&D 联盟方式加快新产品上市、改进产品质量并分散 R&D 风险。但还是要指出,有相当多的合作 R&D 失败了。很重要的原因在于合作伙伴之间合作不充分,沟通有障碍,而产生这样结果的一个重要原因就在于合作伙伴选择方法或决策出现了问题。

企业分布式研发常常表现为跨国公司在母国和海外的研发、企业在不同地域或不同研究人员等的研发。构建研发网络能为企业带来巨大价值,具体表现在:①节约企业研发总费用;②迅速攫取经营机会和战略优势;③实现资源互补,塑造企业核心技术能力。

一般来说,企业在不同地域进行研发分布,往往存在研发力量是否足够的问题。而且单个企业在不同区域的研发分布,使研发资源更为有限,因此有必要进行资源的外部整合,如选择 R&D 网络结点,这样在一定程度上能解决企业自身资源与企业在不同地域进行 R&D 活动所需要资源之间的矛盾。同时企业可以快速响应不断变化的市场,缩短进入市场的时间,节约成本。

关于成员选择的内容有虚拟企业成员选择[219]、动态联盟成员选择、产品网络成员选择[220]以及供应商选择等。

6.5.2　企业分布式研发网络结点选择指标体系

Deepak K. Sinha 和 Michael A. Cusumano 认为合作研发成功的重要因素是资源的互补性,互补程度越高合作成功的可能性就越大[221]。同时基于合作伙伴选择的得与失两方面的考量,在确定研发网络结点的指标方面,有既考虑财务、市场等硬指标,也考虑信任、融洽性等软指标的[222];也有考虑目标一致性、资源互补性、市场相似性、文化差异性等因素指标的[223-224]。

综合这些研究成果,本研究将资源补充性、资源利用率、跨文化整合、建立信任、实现承诺及环境适应性作为企业分布式研发网络结点选择的指标。

6.5.3　企业分布式研发网络结点选择的模糊矩阵分析

企业分布式研发网络结点选择的指标不能简单量化,可根据一定的隶属度确定。选择企业分布式研发网络结点可采用模糊矩阵分析方法。

1. 建立方案指标矩阵

假定某进行分布式研发的企业现有三个 R&D 网络结点可供选择,企业只能从中选择一个。根据选择指标和方案组成方案指标矩阵

$$
\mathbf{R}_{36} =
\begin{array}{c}
 \\
 \\
\text{资源补充性} \quad B_1 \\
\text{资源利用率} \quad B_2 \\
\text{跨文化整合} \quad B_3 \\
\text{建立信任} \quad B_4 \\
\text{实现承诺} \quad B_5 \\
\text{环境适应性} \quad B_6
\end{array}
\left[
\begin{array}{ccc}
\text{结点 I} & \text{结点 II} & \text{结点 III} \\
A_1 & A_2 & A_3 \\
x_{11} & x_{21} & x_{31} \\
x_{12} & x_{22} & x_{32} \\
x_{13} & x_{23} & x_{33} \\
x_{14} & x_{24} & x_{34} \\
x_{15} & x_{25} & x_{35} \\
x_{16} & x_{26} & x_{36}
\end{array}
\right]
$$

其中,$A_j(j=1,2,\cdots,m)$ 表示第 j 个事物;$B_i(i=1,2,\cdots,n)$ 表示第 j 个事物第 i 项特征;x_{ji} 表示第 j 个事物第 i 项特征相应的数量值。

表 6.14 分布式 R&D 网络结点选择专家评分

指标	结点 I	结点 II	结点 III
资源补充性	3.6	3.4	4.4
资源利用率	2.9	3.7	3.4
跨文化整合	3.6	2.8	3.2
建立信任	3.7	4.2	3.2
实现承诺	3.9	3.6	3.2
环境适应性	3.5	3.6	3.0

三个 R&D 网络结点由专家评分后得到各方案评分结果,见表 6.14;评分论据参照模糊标度,见表 6.15。

表 6.15 模糊标度与隶属度转换表

指标状况	模糊标度	隶属度
完全能满足 R&D 网络结点要求	5	1.00
明显能满足 R&D 网络结点要求	4	0.75
基本能满足 R&D 网络结点要求	3	0.50
稍微能满足 R&D 网络结点要求	2	0.25
不能满足 R&D 网络结点要求	1	0.00

2. 确定隶属度

根据各指标的特点,是越大越好型、越小越好型还是适中型,计算出各指标的隶属度,组成隶属度模糊矩阵。各指标隶属度的计算,可参照模糊标度与隶属度之间的转换表。

根据专家评分及模糊标度与隶属度之间的转换表,得到隶属度模糊矩阵

$$R_s = \begin{array}{l} \text{资源补充性}\ B_1 \\ \text{资源利用率}\ B_2 \\ \text{跨文化整合}\ B_3 \\ \text{建立信任}\ B_4 \\ \text{实现承诺}\ B_5 \\ \text{环境适应性}\ B_6 \end{array} \begin{array}{ccc} \text{结点 I} & \text{结点 II} & \text{结点 III} \\ A_1 & A_2 & A_3 \\ 0.650 & 0.600 & 0.850 \\ 0.475 & 0.675 & 0.600 \\ 0.650 & 0.450 & 0.550 \\ 0.675 & 0.800 & 0.550 \\ 0.725 & 0.650 & 0.550 \\ 0.625 & 0.650 & 0.500 \end{array}$$

3. 确定权重模糊矩阵

影响企业分布式 R&D 网络结点选择的指标如前所述有 6 个。为更好地反映各指标对总评值的影响,还要科学地确定每个指标的权重。权重的确定,既要考虑主观因素,也要考虑客观因素。主观赋权得到的权重系数往往取决于专家的知识、经验和偏好;客观赋权主要是根据各个指标在指标体系中的变异程度来确定权重系数。现将两种方法结合起来确定权重,综合赋权的计算公式为

$$W_j = k_1 p_j + k_2 q_j \qquad j = 1, 2, \cdots, m;\ p_j, q_j > 0;\ k_1 + k_2 = 1$$

式中,W_j 为第 j 个指标的权重;p_j 为第 j 个指标的客观权重;q_j 为第 j 个指标的主观权重;k_1, k_2 分别为待定系数。

主观权重 q_j 采用德尔斐法确定,客观权重 p_j 这里采用均方差法确定,k_1, k_2 通常根据专家集体讨论确定。

假设主观权重矩阵为

$$R_q = \begin{array}{c|cccccc} & B_1 & B_2 & B_3 & B_4 & B_5 & B_6 \\ q_i & 0.35 & 0.15 & 0.2 & 0.1 & 0.1 & 0.1 \end{array}$$

客观权重 p_j 的确定方法如下:

$$p_j = \frac{\sigma_j}{\sum\limits_{j=1}^{m} \sigma_j} \qquad j = 1, 2, \cdots, m$$

式中,$\sigma_j^2 = \dfrac{1}{n}\sum\limits_{i=1}^{n}(x_{ij} - \bar{x}_j)^2, j = 1, 2, \cdots, m; \bar{x}_j = \dfrac{1}{n}\sum\limits_{i=1}^{n} x_{ij}, j = 1, 2, \cdots, m$。

根据得到的数据及以上方法,得到客观权重矩阵

$$R_P = \begin{array}{c|cccccc} & B_1 & B_2 & B_3 & B_4 & B_5 & B_6 \\ p_i & 0.211 & 0.161 & 0.160 & 0.200 & 0.140 & 0.128 \end{array}$$

专家集体讨论确定 k_1, k_2,可得出综合权重矩阵

$$R_w = \begin{array}{c|cccccc} & B_1 & B_2 & B_3 & B_4 & B_5 & B_6 \\ w_i & 0.31 & 0.15 & 0.19 & 0.13 & 0.11 & 0.11 \end{array}$$

4. 计算关联度模糊矩阵

关联度模糊矩阵 R_z 计算公式为

$$R_z = R_w \times R_s$$

根据 R_w 和 R_s 可得出关联度模糊矩阵 R_z 为

$$R_z = \begin{pmatrix} & \text{结点 I} & \text{结点 II} & \text{结点 III} \\ Z_j & 0.632 & 0.620 & 0.645 \end{pmatrix}$$

比较 Z_j 的大小,该企业进行分布式 R&D 过程中,应选择合适的结点 III 以实现资源外部整合。

值得指出的是,该模型还存在一定的局限性,如指标的设置方面还要考虑研发的收益及成本等内容,这些问题还有待于进行更深入的研究。

6.6 高新区企业分布式研发网络技术经济系统动态仿真

6.6.1 高新区企业分布式研发网络

1. 高新区 R&D 网络界定与种类

高新区 R&D 网络是指以高新区高技术企业为核心,为提高技术创新水平,企业和大专院校、科研院所以及其他相关 R&D 组织所联结的网络组织。高新区企业和企业之间、企业和各 R&D 机构分别构成 R&D 网络的结点,结点间联系如 R&D 合作等成为 R&D 网络的边,这样的 R&D 网络实际上也是一种系统结构。而且网络形式则是多种多样。例如,该区域的企业之间的联系构成的企业网络,甚至比较特殊的有企业集群的这样网络;从技术合作以及和客户或供应商之间也成为了事实上的 R&D 网络,或者企业和同行建立的技术联盟形式的 R&D 网络,也有分布于不同地域的同一企业集团或跨国公司的不同 R&D 机构相互联系结成的分布式 R&D 网络;还有在企业间或企业内部申请专利所形成的专利网络;各种 R&D 项目之间所构成的 R&D 项目网络,具体的还可分为政府资助的项目网络以及其他形式的项目网络。这些网络形式在后面的高新区 R&D 网络系统动态仿真模型以及分析中都得到了体现。

Duncan J. Watts 出于对小世界现象的兴趣,研究了几种实际网络结构特性,并希望能够回答在分布式动态系统中,耦合拓扑结构的微小变化是否会对系统的动态行为产生较大的影响这样的问题[225]。耦合振子是一个具有悠久历史的研究课题,第一次关于两个振子相互依赖或耦合的观察记录是在 1665 年,观察结论是,墙上的两个摆钟当足够接近时,可通过墙的微小振动而相互耦合保持相同的时间。

从 Watts 的研究以及对网络概念的理解,区域 R&D 网络在某种意义上可以被看成一个系统。A. L. Barabási 也认为真实网络是快速演变的动态系统[226]。

作为一种系统研究技术,系统仿真被广泛应用。广义的仿真概念可理解为:利用计算机在模型上而不是在真实系统上实验、运行的研究方法[227]。

2. STS 高新区概况

STS(Ostsee)高新区是国家级高新区,截止 2008 年工商注册企业超过 12 000 户,其中高新技术企业新增29户,有上市公司20家。STS高新区自主创新能力较强,2008年末申请专利3 429件,发明专利授权累计1 754件。

6.6.2 高新区企业分布式研发网络仿真建模

1. 模型简要流图

建模的目的在于了解高新区R&D网络对该区域产品销售收入的影响,具体研究R&D网络要素如R&D经费、R&D人员、R&D成果以及R&D形式如合作R&D或独立研发对收入的影响大小。

系统动力学分析可利用Vensim软件作为可视化建模工具,即利用图形化编程建立模型,如图6.13所示。

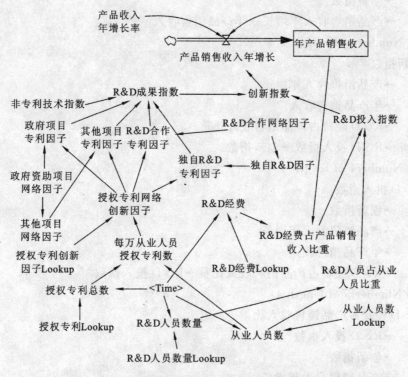

图6.13 STS高新区R&D网络仿真流图

各变量的含义和种类如下:"年产品销售收入"为水平变量或状态变量,反映动态系统变量的时间累计过程;"产品销售收入年增长"为流率变量,描述水平变量的时间变化;由于在使用水平变量和速率变量时还需要一些中间结果,所以引入辅助变量,用来描述水平和速率之间的中间变量,辅助变量有"创新指数"、"R&D成果指数"、"R&D投入指数"、"非专利技术指数"等。还有众多表函数,其中R&D人员数量Lookup、授权专利Lookup、从业人员数Lookup、R&D经费Lookup为时间表函数;授权专利Lookup则为非时间表函数。

2. 主要反馈关系和主要方程式

(1) 主要反馈关系如下：

Loop Number 1 of length 1

年产品销售收入

→产品销售收入年增长→年产品销售收入

Loop Number 2 of length 4

年产品销售收入

→R&D 经费占产品销售收入比重

→R&D 投入指数

→创新指数

→产品销售收入年增长→年产品销售收入

Loop Number3 of length 4

创新指数

→产品销售收入年增长

→年产品销售收入

→R&D 经费占产品销售收入比重

→R&D 投入指数→创新指数

Loop Number4 of length 4

R&D 投入指数

→创新指数

→产品销售收入年增长

→年产品销售收入

→R&D 经费占产品销售收入比重→R&D 投入指数

Loop Number 5 of length 4

R&D 经费占产品销售收入比重

→R&D 投入指数

→创新指数

→产品销售收入年增长

→年产品销售收入→R&D 经费占产品销售收入比重

(2) 主要方程式如下：

(01) FINAL TIME　＝ 2016

Units：Year

The final time for the simulation.

(02) INITIAL TIME　＝2002

Units：Year

The initial time for the simulation.

(03) "R&D 人员占从业人员比重"="R&D 人员数量"/从业人员数

Units：Dmnl

(04) "R&D 人员数量"="R&D 人员数量 Lookup"(Time)

Units：人

(05) "R&D 人员数量 Lookup"

([(2002,0)－(2016,40000)],(2002,6393),(2003,7436),(2004,9792),

(2005,18650),(2006,21141),(2007,25672),(2008,33576))

Units：人

(06) "R&D 合作专利因子"="R&D 合作网络因子"*授权专利网络创新因子

Units：Dmnl

(07) "R&D 合作网络因子"=0.3

Units：Dmnl

(08) "R&D 成果指数"=("R&D 合作专利因子"+其他项目专利因子+1.11*政

府项目专利因子+"独自 R&D 专利因子")*(1－非专利技术指数/1.5)+非

专利技术指数

Units：Dmnl

(09) "R&D 投入指数"=("R&D 人员占从业人员比重"+"R&D 经费占产品销售

收入比重")

Units：Dmnl

(10) "R&D 经费"="R&D 经费 Lookup"(Time)

Units：亿元

(11) "R&D 经费 Lookup"

([(2002,0)－(2016,100)],(2002,5.02),(2003,7.06),(2004,10.5),(2005,

17.6),(2006,28),(2007,38.9),(2008,55.7))

Units：亿元

(12) "R&D 经费占产品销售收入比重"="R&D 经费"/年产品销售收入

Units：Dmnl

(13) SAVEPER ＝TIME STEP

Units：Year[0,?]

The frequency with which output is stored.

(14) TIME STEP=1

Units：Year [0,?]

The time step for the simulation.

(15) 产品收入年增长率=0.1

Units：Dmnl

(16) 产品销售收入年增长=(产品收入年增长率+创新指数)*年产品销售收入

Units：亿元

（17）从业人员数＝从业人员数 Lookup(Time)

      Units：人

（18）从业人员数 Lookup([(2002,80000)－(2010,200000)],(2002,106789)，(2003,111887)，(2004,131530)，(2005,139032)，(2006,153643)，(2007,176325),(2008,213827))

      Units：人

（19）其他项目专利因子＝其他项目网络因子 * 授权专利网络创新因子

      Units：Dmnl

（20）其他项目网络因子＝1－政府资助项目网络因子

      Units：Dmnl

（21）创新指数＝"R&D 成果指数"/18＋"R&D 投入指数"/4

      Units：Dmnl

（22）年产品销售收入＝INTEG(产品销售收入年增长,200)

      Units：亿元

（23）授权专利 Lookup([(2001,0)－(2016,3000)],(2001,190),(2002,319),(2003,247),(2004,552),(2005,687),(2006,1125),(2007,1468),(2008,1754))

      Units：件

（24）授权专利创新因子 Lookup([(0,0)－(90,6)],(0,0),(15,1),(20,1),(25,1),(30,1),(35,1),(40,1),(45,2),(50,2),(55,2),(60,2),(65,2),(70,2),(75,3),(80,3),(85,3),(90,3))

      Units：Dmnl

（25）授权专利总数＝授权专利 Lookup(Time)

      Units：件

（26）授权专利网络创新因子＝授权专利创新因子 Lookup(每万从业人员授权专利数)

      Units：Dmnl

（27）政府资助项目网络因子＝0.24

      Units：Dmnl

（28）政府项目专利因子＝授权专利网络创新因子 * 政府资助项目网络因子

      Units：Dmnl

（29）每万从业人员授权专利数＝授权专利总数 * 10000/从业人员数

      Units：件

（30）"独自 R&D 专利因子"＝授权专利网络创新因子 * "独自 R&D 因子"

      Units：Dmnl

（31）"独自 R&D 因子"＝1－"R&D 合作网络因子"

      Units：Dmnl

（32）非专利技术指数＝0.78

      Units：Dmnl

6.6.3 高新区企业分布式研发网络技术经济系统仿真分析

1. 高新区技术经济系统动力学模型检验

通过调查研究得到 STS 高新区的历史统计数据,和仿真值比较,观察它们的误差大小。该模型检验见表 6.16。

表 6.16　STS 高新区产品销售收入历史值和仿真值比较

年份	产品销售收入/亿元	产品销售收入仿真值/亿元	相对误差/%
2002	200.00	200.00	0.00
2003	241.23	243.72	1.03
2004	293.13	297.64	1.54
2005	362.48	370.88	2.32
2006	502.04	480.96	−4.20
2007	653.18	642.17	−1.69
2008	879.61	871.41	−0.93
误差绝对值的平均值			1.67

由表 6.16 可知,比较产品销售收入历史数据和仿真数据,其相对误差绝对值的平均值为 1.67%,仿真数据和历史数据相差很小,可以认为该模型可有效表示 STS 高新区 R&D 网络技术经济系统现状,并可据此预测高新区发展趋势。

将 STS 高新区 R&D 网络技术经济系统动力学模型进行模拟,选择主要参数的输出结果进行分析。

选择"年产品销售收入"和"产品销售收入增长"为输出结果,以及选择"创新指数"、"R&D 成果指数"和"R&D 投入指数"为输出结果进行比较分析。分析结果如图 6.14 和图 6.15 所示。

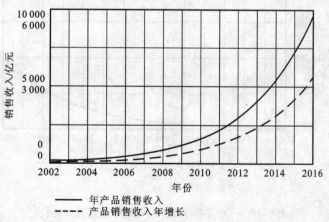

图 6.14　年产品销售收入和销售收入年增长模拟图

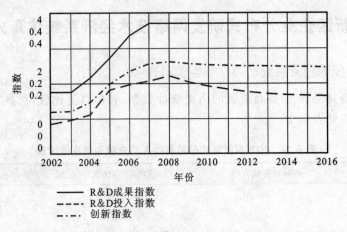

图 6.15　R&D 成果指数、R&D 投入指数和创新指数模拟图

2. 模型变量调控与分析

1）变量选择

在高新区 R&D 网络系统仿真流图中,影响创新指数的主要变量有非专利技术指数、几种专利因子以及 R&D 投入指数。其中,合作 R&D 网络因素的产品销售收入比重偏低,并没有表现出技术对经济的作用;在模拟仿真中,通过滑动非专利技术指数,可清楚地看出流图中年产品销售收入的变动情况,也就是降低非专利技术指数,将会增加销售收入,而且销售收入变动明显。因此这里选取非专利技术指数作为模拟变量。改变 R&D 经费投入,增加幅度在 20% 以下时,观察对年产品销售收入的影响,发现影响不明显,因此选择增加 R&D 经费 20% 同时提高 10% R&D 人员数量,观察比较三种情况下的年产品销售收入情况,如图 6.16 和图 6.17 所示。

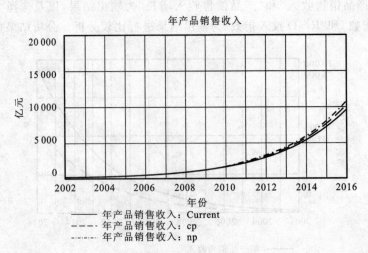

图 6.16　三种条件下年产品销售收入仿真值比较

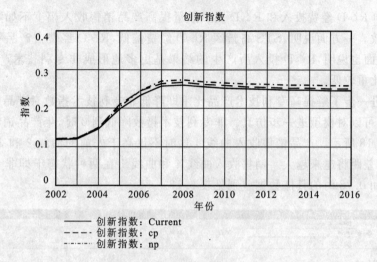

创新指数

创新指数：Current
创新指数：cp
创新指数：np

图 6.17　三种条件下创新指数仿真值比较

2）分析结果与建议

通过调整变量，观察产品销售收入的变化情况。

（1）条件不变，Current 状态下年产品销售收入曲线 1；

（2）增加 R&D 经费 20％，销售收入变化不明显；改为增加 R&D 经费 20％同时提高 10％的 R&D 人员数量得到 cp 状态下年产品销售收入曲线 2；

（3）降低非专利技术指数 10％，反过来说就是增加专利技术产品数量，得到 np 状态下销售收入曲线，即曲线 3。

具体的年产品销售收入仿真模拟数据见表 6.17。

表 6.17　年产品销售收入模拟数据比较

年份	Current/亿元	cp/亿元	np/亿元
2009	1 185.72	1 228.04	1 233.06
2010	1 608.36	1 673.27	1 688.76
2011	2 176.69	2 273.85	2 307.71
2012	2 940.92	3 083.99	3 148.42
2013	3 968.59	4 176.79	4 290.33
2014	5 350.49	5 650.88	5 841.35
2015	7 208.73	7 639.31	7 948.05
2016	9 707.52	10 321.5	10 809.5

从以上图表中可以发现，年产品销售收入曲线 2 和 3 都高于曲线 1，说明以下几点：

（1）增加 R&D 经费投入和 R&D 人员数量有利于扩大年产品销售收入；

（2）降低非专利技术指数，反过来说实际上也是提高专利技术产品比重，将有效提高年产品销售收入；

（3）增加 R&D 经费投入和 R&D 人员数量提高产品销售收入幅度不如降低非专利技术指数有效。一方面说明，STS 高新区 R&D 经费偏低，R&D 经费占产品销售收入比重低；另一方面也说明，R&D 投入所产生的结果是更多地形成非专利技术产品，具有专利技术产品比重较低。

如果更进一步了解提高专利技术产品比重即降低非专利技术指数对产品销售收入所产生的影响，可以对模型进一步仿真。非专利技术指数降低到 0 时，年产品销售收入增长明显，如图 6.18 所示。产品销售收入曲线 4 这时不仅高于先前的曲线 2 和 3，而且随着时间的发展，差距将越来越大。销售收入曲线 4 和曲线 1 在两种状态下即非专利技术指数分别为 0 和 0.78 时的具体数据差别见表 6.18。

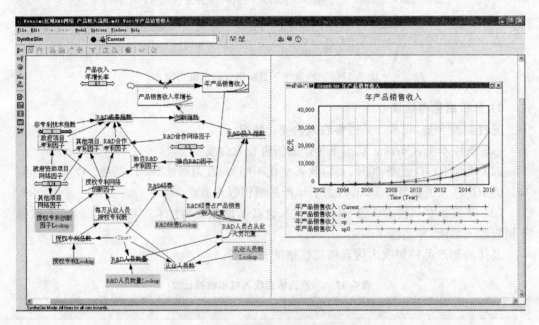

图 6.18　非专利技术指数变化仿真过程

表 6.18　非专利技术指数变化前后产品销售收入仿真值比较

年份	非专利技术指数为 0 时 年产品销售收入（曲线 4）/亿元	没变化时 年产品销售收入（曲线 1）/亿元
2009	1 716.93	1 185.72
2010	2 549.81	1 608.36
2011	3 779.97	2 176.69
2012	5 596.9	2 940.92
2013	8 280.49	3 968.59
2014	12 244.1	5 350.49
2015	18 098.4	7 208.73
2016	26 745	9 707.52

总的来说,STS高新区R&D网络技术经济系统仿真分析表明:①增加R&D投入有利于提高高新区产品销售收入;②如果增加R&D投入能有效提高专利数量,特别是专利产品占总产品数量的比重将有效提高区域产品销售收入;③目前高新区R&D经费投入偏低,以后应加大R&D经费投入;④政府资助项目投入对促进R&D能力的提高不明显,建议改善政府经费投入机制,做到边际效益更高;⑤合作R&D在分析中并没有体现出其应有的作用,应发挥政府主导作用,链接企业和大专院校、科研院所之间的技术交流,还有就是充分利用国家实验室等科技平台,即所谓的给R&D网络结点加边,以利于网络效能更高。

|第 7 章|
企业分布式创新的效应分析

本章对企业分布式创新的效应进行了研究,提出了企业分布式创新的知识聚集、时间加速和知识创造三大效应,并通过理论分析和模型构建等方法对分布式创新的三大效应进行了深入分析。

7.1 企业分布式创新的知识聚集效应

现代创新理论认为知识创造很大程度上是扩散方式,但从另一个角度看,这为知识在一定条件下实现集聚提供了条件。扩散和集聚是一个创新的两个方面。首先,创新不仅仅是依赖发现,而是学习。学习不一定意味着新技术或科学原理发现,而是等同于组合或采用现存形式的知识。反过来,这意味着设计或试生产活动(一种工程实验)也是知识生产活动。其次,现代创新活动中强调企业的外部环境。企业以系列方式与其他机构互动,包括购买体现知识的中间产品或资本货物。安装和操作这种新设备也是知识生产。然后,还有购买许可证,以使用受保护的知识。最后,公司寻求开拓其市场。创新是经济或商业化地实现新思想,探索对市场的认识,使用市场信息来开发新产品的。这些要点意味着复杂的创新思想对创新至关重要。其中,关注市场特征的思想是通过系列活动重组和建立知识的框架。在此框架内研发很重要,其既可以被视为创新过程中解决问题的活动,又可以视为启动发现的活动。从更广阔视角看,企业或工业体系发展依赖分布式的知识基础,即依赖各种多元化知识资源。企业必须把这些分布式知识集合起来,进行调整以实现目标。

7.1.1 企业分布式创新知识的资源稀缺性与聚集性

企业资源理论属于竞争优势理论,强调资源禀赋的差异导致企业的异质性。企业的竞争优势来自于其拥有和控制的有价值、稀缺、难以模仿并不可替代的异质性资源。根据资源观点,建立网络原因之一是获取互补资源。在资源观点里,企业可持续竞争优势取决于其利用的战略资产组合。公司并非拥有所有必要资产,有些资产可以通过联盟获得。比如,初创企业除了它的核心技术外,很难具有制造和销售产品的全套必要制造、市场和分销服务体系。在知识经济环境下,知识是企业最重要的资源之一。在分布式创新网络中,每一个企业都难以获得自身发展所需的各种知识,知识资源总体来说也是稀缺的。

聚集理论研究来自空间经济理论。空间经济学是一门交叉性学科,包含了国际经济学、产业经济学、发展经济学以及经济地理学等多学科内容。集聚压缩了空间距离,从而降低了距离产生的成本。在一个世纪之前,马歇尔指出产业集聚的劳动力共享、临近的专业投入、群体中信息流动三个要素。这些要素能产生正反馈的良性循环:集聚能引起更多的劳动和投入,让更多的人可分享新观点。劳动和投入两个要素明显具有地域性。从网络集聚视角来看,分布式创新网络中的企业的数量越多通常导致网络公共知识的积累越丰富,反之亦然。企业在分布式创新网络中不仅可以享受整个知识网络所带来的外部性,而且加入者自身也溢出了知识。因此,网络中的知识溢出完全不同于单向溢出的或正或负的外部性,而是存在外部性的相互给予机制。

分布式网络中的知识集聚是知识在空间和时间这两个纬度的集中,知识积累是知识在时间上集聚。知识分布是知识在空间上汇集现象,集聚过程是关注的重点。知识集聚主要体现在多样性知识之间的互补性。

7.1.2　企业分布式创新知识聚集效应的形成机制

在企业分布式创新网络中存在着各种知识,我们统称为分布式知识,分布式知识可以根据知识分散性、知识异质性、知识互补性三个特征来界定。

知识可以跨空间或跨组织分布在多个不同组织单位,以及位于不同地方。从掌握知识的主体分析,他们在一定程度上是专家或专业技术人员,掌握着非常专业的知识,与其他主体掌握知识的重叠很少。在极端情况下,不存在重叠。在这种情况下,不同主体掌握的知识可以说是分散的(dispersed),知识不是完全重叠。那么,一个组织拥有"全部"知识是非常困难。为了弥补知识缺口,获取分散知识是企业从事创新活动的潜在和不确定性驱动力之一。

分散知识(dispersed knowledge)指不同人掌握不一样的知识(重叠非常少)。从知识内容看,分散知识也一定是异质知识,知识的内容完全不同。但分散知识概念不强调这些分散知识之间的系统性关系。分散知识是一种极端情况下的知识概念。

分布式知识(distributed knowledge)则有两层含义:一是位于地域、跨组织或跨越时间的不同主体,他们当中有些主体掌握着分散知识,而有些主体之间掌握着重叠、同样的知识,这部分重叠同样的知识成为知识冗余,换句话说,其他人知道你所知道的;二是依据开发产品、技术或服务所需的知识框架,多样性异质分散知识相互补充、相互作用连接在一起,形成并满足了创新对系统性完备知识的需求,构成了多样性异质分散知识的生态系统。

从知识边界角度看,分布式知识生态系统的边界与掌握知识的企业所处地理边界或国界没有直接关系。另外,不同时间或时代开发出的科技知识,也可以实现互补。所以,分布式知识是跨组织、跨地域、跨时空的针对创新要求构成的系统性知识体系。随着信息技术的迅速发展和广泛应用,协调各单位的活动变得更容易和更具成本效益。在技术和经济方面可以预见,获取分散、分布式知识在日益扩大的地区甚至全球范围内更加可行。例如,在分布式创新网络中,由子公司或总部在几个国家执行的产品创新参与单位之间相互协调,在每个组织单位里其知识或者功能上互补,或者功能上类似。具体来讲,在国际产品开发过程中,各专业子公司用自己掌握的科技领域知识在科技方面相互补充[228]。

同时,可将分布式知识区分为三个领域,生产相关知识,即企业特定知识、产业(部门)或产品领域特定知识和普遍应用知识。在企业层面,特定企业的知识基础可能是非常本土化,非常明确的针对特定产品特征,要么企业深刻理解某些技术并形成它们竞争力的基础,要么它们是多技术企业或复杂产品企业宽阔的技术基础。第二,行业层次或产品领域的知识基础。在这个层次上,现代创新分析强调,行业常常共享特定的科学和技术参数,关于技术作用、性能特点、使用材料和产品等,存在有共同的知识产权谅解。这部分行业知识基础是公共的(不是指公共部门生产的意思,而是指所有企业都可以随时获得的知识)。它是形成行业内所有企业绩效的大量知识和措施[229]。当然,这些知识基础不是存在真空中，而是由各种机构开发、维护和扩散，以及需求大量资源。最后，有广泛地应用知识基础，在某些领域，如分子生物学、固体物理学、遗传学或无机化学领域，知识基础与主要工业部门有密切联系。

显而易见，很多行业的知识基础并不在行业内部，而是涉及了各种技术、主体和行业，表现为不同来源的分布性。因此，"分布式知识基础"是一整套系统性知识，存在于经济和/或社会上代理和机构的融合体。一般来说，企业不依赖单一技术或单一来源技术知识。根据工业来源、地理位置、知识（科学或技术）学科领域、社会层次和知识产生年代，它们须是分布于不同知识基础的混合知识。虽然这些知识的相对重要性依据企业和部门的不同而变化，但在动态环境中的创新管理提供大量有效方法或工具，包括检测方法、理解、混合和整合分散知识，以实现不仅经济上有效而且社会和政治上广泛认可的经济成果。

通过以上分析，可以认为，在分布式创新网络上集聚着企业分布式知识，当各类知识得到运用时，即会产生集聚效应，而所有的集聚效应的"整体表现"就是分布式知识集聚效应。从而分布式知识集聚效应的形成机理可以概括如下：首先通过网络汇集和整合分散的优势知识资源，构成分布式创新企业独特的知识资源；接着将多样异质性知识在运用中产生互动，从而产生各自的协同、整合等效应，最后合成分布式网络知识集聚效应。

7.1.3 企业分布式创新知识聚集效应的表现形式

分布式网络可以看作创新过程的跨时空的动态。在创新过程中，通过网络合作伙伴不断加入、替代或退出，造成网络依据创新需要向远处延展或回缩，从而网络形态不断发生变化。借助网络渠道，分散的知识在网络上集聚、产生知识溢出。分布式知识集聚效应是指知识在创新网络空间上的集中而带来的各种影响或效果，其效应表现形式如下。

1. 集成效应

现在，产品包含的技术日趋增多。两种或多种有关的技术相互匹配融合，实现技术集成，导致产生一种混合性的新技术。在这种情况下，集成产品中原有技术的功能不变，如可视电话、计算机、汽车等便都是技术集成的产品。

2. 替代效应

由于产品一个功能可以经由不同技术或技术单元来实现。在这种情况下，拥有新技术的后来者，可以通过新的先进技术，争夺或占领现任企业的产品市场，现有产业造成的威胁。

3. 溢出效应

技术有广泛的适应性。正如前面所述，解决企业现有问题的技术可能来自其他行业的技术进步。换句话说，某行业内的技术进步，可以导致其他行业技术升级或技术更新，带来多个行业的绩效提升。

4. 杠杆效应

从系统角度分析,产品技术系统的组成部分之间的互补性很强。在一个动态系统中,如果缺乏一个关键的互补部分,或未能取得进展或开放出来,这可能阻止或减缓了整个系统的增长。比如,我国航空行业发展缓慢原因之一是受制于发动机技术低水平。如果经知识聚集方式迅速解决了技术瓶颈问题,那么将导致整个产品或企业甚至行业整体效应的提升。

5. 解锁效应

企业持续技术创新提升依赖长期技术积累,而长期的技术积累往往导致技术轨道锁定。那么,知识集聚让企业有更多机会获得不同行业或地点的新技术,打破锁定的技术轨道。

7.1.4 企业分布式创新知识聚集效应分析

对于企业分布式创新的知识聚集效应可从以下三方面进行分析。

1. 从聚集新观点角度分析

有效的创新要求对新思路和解决方案等采取开放态度,特别是在它早期阶段非常必要的。这是创新根本原则的理由是,每个新的创新包含现有观点、能力、技能和资源等的组合。从逻辑分析,在特定系统内的因素变化越多,这些因素的新组合范围越大,即创新将更新颖、更复杂(更先进)。当今企业需要学会了密切留意对方的步骤,并广泛寻找新的思路和灵感来源。可以证明,集聚对小型企业具有特别重要的意义,因小企业必须通过与外部世界互动来补偿内部资源。

2. 从互动学习角度分析

创新的公司必须允许人群在组织范围内足够尝试新的解决方案的自由,建立企业内部的互动模式。在面临新的挑战时,该模式允许公司能够调动整个知识基础。然而,这样的组织活动不会终止在公司的大门口,而且会把组织活动扩展到与外部伙伴关系,加强与外部环境的交流。研究表明,公司之间或公司和公共组织之间的合作(如实验室和大学)有益于促进创新和传播知识。采用互动学习形式合作企业,可以更轻松地受益于企业外部形成的知识,并将这些知识应用于创新。

3. 从结点交流频率分析

弱结点是交流频率低的结点。弱结点的使用更可能关联创新中高水平的外部新奇,成为有价值的新雇佣机会的资源。弱结点有更远的覆盖范围,但比强结点更窄的宽幅。弱结点更可能单薄和不持久,较少的承诺。如此,人们可以想象弱结点提供灵感、建议或反馈(如机会来源)但明显不是通过资源或知识共享解决共同问题的根源。扩大市场产品的创新,可能从弱结点受益很多,少量非冗余信息可能至关重要。与此相反,创新活动中,强结点(基于持久关系和共同利益)倾向加强现有观点。在需要的知识超出公司现有能力情况下,强结点提供更可靠转移新知识的基础。同时强结点可以限制获取遥远的想法和信息,以及移动具有粘滞性的信息。随着关系加深,信任降低了对机会主义的担忧。那么,就能共享更细密的信息和默契知识。在不确定性创新环境下,创新网络中强弱结点的有效结合,增加了解决复杂问题的可能性。

7.2　企业分布式创新的时间加速效应

全球创新实践表明,人们必须超越经济学思考框架,解决如何获得分散的创新要素及加强创新主体互动,以推动多样性要素整合等问题,实现快速创新。随着经济全球化的深入和发展,以及通信技术水平提升和广泛应用,技术知识在企业创新中日益占据主导地位,缩短新产品创新进入市场时间是企业现在及未来成功的关键因素和能力,赢得时间,就代表着取得了更大的竞争能力。

7.2.1　企业分布式创新的时间加速驱动分析

创新,简单地讲,就是把知识或能力成功地转换成直接或间接的市场价值的过程。创新包含不同的过程,每个过程阶段及阶段之间的协调都需要耗费一定的时间,所以,实现创新需要一定的时间或期限。创新加速,是指通过创新管理活动或采用新技术,以减少或压缩不必要的创新时间的过程。在企业分布式创新过程中,从整个过程看,众多创新主体参与创新网络;从不同时间阶段,有新的创新主体不断加入,也存在部分原有创新主体离开网络,但仍有创新主体一直参与整个创新过程。因此,实现创新加速,主要体现为分布式创新过程层面和网络支撑层面的加速。综合来讲,主要体现在以下两大方面。

1. 企业分布式创新过程中的时间加速驱动

对于分布式创新过程中的时间加速驱动,主要体现在各创新主体中由于互补所产生的加速,可从以下三个角度分析。

1) 从技术专业化程度视角

产品从科技新思想开始到最后实现产品商业化,大致可分为基础性科学研发、开发设计、研制、工程设计、工业试验、试生产、工业化生产以及最后的商业化过程。越是前期阶段,其技术的用途广泛性越强;越是后期阶段,对应技术知识的专用性越强。例如,应用激光技术原理,可以制作成军事领域的激光武器,医疗领域的手术设备,以及民用娱乐领域的激光唱机,同时每种产品又可细分为各种型号等。

伴随技术专用性以及工艺流程的专业化程度提高,从前阶段至后阶段的投资在呈指数曲线递增,但技术成果的应用范围趋势更狭窄了。以大学和科研部门为例,随着技术发展阶段向后期移动,专用化程度不断提高,科研部门擅长的科技知识领域逐渐远离,相反,如果继续涉及其承担的不确定性风险在增长,所以自然不愿承担后期阶段开发的项目。出于以上同样的原因,擅长创新过程某一环节的创新主体,一般都不具备在其他创新阶段或陌生技术领域独自承担创新任务和风险的能力及意愿。企业只有在技术成熟和经济实力雄厚的条件下才可能具备承担(主导)创新全过程或更多创新阶段的能力。因为企业可以发挥其在资金、技术、市场等方面的比较优势,加速创新的商品化进程,最终获得更大经济效益。从降低成本和风险看,创新过程涉及的不同主体都有强烈的合作要求,构成分布创新网络,实现了多赢。

2)从不同规模企业合作动机分析

大中小型企业有很好的互补性。一般地认为,有一定规模的公司能够在特别项目筹集到资金;或者,如果创新带来大量销售可以分摊创新固定费用,实现较高的 R&D 回报。此外,大公司有较大产出,以实现过程创新收益。其次,大公司以保持研发项目多元化组合形式分散实施研发的风险。最后,大公司可以更好地利用其工作研究成果。一是大公司已经建立良好声誉,可以比不具备这样条件的企业更容易进入市场,二是在大公司内研发活动和其他活动之间已经形成较好的互补性。例如,对有成熟营销渠道的大公司,其创新产值可能更大。同时,在研发过程本身也会存在规模经济。这些规模经济可以是纯粹技术,或是研究人员有很多可以互动的同事,从而有较高的生产率。大型研究集团允许劳动分工,增加重要偶然发现机会。如果研究人员周围同事特别熟悉该问题,就可以减少提出方案所耗费的工作时间。

但是,大公司有更多的人参与决策和有较长的指挥链,可能出现管理协调效率降低和失去灵活性等问题。随着企业成长,企业可能越官僚。此外,在大公司研究人员受到激励程度往往低于小公司,因为作为研究人员的工作收益没有在小型企业的研究人员那样多。在大公司,意外研究结果在工作调整中会比在小公司更容易丢失。大型企业的相对优势明显是物质方面的。例如,规模经济和范围经济,更多和更优惠金融资源,分散风险可能性,以及人才、设备方面更大专业化能力。大型企业对多样性异质技术知识的需求,为中小企业的技术供给提供了"技术市场"。

一般来说,小型企业的相对优势在于行为特点。例如,在管理和劳动中动机更强,由于所有权和管理相互交织,以及更多的变化和临时的工人任务,独特技能的隐性知识,更有效的沟通和灵活性。大多数实证研究结果表明,小型和中型公司,而不是大型企业,能更有效进行研发。小企业提供比大型企业更有效的业绩奖励合同。因此,小企业吸引和留住高水平的工程师,以及通过这些绩效奖励合同,诱导出比大型企业更努力的工作热情。但总体上分析,小企业的人才多样性以及高级人才缺乏。另一点是,因缺乏管理时间,小企业的管理经常是转为某件而做,产生短期眼光。

由于大型企业优势一般是小型企业的缺点。反之亦然,小型和大型企业还有其他特点,同样代表优势和劣势。小型企业或大型企业本质上都不是最好的创新者。相反,小型企业和大型企业可能善于不同类型的创新,它们创新角色随行业周期进行变化,处于"动态互补"状态。大型公司可能更擅长利用范围和规模经济的创新,需要大规模团队专家,如在科学基础上创新和大规模应用。小型公司可能强于规模效应不太重要的创新和利用灵活和接近市场需求的创新,比如新产品、产品与市场组合、为利于市场改动现有产品和小规模应用。此外,小企业利用大型企业研发部门技术溢出的优势,提高小企业生产创新的效率[230]。

3）从创新能力提升角度

分布式创新能力是跨部门跨组织"提升企业利润和发展水平的重要手段"。一般地,中小企业占一个国家所有企业的95％以上,所以这里重点讨论中小企业在创新工作中提升它们的能力。创新工作包含两部分:①新产品开发;②企业在研究和发展方面所做的不懈努力。同时,企业创新型组织形式有助于企业开展创新工作。从生产技术创新看,这一领域创新手段包括新的生产方式及生产技术,还有增强组织灵活性的创新团队、虚拟职能网络。企业不仅要提高传统产品的应变能力,更要考虑在创新产品方面提高其应变能力,做好转变准备。只有实现了新产品的研发和市场转化,才是企业走向成功的标志。通过创新工作,企业提高了创新能力,形成有序创新流程,顺利地实现了创新项目,才能提高创新产品的市场转化率。

但是,中小型企业的一个致命弱点是,其缺乏对本企业创新才干和创新能力的判断力,缺乏一个全面的创新战略。此外,创新过程缺乏系统性,阻碍了创新理念快速、持续的向市场化的产品和服务转化进程。这些不足,导致企业创新潜力得不到充分认识和利用。这些问题的原因,常常是中小企业不能有效控制创新项目进程,缺乏对主要影响创新成功因素以及它们之间相互影响的了解,同样的问题也出现在项目创新过程中。因而在发展能力方向模糊的情况下,限制了中小企业能力提升。而加入大型企业主导的分布式创新,在很大程度上明确了中小企业快速提升创新能力的方向,进而寻求和确定提升创新能力的行动措施,最终实现加速企业创新进程目的。

2. 企业分布式创新信息通讯网络中的时间加速驱动

企业分布式创新信息通讯网络中的时间加速驱动,主要表现为以下三个方面。

1）信息通讯平台加速非线性创新过程

利用信息平台加速了多样性知识的获取过程。关于创新的研究表明,企业创新过程是高度关联与其他企业和组织的活动。互联网是被视为对改变企业互动间关系及其网络结构有很大潜力的新的信息和通信技术(ICT)。互联网将允许公司更容易与远方的合作伙伴进行互动。因此,分布式创新成为独立于地理空间的网络。同时,地方网络、区域网络和创新系统仍将保持其重要地位,因为面对面的沟通和体系仍然是传播隐性知识的关键。一般地认为,信息通讯系统通过高速和大量交换信息降低创新合作沟通成本,容易接触到位于遥远地方的新伙伴,甚至完全不受地理位置的约束,或彻底消除了地理距离障碍。有研究发现,ICT对高技术领域的电子、设备等企业的积极影响要远大于低技术企业。因此,信息通讯技术构建了支撑分布式创新网络平台。通过信息平台连接,分布式创新能充分利用分散的当地和区域网络的创新优势:

一是位于当地和区域的研究机构和大学教育机构,以及当地劳动市场的熟练的劳动力,这些条件是从事创新的重要前提,且往往是不易流动,但却能提供优于其他地区的创新能力优势;二是分布式创新网络中的核心网络往往局限在特定区域,从而产生了各种公司和其他组织之间的网络。这些网络往往不仅超越单纯商品和服务的交换关系,而且包括非贸易相互依赖和有关共享地方创新知识的信息。在这种情况下会促进集体学习和可能发生创新。最后,在当地或区域层面,面对面的接触容易达成共识,促进了隐性知识交换。此外,本地劳工市场人才流动是推动知识转移的有效机制。因此,来自高校和研究机构的知识外溢更容易在当地发生。

同时,通过交互作用,加速了创新非线性过程。创新现在是高度互动特征的非线性过程已得到普遍认可。非线性过程意味着,创新受到既来自企业内部又来自企业外部的很多创新主体及大量信息的影响和刺激。除了来自研发部门的工程师和科学家的知识,还有来自生产、营销以及远方外部客户的创意和经验。因此,相互影响指公司内的职能部门之间协作、与外部其他公司连接的合作(特别是客户和供应商)和大学、研究机构等知识提供者的合作。从而,各种伙伴均对企业创新能力做出了贡献。从创新系统角度分析,创新系统组成是创新主体和相关要素,它们在生产、技术扩散和知识应用等过程中相互影响,其特征是互动学习和动态自我强化的创新过程。

2) 构建了基于 ICT 的网络的双层沟通渠道

ICT 可以容易地与远方的伙伴建立联系,启动一个新的创新网络,称为第一层次网络,此时主体之间的信任度偏低。虽然 ICT 让沟通更容易和更有效,但不一定产生被广泛接受的共同认知。因此,它在一定程度上起到强化第一层网络的边界作用。随着时间推移以及面对面沟通的反复实施,形成和传播共享的语言、观点和目标,一旦权威得到有效的认可,面对面沟通不再是必要的前提,此时第一层网络升级到第二层网络,换句话,就是信任程度高的网络。进一步地,ICT 根据需要还可以断掉连接而放弃不必要的旧网络,更可以强化一个正在发挥功能的有效网络。这样就形成了基于 ICT 的网络的双层沟通渠道,实现分布式创新网络的自我再制、延伸或萎缩。只要建立起共同认知和共享知识基础,ICT 就支持交互式的学习,但互联网维护关系的作用大于建立一个新关系。形成网络关系需要时间、深度沟通、互惠和高水平的信任关系。

典型的第二层网络形式是"实践社区"。关系临近的重要性在"实践社区"的概念中得到承认。实践社区强调与地理临近的比较,其由促进知识转移和知识生产的要素构成。关系临近既可以建立在创新伙伴地理临近的基础上,也可以建立在远距离基础上。归属于同样社区比归属于同一个组织更重要。感知和意识在同一社区的沟通过程中必须相互对应。

ICT 在不改变企业创新过程性质条件下加速创新进度。更进一步地,ICT 会改变创新定位,能如同延伸创新空间一样拓展创新关系,或在企业创新网络里添加新伙伴。ICT 降低距离障碍的影响关键是依赖于拓展业务范围,创新活动必须通过电子方式实施,知识能编码并通过 ICT 传输。这其中的不确定性很高,特别是研发活动。高度复杂和不确定性环境,如高要求的根本性创新的项目,需要实实在在的知识输入和改变认知模式。若没有频繁、非正式和地理临近的面对面接触,这几乎是不可能实现的。不考虑距离的正式沟通,如电子邮件,更适用于简单和稳定的沟通环境。如今创新日益要求多样性和专业化的知识,以至于太多样化而单个专家不能掌握它们。很多创新要求不同背景专业知识的组合。为整合这些不同背景的专业化知识,有必要开发共享的语言环境,重叠的知识结构,以及共同认知框架。但这是一个复杂的过程,没有面对面的接触和 ICT 的支撑,分散在世界各地的创新伙伴进行交流几乎是不可能的。

需要注意,只有创新网络中可编辑的知识,才能通过电子手段传播。相反,缄默知识只能在交换式学习中传播,最好是面对面实施。因此,知识交流和创造受益于频繁地面对面沟通的知识提供者和创新伙伴的集聚活动。一般地,知识的隐性方面越重要,临近性越发挥重大作用。创新网络得到有效开发(创新氛围)的城市或地区是重要的创新极。通常,城市地区是主要的创新中心,不仅因为潜在创新伙伴和知识提供者位置临近,而且是举办国际会议的理想地点。作为后一个功能,它们发挥着与全球交换知识和信息的作用,这让当地企业格外受益。

3) 隐性知识和显性知识在 ICT 网络中传播

隐性知识和显性知识并没有清晰的界限。事实上,在完全清晰和完全缄默知识之间存在连续一体流的模糊地带。正如 I. Nonaka 和 H. Takeuchi 观察到,在公司里生产和处理知识是一个隐性和显性知识之间的螺旋运动过程[173]。任何知识不可能纯粹是可编辑知识。知识转移和使用总受限于隐性因素,尽管说是一定的变化范围。通常,原则上可以编辑的知识,由于成本过高或编辑人或组织不能受益,而放弃知识的编辑。除此之外,在知识的使用和创造中,显性知识和隐性知识是互补的,它们不能相互替代。在解释显性知识时,隐性知识不可缺少。

隐性知识是限制计算机知识管理的主要因素。没有隐性知识,显性知识不可能解释清楚,而每个人的隐性知识是不一样的。因此,知识管理不可能完全编辑完整的知识和彻底计算机化管理。直接的交换作用促使"实践社区"成为成功知识管理不可缺少的一部分。通过创新网络交换的可编辑知识越多,ICT 在网络中发挥的作用越大。如果知识大部分是隐性的,那么只能通过面对面沟通,电子工具传输的作用就很小。当然,人们也可以通过视频会议或电子邮件进行个人交流,但此时这些技术工具不能完全替代面对面沟通,因为缺乏在沟通中发挥重要作用的肢体语言,特别是非常规条件下交流或共享隐性知识。

面对面的需求在整个创新项目中不断变化。通常,起初设计项目时需要频繁面对面交流。然后,面对面需求降低,因为后续的阶段按照方案进行。沟通可以通过使用 ICT,个人之间的会议只有在发生少数里程碑事件才有必要举行。通常,面对面交流在项目结束时需要再次增加,因为最后的项目整合过程比较困难。

不断增加的员工国际化进程推动了对调节的需要。关于复杂和不熟悉的协调,需要长期和密切关系。这特别适用于创新性活动,因此往往发生在集群创新。只有惯例性的标准任务才真正适用 ICT 长距离沟通。

总之,面对面沟通在创新过程中的重要性并不低于 ICT。但这不妨碍未来基于 ICT

沟通的发展和频繁应用。两种沟通形式是互补的,不是替代的。更好的 ICT 网络,不仅增加使用 ICT 沟通分散,也导致更多面对面沟通。同样,更密集的个人面对面沟通,促成更多 ICT 沟通。由于 ICT 和互联网的使用,创新过程发生的地点"更加不确定"。ICT 和互联网不可能消灭距离障碍,但能减少地理距离的影响。

7.2.2　企业分布式创新时间加速效应的表现形式

创新加速对网络或企业产生复杂影响,且各种影响往往相互关联。因此,简化描述复杂关系就显得十分有意义。本部分从个人、组织和网络三个层面描述了企业分布式创新的时间加速效应产生的影响,它们分别是思维迭代效应、半透膜效应和维积效应。

1. 思维迭代效应

迭代思维是"基于封闭性的开放性"模式在个人思维中的体现。开放本质上是因为封闭而存在,只有封闭才是根本的、基础的。但同时必须意识到没有开放,封闭便失去意义。有什么的活动模式,就会造就什么样的思维模式。

参与分布式创新的主题之间形成了大量界面或接口,涉及大量隐性和显性知识。另外,分布式在同一时间内有大量相互依存地并行运行的活动。所以,分布式创新需要具备更强的协调能力。分布式创新强调团队创造知识的作用,同样重视个人的创造性。每个人的创造能力不是均一的,而是存在差异的。Lotka 在研究科学家时,他发现 5% 的科学家承担了 50% 的发明创造。而思维是人脑的机能,是意识活动,特别是认识的理性阶段的思维活动,其整体和本质来说就具有创造性。创造性思维的基本方法是求异思维与求同思维的反复结合。迭代法是数学上的一个重要方法,将其引人思维方法后,就可称之为迭代思维法,简称迭代法。一般认为基本思维形式有三种,即抽象思维、形象思维和灵感思维。迭代思维法与这三种基本思维形式有着密切的关系。迭代思维的过程是与创造实践紧密联系在一起的,其过程可能长,也可能短,长可长到一代人,短可短至几秒甚至是一闪而过而难以觉察思维所经历的步骤。迭代思维的过程是发散思维与收敛思维反复结合的过程。

分布式创新过程中,如科学家的知识个体,为解决创新中问题从外部获取大量信息,包含着隐性和显性知识,如设备理论知识和现场操作知识。另外,其他人带来分析问题的不同视角为,让他透彻理解和分析受益匪浅,不断地将系统分解,再分解,直至单元尽可能的小,复杂程度降至尽可能的低,为深刻认识问题提供前提条件。在此过程中,他采纳一种二阶观察的立场,也就是观察其他系统的观察。二阶观察的效果,也就是"我可以看到你不能看到的",可以帮助他发现系统观察的盲点,它始终保持一种学习和反思的姿态,告诉自己仍有其他可能,从而维持沟通持续进行。它不断地澄清概念以及概念间的关联、推动不同领域的相互滋养,同时尝试进行理论提升和建构工作。在识别问题后,或在识别问题同时,它就尝试提出解决方案,并在不断尝试中逐步改进及完善。如同认识问题的迭代过程一样,提出方案同样经过迭代过程,它最终给出与众不同的有效解决问题方法或途径。

2. 半透膜效应

半透膜相对于封闭膜和开放膜而言。封闭膜指创新主体不与外部交流,没有信息交换,如层级官僚机构。而开放膜指创新主体过于开放,容易受外部影响,如自由市场。半透膜刚好介于二者之间,比如创新社区,强调开放性、多样性和内聚性相结合。半透膜,也成为半渗透膜。

在分布式创新过程中,创新主体通过网协创新过程交换信息和知识,产生知识溢出;同时,创新主体通过推动创新过程,整合来自内外环境的多样性知识,创造自己的核心知识部分。

3. 维积效应

维是维度,一维代表众多内容的一个方面或一个参与主体,统称创新要素。积代表积累。维积表示多种维度创新要素通过网络形式汇集在一起。维积效应就是多个创新要素结合在一起产生了单个要素不能发挥的影响。分布式创新模式,一方面是吸纳及整合位于不同地域、不同组织内的分散资源,特别是知识资源的框架;另一方面形成了网络商业氛围。二者结合就形成了包括创新网络资本在内的维积效应。参与网络创新的各个主体,均有机会分享维积效应,同时为强化维积效应做出一份贡献。

7.2.3　企业分布式创新时间加速的途径

企业分布式创新时间加速分析,可以从网络层面和企业层面两方面进行。由于整个加速因素是复杂和关联的,下面仅从三大方面,将分布式创新时间加速中的各种关联和实现途径简明扼要地展示出来。

1. 分布式创新网络构建

毋庸置疑,分布式创新网络本身就是加速创新有效模式。它在时间维度连接过去、现在与未来的知识或要素;在空间维度,吸纳了分散在全球各地的创新主体,以获得优质多样性创新源,为后续阶段加速创新创造条件。另外,仅仅优化单一创新主体能力是不够的,我们需要构建创新网络,以促进异质多样性资源的组合和加速。

技术创新的实现,可以通过领先用户提出新产品创意、生产商实施产品和工艺创新、企业与大学产学研和科技推动创新源等途径,或它们组成的混合途径。但分布式创新网络将这些创新途径联系起来,不让每种途径孤立行动,而是让它们在交互作用过程中相互补充、相互衔接、相得益彰、共同促进,实现分布式创新网络优势。企业、政府机构、大学和其他主体之间的合作,加速了创新而普遍得到赞赏,如在半导体行业合作。同时,现在这种合作经常被视为实现更迅速和持续经济增长的主要因素。例如,大学已经投入大量资源,努力与企业和政府实验室签署扩散许可协议更快实现了研究为基础创新的商业化。事实上,案例研究与个人经验,几乎全部支持创新速度与协作之间的关系。

但需要注意,并不是网络成员越多越好。事实上,国与国之间的战略联盟和产品迅速发展的关系被发现是非线性的。在联盟的参与率较低,新产品推出速度更快,但随着网络增加,时间效益开始下降。在联盟的参与程度非常高,一个新的合作安排的成本抵消了实际好处。联盟的数量和新产品开发速度之间的关系变成了一个倒U型,有时间回报递减合作。

2. 主导设计

新产品开发周期是最常用的研究创新速度措施,一般认为,周期是从提出新概念,再通过各个创新阶段,最后转化成产品进入市场所费时间。技术周期模型认为,工业或企业将随着时间推移经历几个明显的技术阶段。在第一个阶段,大多新公司或部门具有相当不确定的特征,因为有来自动态市场、产品设计和技术约束等。这个初期阶段,是充满新产品设计的动态试验阶段,并经常导致一个或多个根本性突破,伴有大量工业设计方案。此时,技术机会很多,技术变化速度加快[232]。

然而,随着"主导设计"和明确市场的出现,竞争形势发生改变。根本创新让位于渐进创新。在渐进性变化的"成熟"阶段期间,产品的技术先进变化减缓。随着产品技术的稳定和标准化,会发生工艺技术的变化。同时,发生从基于高性能产品竞争转移到低价位竞争的变化,创新变得更快了。最终,实行工艺技术标准化。现在创新的步伐再次变缓。在最后阶段,其特点是努力开发新设计和重新开始循环。

3. 建立网络信任关系

如今的创新工程项目常常涉及外来的项目伙伴。他们共担风险、共享联合开发的知识资源,提供任何一方都不可能单独生产的产品或服务。现在人们广泛承认,成功实施组织间项目需要项目团队成员建立信任。普遍地认为,信任可以强化和改进项目成员之间关系,反过来,又整体上给项目带来利益。信任帮助获得外部合作伙伴的宝贵知识。它促进了接受新颖想法和洞悉未来产品。因此,信任有助于利用项目合作成员之间协作出现的机会。

首先,项目工作是产品创新重要来源,特别是在有外部公司伙伴参与情况下。外部合作伙伴参与建立进入该行业核心的信息渠道。远远超过了资源共享和共担风险的优势。通常,外部合作伙伴都是行业专家,熟悉行业内的人士和客户,以及他们的需求、想法和对未来趋势的看法。这些极具价值的知识副产品可能是在无意的、出人意料的条件下获得的。其次,对外部项目合作伙伴的信赖打开了获得外部宝贵知识大门。因此,发展信任是管理组织间的项目的重大挑战。作为一种社会模式,信任有效地促进项目知识管理。最后,工作人员合作项目设计,可以方便地形成组织间的信任。

7.2.4　企业分布式创新时间加速的管理

1. 时间加速的管理原则

对于时间加速的管理,应坚持分布式创新模式和以用户为中心的原则。分布式创新活动可以简单分解为网协创新和推动创新。现实中的分布式创新是二者在不同权重下的合成，是一种良好的创新模式。从管理角度分析，前者强调开放性的共同管理，后者强调封闭性的推动管理。共同管理过程指各个单位之间紧密的协调实施创新管理活动，获取知识溢出是不同单位参与创新的动机之一，而推动管理过程是一个（或签订知识产权共享协议的少数几个单位）完全独立履行创新管理活动，应尽量杜绝知识溢出。通常情况下，单位按照规定通过交换资源和产出相互支持。因此，独自的创新管理活动造成较为狭隘的过程接口或界面，其中协调主要是围绕内部的管理资源及其产出而开展的。

同时，要坚持用户为中心。要实现创新效益最大化以及风险最小化，一个基本要素是创新如何更好地为客户提供价值和满足他们需要。因此，企业创新要以市场为导向，在创新过程中坚持与客户互动，特别是发挥领先客户的作用。与客户互动在创新的早期阶段和后期阶段都非常重要，而在中间阶段（项目定义和工程）的作用相对较弱。

2. 时间加速重点领域的管理

企业分布式创新时间加速重点领域的管理，主要体现在以下三个方面。

1）创新战略

创新战略的核心作用是决定了创新能力和专门知识的构建、市场开发和经营、产品/服务的开发以及产品定位。如创新战略影响选择产品进入市场时机以及工艺结构的形式等。创新战略与企业总体战略有直接密切联系。它负责解释创新过程多方面的安排，如创新的前期阶段计划和对技术发展跟踪。创新战略限制寻找解决问题方法的范围，以便获得系统的解决思路。创新战略的基本思想是外部环境的机遇与企业自身优势相匹配，尽早发现并减少外部风险、解决企业自身弱点。

企业在执行创新战略时，要结合实际找出促进企业创新成功的关键成功因素。一般地，关键成功因素可以理解为，企业必须拥有或必须发展的能力和技巧；能够运用的人财物资源；需要管理的任务或对象，以及问题存在的领域；企业创新关键的行为模式和规则。在具体操作中，虽然影响企业的成功因素很多，但可以归结为几个主要的影响因素：集中企业优势资源，投入到关键领域；将成功关键因素作为企业运作衡量标准，简化决策复杂程度；根据具体目标和情况，对不同的成功关键因素的内容加以具体化，便于细化管理，或作为管理人员成绩的尺度。

2）开发过程

开发过程采用并行工程方法。分布式创新过程的一个显著特征是存在时间上大量重叠活动，产生了运行和管理的因果关系。例如，活动的同时性促使单位几乎同时将自己开发和产出的大部分知识转移给其他单位。并在应用这些知识之前，压缩缓冲时期和用于优化或修改产出结果的时间。因此，单位处理与知识开发有关困难的机会较少，包括关于过程的速度不确定性、计划调整、应用新知识时发生差错、故障或干扰危险。因各单位之间的正在进行活动相互连接，它们在遇到本地性问题时很容易造成协调时间滞后。为此，可以实施并行工程提升创新速度。

通过并行工程集成地、并行地设计产品及其相关过程,产品开发人员在一开始就考虑包括质量、成本、进度计划和用户要求,实现提高质量、降低成本、缩短产品开发周期和产品上市时间的目的。具体做法是:在产品开发初期,组织多种职能协同工作的项目组,使有关人员从一开始就获得对新产品需求的要求和信息,积极研究涉及本部门的工作业务,并将所需要求提供给设计人员,使许多问题在开发早期就得到解决,从而保证了设计的质量,避免了大量的返工浪费.

由于很多活动相互依存地执行及需要同时进行协调,单位应比较早地开始协调这些工作,以便相互之间的管理可以产生互惠。因初期协调能产生有利影响,各单位就可减少依赖本地适应性组织惯例,而继续实施所谓逻辑封闭系统,即由缓冲了公司内部环境和其他单位当地环境差异造成的影响。在地理距离导致交流困难、拖延和成本上升情况下,单位需要一个全面彻底的开放系统。

3)开发团队结构

产品开发团队的成员来自市场、工程设计和制造等关键领域,有助于降低产品开发周期。在组成的功能小组里,它们能促进沟通、跨职能合作以及增强对目标的认知。

多功能团队在项目启动时形成,便于成员之间在早期阶段交流产品要求和限制条件。他们合作得越好,决策就越快,就能尽早协商并确定项目进程、预算和有关项目细节等。从而,在后期项目实施过程中,出现差错的几率就低。合作和目标认同往往能改善团队效率,因为对于他们来说,工作既承担项目任务,又是他们工作的兴趣。

早期参与,使得团队成员更好理解各种技术的优势与劣势以及可选择的市场。开发团队成员经常讨论,影响着产品结构、产品表现、质量和成本,以及影响制造过程和市场营销的各种因素。因此,多功能团队决策速度是加快产品开发的关键因素。最后,多功能团队减少了决策管理层次,也加速了决策进程。但是,如果多功能团队成员过多,产品开发速度会减缓,因为讨论复杂问题时他们不易达成一致结论。因此,对于大型复杂项目,企业必须识别团队承担的职责,以平衡团队规模和任务匹配。

7.3 企业分布式创新的知识创造效应

知识基础理论认为,企业的首要任务是建立将众多个人专业知识一体化的微观机理,以便知识能在组织成员之间转移、交流与共享。其次,知识能给企业创造竞争活力,企业学习、创造知识是企业维持持续活力的基础。企业一方面要对存量技术知识充分利用,对不同时期的新旧知识进行保持和维护;另一方面企业要善于学习不断吸纳外部知识,寻求外部知识源常常成为事关成败的关键。第三,企业知识理论认为,对知识的管理既包括对显性知识的管理,也包括对隐形知识的管理,更重要的是对两种知识之间转化过程的管理。

分布式创新的建立是企业保持与外部前沿技术之间紧密联系的重要方式和手段。从事知识生产和创新是企业的使命所在,在高技术领域路径依赖效应的作用下,企业只有专注于某些专门知识的生产,并及时跟踪外部技术的发展,才能建立起自己的核心竞争力和经营优势,通过分布式创新可以使企业跟踪,保持与前沿技术的发展步伐。分布式创新的建立也是企业获取核心技术知识的有效途径。核心技术知识是企业在自己擅长的专门知识领域里的知识累积,是一种隐性知识,它嵌入在企业员工的经验、技能中或在企业的技术、文化、惯例和传统中,很难从简单的市场交易中获得。

分布式创新的建立也是有效整合和创造知识的一种方式。知识的有效整合与创造在组织内部是通过结构性资本的改善与优化来实现的,而在组织之间则是通过分布式创新的形式实现的。分布式创新的建立为知识的有效整合和创造提供了实现的手段和方式,为知识的创新整合和交叉知识的创造提供了平台。

7.3.1　企业分布创新的知识创造模型

Lyytinen 定义技术、语言和组织环境如图 7.1 所示。在技术环境下,信息系统把目标系统限制为如何在特定物质载体的条件下处理和存储有效数据;在语言环境下,它提供理解和语言沟通的工具和环境;在组织环境中,它支持、促进和参与人们互动及协作。该模型的好处是提供了知识创造的条件,在技术环境下通过流畅连接(第 1C)、互联网技术(第 2C)为多个并行用户提供信息。

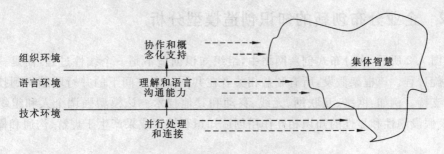

图 7.1　不同环境下的组织知识创造

在语言环境下,超文本功能促进了选择,并在丰富背景条件下支持用户自由选择,以便理解(第 3C)和沟通(第 4C)他们发现的信息。信息的读者可以按照最适合他们意图的顺序访问信息,而不是很多其他电子或印刷文件预先定义的、连续次序的信息。同样,信息作者围绕一条信息提供多种关系,以及通过丰富背景更好洞察多重关系。

在组织环境下,知识制品是概念化(第 5C)内容,因为知识制品是通过一个合作者团队或其他利益相关者中的信息生产者和消费者之间的相互作用的协作载体(第 6C)。在一般情况下,理解和沟通的支持有助于在个人学习的新事物,组织学习主要发生在不同个人和他们的沟通和协作努力过程中。这前 6 个 C 都促进了"团结"或集体智慧(7C)的增长。这也可称为所谓的组织记忆。通过以上 7C,可以构建分布式创新的知识创造的 7C 模型,如图 7.2 所示。

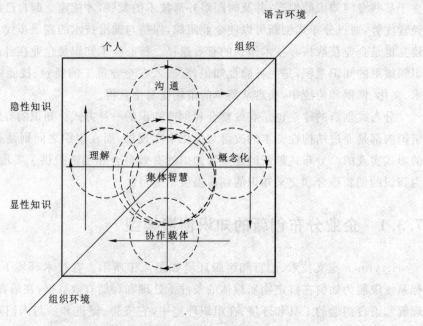

图 7.2　分布式创新的知识创造 7C 模型

7.3.2　企业分布创新的知识创造模型分析

如图 7.2 所示,在分布式创新网络中,组织知识创造不是一个线性过程,而是一个多周期螺旋过程。该框架假设,所有利益相关者在共同信息空间下的并行联结得到技术上的合理支持。例如:网络、互联网、无线、移动和其他技术。该模型强调个人和组织的定位,以及假设隐性和显性的知识相互作用创造知识和知识成果产生于理解、沟通和概念化子过程。

在企业分布式创新过程中,知识创造中的 4 个关键阶段如下:

(1) 理解。一个调查和与外部环境互动过程,持续整合其他项目产生的智慧,以便识别问题、需要和机会;具体化隐性知识中的显性知识,"做中学",重新体验。

(2) 沟通。一个人与人之间分享经验过程,从而创造了心智模式和技术技能形式的隐性知;产生对话记录,强调持续利用其他项目知识产生决策整合对话。

(3) 概念化。一个集体反思过程,阐明隐性知识,形成明确的概念和将系统化概念转换为知识系统;一个生产知识产品的项目小组,对手边项目形成了或多或少的综合描述并以迭代和协调形式进行开发;可以包括建议、规格、描述、工作分解结构、重要事件、时间安排、人员配备、设施要求、预算等;很少是一次性的努力。

(4) 协作。在分布式创新工作分配和其他组织进程中,一个真正的分布式创新的组织和管理,需要多个组织的协作和配合。并在各组织间产生概念相互作用过程。

每一个子过程可被视为构建产品和推出为什么它以现有方式构建。逐步地以无缝螺旋方式反复几次经历过这些阶段,导致集体智慧增长和分布式创新网络中知识的创造。捕获个人深度独立思考和分布式创新团队成员间的合作有助创造真正创新性的知识产品。

在以往的 Web 服务和知识管理研究中,技术(连接、并行)和组织(概念化、协作)环境得到比较大的关注,而语言(理解、沟通)环境没有受到足够的重视。诚然,很容易提供技术支持和组织环境支持,但类似的关注应给予支持分布式创新网络知识的创造中最有细腻情感的子进程,即理解和沟通。Web 信息系统的最核心的特征之一是其固有的超文本功能。超文本功能实现将有关信息段分别给相关联的每一个人,其主要功能包括增强联系、注释、定位和导航能力,作为信息系统的无缝组成部分。然而其中许多功能还没有利用到它们本应能支持组织知识创造与管理的程度。

例如,在分布式创新网络中,找准注解及建立超链接实现了对理解与沟通两者支持。当用户特别关注链接的语义,即什么是两片信息之间连接的真实正意义,他们被迫深入思考内容和其对另外用户的意义。一个链接可能包含关于其类型或其他属性的信息。当然,当他们在联合信息空间努力漫游,最终用户受益于这种清楚的解释方式。以类似方式,注解可以作为用户的重要文件和推理工具,作为用户之间交流的载体。许多其他超文本功能也可被用来更好地支持组织知识创造。

7.3.3　企业分布创新知识创造的管理

对于分布式创新知识创造的管理,主要借助于网络以促使分布式创新网络中的各主体和组织跨越组织边界,实现知识的共享和创造。Douglas Engelbart 提出了加强组织能力的战略概念框架,称为知识的并行开发、集成和应用。他将组织核心活动描述为 A,B 和 C 三个层面的工作,每个层面的目标不同。A-活动表示核心业务活动,B-活动解决改善工作的核心业务活动,C-活动处理能力提高。因此,整个方法自身可视为组织能力基础中的核心业务能力。

在 Engelbart 的框架内,大部分知识的共享、传播和创造是通过知识工作坊或属于知识工作者和他们群体的信息空间。特殊的组织知识工作坊特别注重 C-活动,同时计算机信息系统实现了在 C,B 和 A 中的知识双向转移。每个组织单位需要它自己的工作流程和知识领域,但在同一时间,它们都将共有一定的知识元素和驱动力。理想情况下,分布式创新网络中各企业所从属领域进程将受益于与其他企业所从属领域的协同。同样,企业范围的工作队和分包商、供应商、联盟合作伙伴、客户和其他人将参与到知识领域发生协同的程度,从而产生知识创造效应。

而要在分布式创新网络中实现知识的他造,非常灵活、宽领域的共享知识基础是需要的。如开放式超文档系统,提供给各网络用户在不同领域变化的系列选择界面,比如复杂性、潜在竞争水平、学习困难、接口设备的类型及模式。恰当的例子是,通过网络连接移动电话或掌上电脑,不受时间、地点和使用背景的约束,建立和使用信息的能力。根据 Engelbart 观点,许多做法和工具在成熟以后,人们视为正常和容易使用,尽管最初被视为不自然和难以学习的。他指出：图形用户界面已深受操作简单格言影响，并推动了市场对自身广泛认可。但真正高绩效路径不太可能经由过去一代人热衷于设计的容易操作的方式取得。

当 C-活动推动了分布式创新网络中各主体的跨越组织边界，网络化改进社区可能自然地形成商业联盟的新方式。然而，与他人共享相关的业务信息自然总是严肃问题。一个直接的想法往往是，不可能与竞争对手分享任何东西，因为很多都是专有的东西。另一种思路是，有用的东西在共享公司的业务领域将会是什么样的。在 A-活动可能非常有竞争力，但 B-活动往往是竞争力较低，许多东西是更基本的和通用的，而且 C-活动似乎甚至把重点放在基本和通用问题。因此，在分布式创新网络中，即使竞争对手可以考虑在 B 和 C 层面合作。另一方面，业务之间的 B-活动不同少于 A-活动，而 C-活动可能出奇地相似。

在许多情况下，分布式创新网络中各主体间的合作显然是有业务价值的，例如采购适当的系统和服务。每个公司都探索前沿技术和独自地开发产品可能会比在网络化改进社区内实施昂贵得多。此外，在 C-活动领导人可能会发现，与在其他组织内伙伴的经验和基本方法做比较，是非常有价值的。例如，他们会考虑记录 B-活动目前实施过程，多少会有帮助。因此，合作伙伴的组织有可能从对 C 社区访问和对话中获得价值，他们会考虑多组织的联盟。从而通过联盟获取更多的知识和利益。因此，分布式创新，作为一种有竞争力的组织形式，可以先于竞争对手在经营活动进程中实施 A，B 和 C 活动。在日益激烈的竞争环境下，不断通过知识的共享和创造，提升改进自身的技术创新能力。借助网络改善社区，促成建立分布式创新网络中各主体形成新型业务网络联盟，通过创造性协作、客户参与、分布式网络知识和组织创新推动组织内的知识的共享、传播和创造。

|第8章|
V公司的分布式创新组织架构案例分析

本案例所研究的V公司是V集团的空调专业公司的分布式创新组织架构。

8.1 V集团基本概况

由于V公司与V集团有着不可分割的密切关系,本章首先对V集团的基本概况作一简单分析。作为世界汽车零部件业10强企业之一,V集团是一家独立的、完全致力于世界轿车及卡车主机配套及售后维修市场的汽车零部件供应商,V集团设计、开发、生产并销售汽车零部件、集成系统及模块。

8.1.1 基本数据

V集团2007年基本数据如图8.1所示。
关键数据

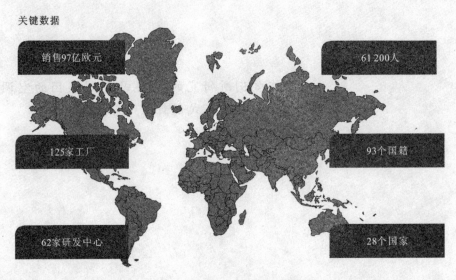

图 8.1 V集团2007年基本数据

由图8.1可知,V集团2007年销售额共计97亿欧元,在28个国家设有125家工厂和62家研发中心,共有来自93个不同国家的61 200名员工。

8.1.2 集团构成

V集团的构成如图8.2所示。集团内每个专业公司独立运作,在全球自行开设工厂和/或研发中心。

由图8.2可知,V集团下属共设有10个专业公司,分别是:

(1) 汽车空调专业公司(Climate Control);

(2) 汽车自动传动系统专业公司(Transmissions);

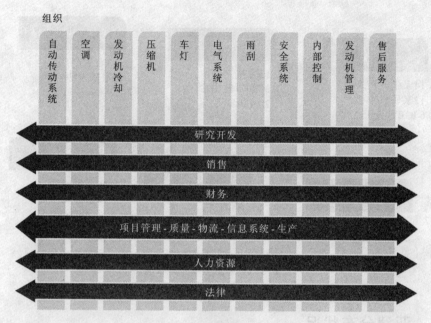

图 8.2　Ｖ集团构成示意图

（3）汽车发动机冷却系统专业公司（Engine Cooling）；

（4）汽车压缩机专业公司（Compressor）；

（5）汽车车灯专业公司（Lighting Systems）；

（6）汽车电器系统专业公司（Electrical Systems）；

（7）汽车雨刮系统专业公司（Wiper Systems）；

（8）汽车安全系统专业公司（Security Systems）；

（9）汽车内部控制专业公司（Interior Controls）；

（10）汽车发动机管理系统专业公司（Engine Management Systems）。

在这 10 个专业公司里，设有研发、销售、金融控制、项目管理、物流管理、人力资源管理及法律等部门。Ｖ集团贯彻矩阵制管理模式，各专业公司的相关职能部门除了向专业公司直接上司汇报外还向集团的对应部门汇报。

8.1.3　全球分布状况

Ｖ集团在全球的分布情况如图 8.3 所示。

由图 8.3 可知，在北美，Ｖ集团有 14 家工厂，12 家研发中心，6 830 名员工；在西欧，有 55 家工厂，37 家研发中心，29 420 名员工；在东欧，有 13 家工厂，1 家研发中心，10 480 名员工；在南美，有 10 家工厂，4 200 名员工；在非洲，有 3 家工厂，1 家研发中心，1 500 名员工；在亚洲，有 30 家工厂，11 家研发中心，8 770 名员工。

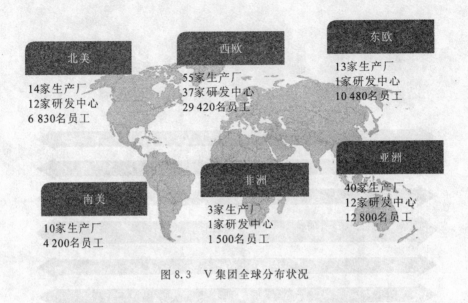

图 8.3　V集团全球分布状况

8.1.4　亚洲分布状况

V集团在亚洲的分布情况如图 8.4 所示。

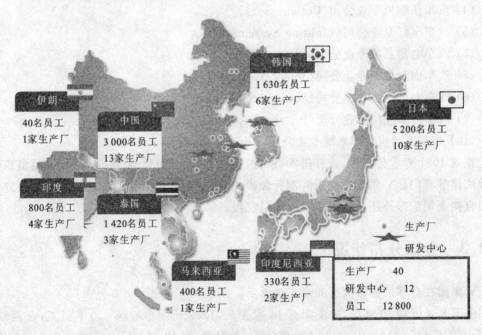

图 8.4　V集团亚洲分布状况

由图 8.4 可知,截至 2007 年 12 月 31 日为止,在伊朗,V集团有 1 家生产厂,40 名员工;在中国,有 13 家生产厂,3 000 名员工;在印度,有 4 家生产厂,800 名员工;在泰国,有

3 家生产厂,1 420 名员工;在韩国,有 6 家生产厂,1 630 名员工;在日本,有 10 家生产厂,5 200 名员工;在马来西亚,有 1 家生产厂,400 名员工;在印度尼西亚,有 2 家生产厂,330 名员工。

8.1.5　集团组织架构

V 集团的组织构架如图 8.5 所示。

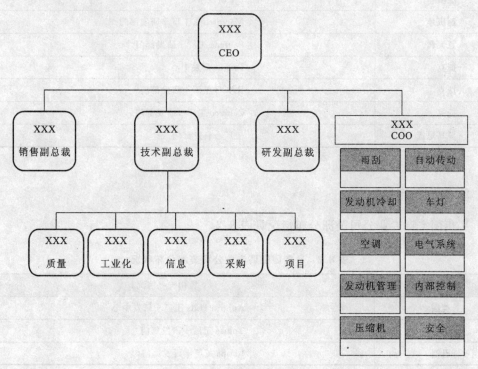

图 8.5　V 集团的组织构架

8.2　V 集团空调专业公司全球研发分布

V 集团空调专业公司的 6 个研发中心分别位于法国(总部)、德国、美国和日本。在 2003 年完成东欧布拉格研发中心布局后,于 2006 年又启动中国研发中心。相对于研发中心,V 集团空调专业公司下属的 15 家工厂都设有研发部门,用于支持工厂的技术应用。V 集团空调专业公司全球具体分布情况如下。

1. 欧洲分布情况

V 集团空调专业公司欧洲分布情况见表 8.1。

表 8.1　V 集团空调专业公司欧洲分布状况

地点	分支机构设立情况
德国	Bad Rodach 工厂＋研发中心
法国	NLR 工厂＋研发部门
法国	LS 工厂＋研发部门
法国	Laval 工厂＋研发部门
法国	LV 研发中心
西班牙	Martorellas 工厂＋研发部门
意大利	Santena 工厂＋研发部门
捷克	Prague 研发中心
捷克	RACO 工厂＋研发部门
捷克	Zebraco 工厂＋研发部门
罗马尼亚	工厂＋研发部门

2. 美洲分布情况

V 集团空调专业公司美洲分布情况见表 8.2。

表 8.2　V 集团空调专业公司美洲分布状况

地点	分支机构设立情况
美国	Auburn Hills 工厂＋研发中心
墨西哥	Toluca 工厂＋研发部门
巴西	Itatiba 工厂＋研发部门

3. 亚洲分布情况

V 集团空调专业公司亚洲分布情况见表 8.3。

表 8.3　V 集团空调专业公司亚洲分布状况

地点	分支机构设立情况
日本	Konan 工厂＋研发中心
泰国	Chonburi 工厂＋研发部门
中国湖北	工厂＋研发部门
中国上海	研发中心

8.3　V空调专业公司中国分公司基本概况

8.3.1　基本数据

V空调专业公司中国分公司(后简称V公司)成立于1994年7月,公司现有员工390人,其中4名外籍专家。V公司使用V集团空调专业公司许可证和最新技术生产汽车空调系统、空调总成(手动、自动、单区、多区等)、蒸发器、冷凝器以及加热器芯、电机总成,控制面板等。目前已形成年产100万套汽车空调系统/部件的能力,并为国内一些主要汽车制造厂商批量供货。

8.3.2　主要客户

V公司在国内的主要客户包括:
(1) 一汽大众(捷达空调总成、宝来、高尔夫空调总成);
(2) 神龙公司(富康、爱丽舍、毕加索、赛纳、206、C2空调总成);
(3) 奇瑞(风云、旗云、东方之子空调全系统);
(4) 东风日产(骐达、颐达、轩逸、蓝鸟、骊威、逍客空调总成);
(5) 南京依维柯(依维柯暖风及送风系统、都灵V空调全系统);
(6) 长安福特(蒙迪欧、福克斯控制面板);
(7) 上海大众(途安);
(8) 华晨宝马等。
V公司空调产品也出口德国、法国、意大利、西班牙、捷克和日本等国。

8.4　V公司分布式研发体系

8.4.1　分布式研发项目分类

V公司的研发使用项目管理模式。由于产品的生命周期管理需要具备一个清晰的项目分类,因此,基于不同的产品生命周期阶段,V公司将分布式研发项目进行了分类。分类情况如图8.6所示。

由图8.6可知,V公司将其分布式研发项目分成了以下几类:

1. P3项目

P3项目是对技术、系统、功能、模块、零部件或软件等方面的新构思的可行性进行调研,以获得初始的市场反馈。

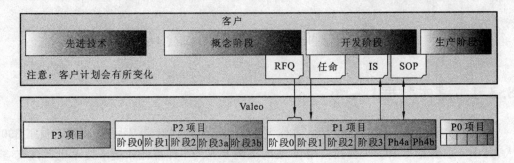

图 8.6　V 公司分布式研发项目基本分类

2. P2 项目

P2 项目是建立并认可新的通用标准产品，以供后续的 P1 项目使用。

3. P1 项目

P1 项目是开发客户专用的应用产品。它必须使用经过认可的通用标准产品（P2）或采用经历批量生产验证的技术。

4. P0 项目

P0 项目是对生产中现有的客户应用产品进行重大的更改。P0 项目主要着重于对批量生产产品进行改进，如降低成本、提高质量等。

8.4.2　研发基本原则

对于分布式研发项目，V 公司制定了如下研发原则，如图 8.7 所示。

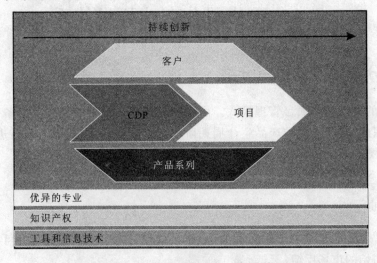

图 8.7　V 公司研发的基本原则

由图 8.7 可知,V 公司分布式研发项目的开始源于对客户需求的理解,这主要包括对项目执行的短期要求和对客户及产品战略的长期要求。基于此,就形成了"客户开发计划"(customer development program,CDP)。客户开发计划确定企业在未来的 5 年内,为其主要客户所制定的产品和销售策略。

有了客户开发计划,就可以形成"技术开发计划"(technology development program,TDP)。技术开发计划是在一个 10 年的范围内,定义 V 公司的产品、系统、域和模块战略。技术开发计划是形成其客户战略和产品战略的过程。

每个技术开发计划包含以下内容:

(1) 识别"远景"和"使命"以及核心业务(产品线范围);

(2) 在前面定义的专业公司或域的范围内,识别和量化所有可触及的部门内的市场机会;

(3) 详细说明终端用户、OE 和 OES/IAM 客户的需求,包括价格预期;

(4) 分析 V 公司及其竞争对手的地位,评估竞争对手的强项和市场份额,识别新的市场进入者和潜在的联合伙伴;

(5) 量化专业公司的目标,描述其总体和技术战略,并通过系统和产品路标实现这些目标;

(6) 识别现有的和新产品线的销售潜力;

(7) 按照生产线对所有取得的 P3,P2 和 PWG 项目进行仔细阐述,突出客户利益和技术问题,指出优先权、计划和所需的资源,包括"制造或购买"分析和"同步工程"贡献;

(8) "技术开发计划"与"客户开发计划"密切关联,特别是在为每个客户制订市场分析和创新战略方面。

项目列表必须包括 P2 或改进制造过程的 PWG 项目。

产品系列管理和资源管理必须保证 CDP,TDP 和项目系列与企业所拥有的各种资源相对应。可以看到,V 公司的起点是基于用户需求导向的,这符合市场营销学中的基本要求。

8.4.3　研发组织架构

1. 全局架构

V 集团全局研发架构如图 8.8 所示。由图中可以看出,对于各类不同的分布式研发项目,由不同级别的组织负责。P1 和 P0 项目的开展由分公司负责;P3 和 P2 项目的开展由各专业公司负责,专业公司也可将 P3 和 P2 项目分配到所属研发中心进行开发。

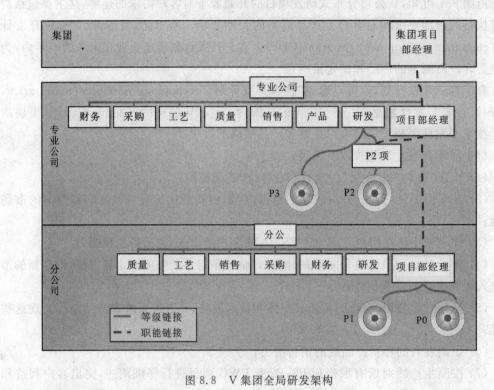

图 8.8　V 集团全局研发架构

2. 专业公司研发部门的组织构架

V 集团专业公司研发架构如图 8.9 所示。

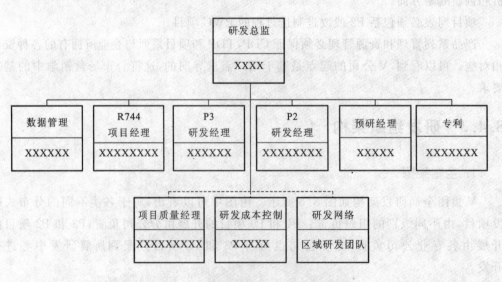

图 8.9　V 集团专业公司全局研发架构

每个专业公司必须根据下列因素决定其技术中心的安置地点：

（1）临界大小，根据中心类型决定必要的资源和技能；

（2）靠近企业生产手段，促进产品和过程的同步工程，以及早期融入制造性的制约条件和 VPS 原则；

（3）主要客户的产品开发小组的位置；

（4）产品线之间的必要的资源共享；

（5）专业公司战略。

3．分支研发机构的组织构架

分支研发网络的分区域管理架构如图 8.10 所示。

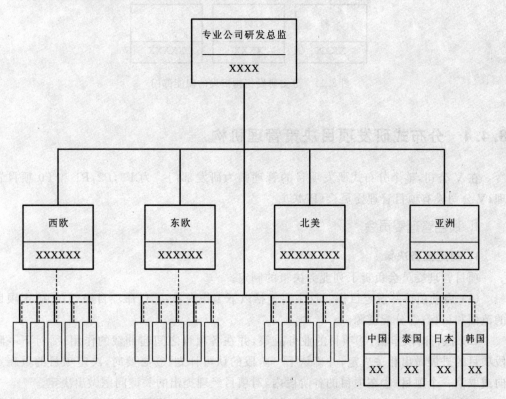

图 8.10　分支研发网络分区域管理架构

由图 8.10 可以看出，分支研发机构下按照区域，划分为欧洲西南部、欧洲东北部、北美自由贸易区和亚洲 4 个大区，每个大区下又根据国别设有不同的分支。例如，在亚洲大区下，就下设有中国、泰国、日本和韩国 4 家分支研发机构。

从各部门的职能来看，各分支机构下又有不同的职能分支，如图 8.11 所示。

从图 8.11 来看，每个分支研发机构下，又设有 PTL（项目技术负责人）经理、CAD 经理、CAE（产品应用）经理、P1 项目经理、P0 项目经理和测试中心经理。

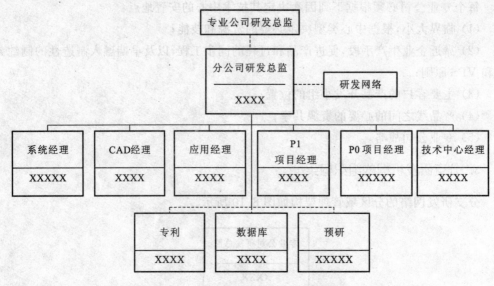

图 8.11 分支研发机构下设的职能部门

8.4.4 分布式研发项目决策管理机构

在 V 公司,整个分布式研发项目的管理归为研发部门。为 P3,P2,P1 和 P0 项目管理,V 公司设有项目管理委员会(PMC)。

1. 项目管理委员会

1)制定业务决策

项目管理委员会负责下列业务决策的制定。

(1)启动项目并设定目标。这主要包括以下工作内容:①任命项目经理;②确定项目的范围和目标;③分配资源。

(2)执行阶段审核:①项目的业务决策,并在各项目之间起仲裁的作用;②对下一阶段项目的进展做出相关决定,并确认下一阶段的认可计划;③必要时,决定项目的重新定向或取消一个项目;④在项目的各阶段内,对项目经理提出的关键问题做出决定。

(3)结束项目。PMC 至少每月进行一次会面。PMC 根据 ARGP(项目整体风险分析),每个月对红色项目进行审核。至少每 6 个月内,PMC 要通过评审指标和观察到的问题等途径评估项目组织的表现,并确定需要改进的地方。对 PMC 进度表和项目阶段的审查必须同步进行,并且要及时传达内容。PMC 还要验证和监督与开发过程相关的功能效率计划。

2)分级管理

为 P3 和 P2 项目设立的 PMC 属于专业公司一级,被称为 PMC2,PMC2 由专业公司副总裁担任主席;为 P0 和 P1 项目设立的 PMC 属于分公司一级,被称为 PMC1,PMC1

由分公司总经理担任主席。

3）人员构成

PMC1 和 PMC2 必需的专业部门代表如图 8.12 所示。

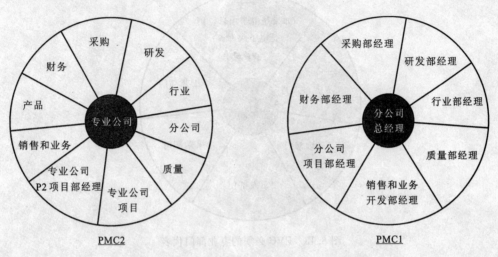

图 8.12　PMC1 和 PMC2 必须的专业部门代表

由图 8.12 可以看到，PMC1 和 PMC2 必需的专业部门代表中，都是由各部门的经理参加，这体现出 V 公司对于分布式研发项目的高度重视。

由于相比 P0 和 P1 项目而言，P3 和 P2 项目涉及更多的研发内容，并且对于公司的未来有着更重要的影响，因此 PMC2 比 PMC1 需要更多的部门支持。除了与 PMC1 一样，需要研发部经理、行业部经理、质量部经理、采购部经理、财务部经理、销售和业务开发部经理及项目部经理的支持外，还需要分公司总经理及产品市场营销部门人员参加，这也充分体现出公司战略性分布式研发项目的市场需求导向。

2. 项目认可委员会

1）工作内容

项目认可委员会（PVC）存在于 P2，P1 和 P0 项目中。项目认可委员会主要承担以下工作内容：

（1）根据项目组的建议、设计审核和评审的结果，负责监督和认可项目中所有的技术选择，为 PMC 制定决策做准备；

（2）使用真实的数据和真实的部件，对技术选择进行认可；

（3）按照项目组的评估对项目风险进行认可；

（4）提供建议，以支持 PMC 的业务决策及对问题的解决。

项目认可委员会至少每个月会面一次。项目认可委员会始终在项目管理委员会之前对项目进行审核。

2）人员构成

项目认可委员会由大多数"同步工程部门"的永久代表和分公司或专业公司内部得到

认同的专家组成。如图 8.13 所示,项目认可委员会由质量部经理担任主席,研发、工艺、质量和项目管理、采购部门都必须派出代表,项目中还需关键技术方面的专家。

图 8.13　PVC 必须的专业部门代表

8.4.5　研发过程

1. 研发阶段划分

从 PVC 和 PMC 的工作内容来看,V 公司分布式研发项目的上马和实施必须按图 8.14所示的过程进行。

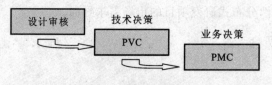

图 8.14　研发阶段划分

由图 8.14 可以看出,V 公司分布式研发项目的上马和实施主要分为三个阶段进行:第一个阶段是设计审核阶段;第二个阶段是由 PVC 主导的技术决策阶段;第三个阶段是由 PMC 主导的业务决策阶段。

2. 各阶段研发重点

从分布式研发项目的运行来看,涉及核心战略远景、客户和技术计划编制、战略性平衡和实施这几个方面。

在不同的业务阶段中,企业分布式研发需解决的问题也有所不同。在核心战略远景确定阶段,主要解决战略性边界问题,即回答"企业向哪里发展"的问题;在客户和技术计划编制阶段,主要解决产品和技术计划问题,即回答"企业如何才能获胜"的问题;在战略性平衡阶段,主要在统一的客户、技术计划和战略资源管理间作平衡;在实施阶段,主要进行交叉的项目管理,这一阶段的重点是判断项目是否有合理规定的预算。

3. 项目研发流程

以 P1 项目为例,分析 V 公司分布式研发项目的基本流程。

1）项目启动

任何 P1 项目的启动,都必须得到经 PMC 核准过的《新项目批准书》(NPA)的正式授权。项目启动阶段需注意下述问题:

(1) NPA 的准备是由负责外部事务的客户或销售部经理进行;

(2) 如果需求来自于另一个专业公司或分公司,则由项目部经理承担;

(3) 项目启动阶段必须发生在客户 RFQ(询价文件)之前,只有那些不被 CDP 列为战略目标的项目,项目才可以在接收到 RFQ 的同时启动。

2）项目研发阶段目标和主要成果

在项目的具体研发中,遵照一个六阶段的开发过程,总的来看,是一个"计划-执行-掌握"的业务流程。在项目的不同阶段,会有不同的目标要求和主要成果。表 8.4 概括了 P1 项目在不同阶段的目标要求和主要成果。

表 8.4 P1 项目研发不同阶段的目标和主要成果

P1 零部件	阶段 0 竞争阶段	阶段 1 产品/过程设计	阶段 2 设计验证	阶段 3 产品/过程验证	阶段 4A 过程稳定及生产启动	阶段 4B 批量生产
目标	理解客户需求为客户提供技术方案 获得新的可营利业务	确定最终产品要求开发产品和过程的总体设计 检验技术方案是否满足客户和 Valeo 的要求	开发详细的产品和过程设计 认可按照客户和法雷奥要求的详细设计	产品生产准备:对生产设备进行材料采购、建造、安装、调试和合格检查 内部的产品/过程验证 客户产品/过程验证	生产过程的稳定化 完成生产的批量建设 为客户的 SOP 作准备	确认毛利及质量目标 经验积累 衡量客户满意度
主要成果	模型/模拟(可选项) 向客户报价	模型/模拟 按照技术任务书进行设计 客户需求的确定	样件 设计确定/工装制造启动 批量产品定义文件(图纸,技术任务书)	生产线准备就绪 首批样件(TS) IS 验证	预批量 减少不可控变量 达到 QCD 目标 SOP 准备就绪	批量生产交付 项目结束

在业务计划控制方面,对于 P2 项目,必须根据《项目批准申请》(PAA)进行《业务计划书》的起草;对于 P1 项目,必须根据《合同批准申请》(CAA)进行《业务计划书》的起草。

3）项目阶段审核

在 V 公司的分布式研发项目中，必须在项目计划中预先安排好的时间内进行阶段审核。不允许延期进行阶段审核，除非这是由客户的重要事项的延迟所引起，因此，在一个阶段内，项目组必须把精力集中于遵守产品定义方面（技术任务书、模型、样件、首批样件和预批量）的项目时间结点。在阶段审核过程中，PMC 必须在下列各项内容保持完全的可见性：

（1）通过真实部件的演示（模型、样件、IS 等）来说明产品的开发进度。

（2）项目的各种特征及其演变过程，这主要包括：①项目范围和项目风险评估；②产品和过程质量；③项目进度表；④供应商状况；⑤产品利润总额和投资、开发成本（预算、实际发生额和预测额）；⑥资源的可得性（数量和质量）。

（3）活动和事件。

（4）项目的所有同步工程部门的全部工作量。

在阶段审核过程中，PMC 通过如下方式之一，决定该项目未来的进展：

（1）利用按需分配到的人力和资本资源开始新的阶段。

（2）继续停留在当前的阶段——由 PVC 和 PMC 对项目风险进行重新评估并对项目进行监督：①所有的纠正措施的定义及执行；②许可或不许可执行下一阶段的某些事项。

（3）终止项目。在任何时间都可终止一个 P2 项目；如果没有获得任何业务，在阶段 0 的末期可终止一个 P1 项目；也可更改项目的范围或目标。

在一个阶段中，如果发生下列事项，项目经理、PMC 或者 PVC 必须要求进行一次临时审核：①由于各种障碍，客户交付受到影响；②在一个阶段中发生了一项重大的变化。

如果下一阶段的一个或多个活动必须在本阶段结束前开始，也必须进行一次临时审核，如图 8.15 所示。

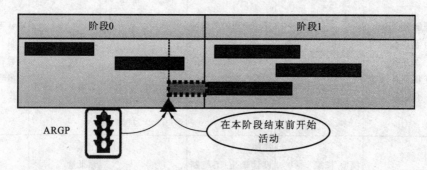

图 8.15　临时审核示意图

4）项目验收

在分布式研发项目的验收阶段，要确保产品推出经过产品和过程质量验证，并要求满足以下条件：

（1）供应商 IS 承诺；

（2）满节奏生产日（FDPR）验收，在 FDPR 中认可过程所需的生产数量，必须在阶段

2 由质量部门来定义,这个数量的大小是根据项目的过程/生产风险水平而定的;

(3) 内部 IS 验收,内部 IS 的验收工作属于项目质量成员的职责,必须适应客户的要求;

(4) 客户 IS 验收;

(5) 过程稳定化工作,FDPR 后所需的生产批次和数量,必须由项目质量成员在阶段2 中确定,以保证阶段 4A 中产品/过程的质量。

5）项目关闭

阶段的结束审核通常在 SOP 之后 6 个月内进行。如果未满足质量、成本和生产能力的目标,则拒绝终结阶段。PMC 保留项目并让项目组工作一段具体的时间,每个月审核项目进展情况。当竞争阶段 V 公司没被选择,则终止 P1 项目,并对得到的经验教训作文字记录。

8.5　V公司分布式研发体系管理模式

8.5.1　矩阵管理

在 V 公司,对于分布式研发项目,为了同步工程和项目管理之间的适当的平衡,产品开发在一个横向管理组织中进行,如图 8.16 所示。该矩阵组织能让各部门提供必要的资源在分布式研发项目的工作上,同时提高专业技能。

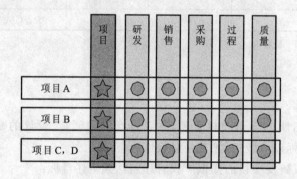

图 8.16　分布式研发项目矩阵管理组织

每个分布式研发项目或项目群由一个专门的项目组负责管理,包括一个项目经理和来自同步工程所需的各部门的代表。

分布式研发项目的项目管理避免了专业部门在交叉管理方面的工作,帮助专业部门集中精力提高技能、专业知识和取得优异的效益。

每个分布式研发项目的项目组成员有两层报告关系,一个是直接上级,即他的部门经理,该部门经理负责项目组成员的长期性的技术水平的发展;一个是功能上级,即项目经理,该项目经理负责对项目组成员的短期和中期的管理、发展和绩效考评。

表 8.5 详细阐述了三方各自所应承担的责任。

表 8.5 分布式研发项目中各方应承担的责任

项目	部门经理	项目经理	项目组成员
聘进该职能部门	R	I	
聘进某个具体的项目组	R	A	
分配到一个项目组	R	A	I
潜力评估	R	C	
职业发展面谈/计划	R	C	C
技术竞争力评估	R	C	C
培训计划	R	I	C
培训活动	C	R	C
薪金调整	R	A	I
按照功能进行工作量预测和制订预算	R	I	
按照项目进行工作量预测和制订预算	I	R	
一般竞争力评估	C	R	I
假期	C	R	C
与项目有关的费用		A	R
年度评估目标	C	R	C
年度评估评估	C	R	C
项目预算	I	R	C

注:R—负责;A—审批/验证;C—商议;I—被通知。

8.5.2 知识产权管理

V 公司对其分布式研发项目,实施知识产权管理,主要包括技术创新、设计的专利,产品、过程、活动或项目名称的商标以及版权(尤其是对软件而言)。

面对国际竞争,V 公司分布式研发项目的知识产权管理需达到下述目标:

(1)帮助保持和增加市场份额。这可以通过对某些产品的垄断及对某些知识产权权利(IPR)的许可权(获得版税或任何其他形式的补偿)做到。

(2)对抗竞争对手的 IPR。这可以通过识别竞争对手的 IPR,并击败它们做到,也可以使用企业自身的 IPR 作为反击。

为取得这些成果,研发团队承担着下述多重任务:

(1)确保项目过程中所有的创新(带有可能的转变),都已被切实地送到 IP 部门作可能的专利归档,从而尽最大可能地保护我们的研发成果;

(2)使用一切可利用的专利数据库来发觉相关竞争对手的专利,识别这些专利中从法律角度上必须被分析的方面。相应的分析将由 IP 部门执行并找出转变解决方案,必要

时可以寻求研发团队的合作(不得侵犯第三方的 IPR);

(3) 向 IP 部门汇报将对本企业专利的所有可疑的侵犯,从而使企业的专利投资产品系列的效率达到最大化。对以前的解决方案的搜索,必须在 P2 和 P1 项目的阶段 0 时开始,而且必须涵盖技术解决方案、专利及可视的设计这几个方面。

V 公司分布式研发项目的实施需要将同步工程的基本原则运用于将要开发的不同产品。

8.5.3　项目开发转移管理

当一个 P1 项目的开发和生产发生在两个不同的分公司/厂地时,必须遵守下列规则:

(1) 项目经理和项目组必须由开发分公司/厂地任命,并得到生产分公司/厂地的批准;

(2) 开发分公司/厂地提供研发和销售部门的资源;

(3) 生产分公司/厂地提供从阶段 0 开始的工艺和采购部门的资源;

(4) 项目经理和质量管理资源可来自开发或生产厂地;

(5) 开发分公司/厂地负责产品更改的管理直至项目结束。

在阶段 2 的末期,项目的管理责任由开发分公司/厂地转移到生产分公司/厂地,在此过程中,必须遵守下列规则:

(1) 转移过程必须是正式的,并征得传/接两个厂地的 PMC 的同意;

(2) 在阶段 0,1,2 中,PMC 和 PVC 会议必须在开发厂地组织和召开;

(3) 在阶段 3,4a 和 4b,会议的组织和召开转移到生产厂地;

(4) 两个厂地的管理层代表必须参与有关的 PMC 和 PVC;

(5) CAA 和 IAR 必须由双方分公司/厂地签署;

(6) 分公司/厂地之间必须对开发费用达成协议。

8.5.4　多主体开发管理

由于 V 公司目前全球性分布式研发项目越来越多,研发一个产品,经常同时要与多个国别、多个地域的客户打交道,导致多专业公司/多分公司/多厂地开发的出现。为此,V 公司定义了如下规则,具有领头项目的专业公司/分公司或厂地,被称为领头专业公司/分公司/厂地,其他涉及的专业公司、分公司或厂地被称为关联的专业公司/分公司/厂地。当一项产品开发任务被分配给来自不同专业公司、分公司或厂地的团队时,必须按照以下标准指定一个领头项目:

(1) 客户界面;

(2) 产品责任;

(3) 系统管理能力;

（4）在价值链上的位置；

（5）何时需要对任命领头组织进行公断；

（6）对于 P2 和 P3 多专业公司项目，由集团产品市场副总裁指定领头的专业公司；

（7）对于 P1 类的多专业公司/多分公司/多厂地项目，分别由集团/专业公司/分公司项目部经理指定领头的专业公司/分公司/厂地领头项目协调关联项目，并相应地配备人员和划拨预算；

（8）领头的专业公司/分公司/厂地组织 PMC 和 PVC 会议，并使关联的 PMC 和 PVC 的主席一起参与会议；

（9）对于多厂地的分公司，PMC 和/或 PVC 可以在厂地一级召开，成员可包括厂地一线的专业部门经理；

（10）当没有厂地项目部经理时，分公司 P1 项目部经理须参与；

（11）厂地专业部门经理必须拥有来自分公司员工的委托权；

（12）对于属于一个产品域的多分公司项目，如果存在产品域部经理或经理，他或她必须参与领头专业公司的 PVC 和 PMC；

（13）在没有领头的专业公司/分公司/厂地同意的情况下，关联的专业公司/分公司/厂地不能停止关联项目；

（14）专业公司/分公司/厂地之间的冲突，必须分别由集团/专业公司/分公司作出公断；

（15）关联的项目经理必须按要求出席每周的领头项目会议，还必须参加领头项目的阶段审核。

8.5.5　绩效管理机制

1. 绩效的分类管理

在 V 公司，对于分布式研发项目，采取了多项指标来对其研发绩效进行管理，即采取了严格的绩效管理机制。总的来看，V 公司的分布式研发项目的绩效管理主要从两个方面进行，一是项目本身的绩效指标，一是研发的产品的绩效指标。

（1）研发的项目绩效指标。对于分布式研发项目，采取了多项绩效指标，如 RYG（以 ARGP 为基础）、PPI（阶段绩效指标）、第一次就做好的比例指标、生产启动时的质量指标、项目毛利指标、效率指标、客户生产线指标、客户诉讼比例指标等。

（2）研发的产品绩效指标。对于分布式研发项目的研发产品，主要涉及专利生产力和标准化指数这两方面的指标评估。

V 公司对于其分布式研发项目，建立了完善的绩效评估指标体系。在分布式研发项目完成后，会针对绩效评估指标体系中的各项指标进行评分，并根据各个指标的不同权重值，计算出该分布式研发项目在各个指标类上的绩效得分及总的绩效得分。最后根据该分布式研发项目的绩效综合评分情况及其他相关情况，对其总的绩效情况作出最终评价。这些评价结果可为以后的分布式研发项目的工作开展提供经验和借鉴，也会成为对分布式研发项目组领导和成员工作绩效考察的一项重要标准。

2. 绩效指标举例

分布式研发体系的绩效管理是分布式研发项目管理中的一项重要工作内容,其指标体系构建也因此成为一项重要的任务。V公司已创建了较为科学、合理的指标评估体系,但由于涉及一些具体的不便公开的业务,本案例仅选取一部分指标进行介绍。

1) P1 项目研发效率

(1) 定义。P1 项目研发效率是衡量 P1 项目实际研发时间较 P1 项目标准研发时间的改善。

(2) 计算公式。P1 项目研发效率＝年实际项目工作时间/年标准项目工作时间。所得结果为百分比数值。

(3) 解释。这个指标很好的衡量了研发团队在开发流程中效率的提升。

还可以用所有项目累计的节约时间除以所有项目累计的标准时间,所得的值也能从一个方面反映项目的研发效率。

2) 项目毛利

(1) 定义。这个指标是衡量以下两种状态项目的数量的:①项目潜在毛利达到 CAA 目标毛利,②项目潜在毛利达到 CAA 潜在毛利且过去三个月毛利有改善。

(2) 计算公式。指标＝(符合潜在毛利达到 CAA 目标毛利项目＋潜在毛利达到 CAA 潜在毛利且过去三个月毛利有改善的项目的 P1 项目数量)/P1 项目总数。

(3) 指标应用举例。表 8.6 所示为项目毛利在 V 公司分布式研发项目绩效评估中的一个简单应用。由表 8.6 所示的数据,可计算出该指标的计算结果为:4/7＝57%。

表 8.6　V 公司分布式研发项目绩效评估中的项目毛利指标的应用举例

P1 项目	P1 潜在毛利/%	过去三个月毛利的改善/%	CAA 潜在毛利/%	CAA 目标毛利/%	P1 Ok
1	21.2	0.0	15.0	20	1
2	26.5	0.2	24.0	25	1
3	21.0	1.0	23.0	25	0
4	15.6	1.0	15.6	20	1
5	16.0	1.0	15.0	20	0
6	24.0	0.2	24.0	25	1
7	21.0	1.0	23.0	25	0

(4) 解释。目标是 100% 的 P1 项目达到 CAA 目标毛利。如果没达到,则考核潜在毛利达到 CAA 潜在毛利且过去三个月毛利有改善以衡量其持续改善能力。

3) 项目状态指标 PPI

(1) 定义。PPI 是衡量组织按计划完成项目的能力,根据 CAA 中的计划或 0 阶段末 PMC 批准的计划。

（2）计算。指标值由阶段末没准时得到 PMC 批准的项目数量给出。

（3）解释。该指标覆盖项目的 1 阶段 to 4B 阶段，用来衡量没按计划的项目的数量。这个指标代表公司避免项目延迟而付出的努力。指标的目的是要求 PMC 在正确的时间做正确的决定，以免项目延期。当然如果客户发生重大变更，PMC 可以更改原定项目计划。

4）未解决保修期问题

（1）定义。这个指标是衡量组织减少，解决保修期问题及从中吸收经验的能力。每一个保修期问题必须有一个 PDCA，对售后返回的所有产品，必须有返回件的失效证据，无论其责任是我们还是客户或供应商或是故障不再现。有以下情况才视为保修期问题解决：①该 PDCA 关闭；②对该问题的经验累积卡发布；③对应的标准建立了或更新了，并在设计评审中也加入了对应检查项。

（2）计算。指标值由没解决问题的数量给出。

（3）解释。这个指标目的是为了减少保修期问题，并解决存在的问题的能力，同时改善标准。

参 考 文 献

[1] Kelly C. Does Distributed Innovation Fit with Current Innovation Theory and Policy?. PUBP6803-Technology, Regions,and Policy,2006;1-13.

[2] Florida R. The Rise of the Creative Class. New York;Basic books,2002;113-116.

[3] Cummings J N. Initiative for Distributed Innovation(IDI). http://www. Distributed Innovation. Org /index. php? p=overview,2006.

[4] O'Sullivan D,Dooley L,Li Jiangqiang,et al. Distributed Innovation Managemnet,2003;8-9.

[5] Coombs R,Metcalfe S. Organizing for Innovation;Coordinating Distributed Innovation Capabilities // Foss N J, Mahnke V. Competence,Governance,and Entrepreneurship. Oxford;Oxford University Press,2001;209-231.

[6] Bowden A. Knowledge for Free;Distributed Innovation as a Source of Learning. Public Policy and Administration, 2005,20(3);56-68.

[7] Fraser P,Gregory M,Minderhoud S. Distributed Innovation Processes;An Exploratory Study in the Consumer Electronics Industry. 11th International Product Development Management Conference, Dublin, Ireland, 2004; 116-120.

[8] Sawhney M, Prandelli E. Communities of Creation;Management Distributed Innovation Turbulent Markets. California Management Review,2000(42);24-49.

[9] Drejer I, Andersen P H. Distributed Innovation in Integrated Production System; The Case of Offshore Wind Farms. Paper to be Presented At the DRUID Tenth Anniversary Summer Conference,2005;26-29.

[10] Leiponen A,Helfat C E. When Does Distributed Innovation Activity Make Sense? Location,Decentralization,and Innovation Success. Discussion papers;Cornell University,2002.

[11] Valentin F,Jensen R L. Discontinuities and Distributed Innovation the Case of Biotechnology In Food Processing. Paper to Be Presented At the Druid Tenth Anniversary Summer Conference,2003;1-33.

[12] Yoo Y, et al. Distributed Innovation in Classes of Networks1. Proceeding of the 41st Hawaii International Conference on System Sciences,2008;1-9.

[13] Hirsch B E, Thoben K D, Hoheisel J. Requirements Upon Human Competencies in Globally Distributed Manufacturing. Computers in Industry,1998;49-54.

[14] Hahn A, Eschenbaecher J. Approach for Implementing Non-liner Distributed Innovation Management Methodologies in Collaborative Industrial Networks;Virtural Enterprise and Collabrative Networks. Springer Berlin Heidelberg,2002;481-489.

[15] Eschenbaecher J,Graser F,Hahn A. Governing Smart Business Networks by Means of Distributed Innovation Management. Springer Berlin Heidelberg,2005;307-319.

[16] Eschenbaecher J, Graser F. Efficiently Managing Virtual Organizations Through Distributed Innovation Management Processes. Springer Berlin Heidelberg,2005;331-338.

[17] von Hippel E. The Source Innovation. Oxford;Oxford University Press,1994;4-6.

[18] Dawson R. Living Networks;Leading Your Company,Customers,and Partners in the Hyper-Connected Economy. Financial Times Prentice Hall,2002;1-24.

[19] Coombs R,Harvey M,Tether B. Analysing Distributed Innovation Processed. CRIC Discussion Paper,2001;1-46.

[20] Acha V, Cusmano L. Goverance and Coordination of Distributed Innovation Processes Patterns of R&D Cooperation in the Upstream Petroleum Industry. Econ,Innov,New Techn,2005;1-21.

[21] Consoli D,Patrucco P P. Distributed Innovation and the Governance of Knowledge. Senate Working Paper University of Tampere Research Unit for Urban and Regional Development Studies,2007:2-4.

[22] Howells J,James A,Malik K. The Sourcing of Technological Knowledge:Distributed Innovation Process and Dynamic Change R&D Management. Blackwell Publishing Ltd,2003:395-409.

[23] Kapur S. Distributed Innovation:The Latest Management Trick. http://rediff. co. in/money/2007/may/ 09spec. htm [2007-5-9].

[24] Vacek J. Structuring the New Product Development Process. Pilsen-Czech Republic. 2006:1-8.

[25] Wolf S A. Professionaliztion of Agriculture and Distributed Innovation for Multifunctional Landscapes and Territorial Development. Agric Hum Values,2007:55-58.

[26] Soudoplatoff S. Innovation Process Revisited by Internet. Lecture Notes in Computer Science,2006:1-4.

[27] Kuhlmann S,Boekholt P,Georghiou L. Improving Distributed Intelligence in Complex Innovation Systems. Final Report of the Advance Science & Technology Policy Planning Network,2005:49-60.

[28] Schooling S. Distributed in Control and Innovation. Proceeding of the American Control Conference,2002: 3377-3382.

[29] Haour G. Growth Through Technological Innovation,2007:1.

[30] Kalil T. Prizes For Technological Innovation. The Brookings Institution. The Brookings Institution,2006:21-23.

[31] Andersen B,Miles I. Distributed Innovation Systems in Copyright Industries:Music in the Knowledge Based Service Economy,2006:32-35.

[32] 温珂,孙一飞,林则夫.跨国公司在华 R&D 本土化进程中的问题及启示.中国软科学,2006(2):133-139.

[33] 孙一飞,温珂.模仿行为与跨国公司在华研发机构的区位选择.科学学研究,2006(8):545-551.

[34] 许泰民.跨国公司研发机构中国区位选择因素的实证分析.特区经济,2006(10):121-173.

[35] 高建.跨国公司海外研发的动因及区位选择.经济视角,2006(5):22-23.

[36] 郑京淑.跨国公司海外研发机构的区位研究.世界地理研究,2000(3):10-16.

[37] 丁源,张阳.跨国公司在华研发区位分布的战略特征研究.科技进步与对策,2007(8):106-109.

[38] 丁源,张阳.跨国公司海外研发区位选择的模糊综合评价方法研究.商业研究,2007(2):33-35.

[39] 楚天骄,杜德斌.跨国公司 R&D 全球化研究的热点与展望.软科学,2004(4):25-29.

[40] 楚天骄,杜德斌.跨国公司研发机构与本土互动机制研究.中国软科学,2006(2):127-132.

[41] 楚天骄,杜德斌.促进跨国公司离岸研发机构技术扩散的原理与途径研究.科技管理研究,2006(9):66-68.

[42] 祝影,杜德斌.跨国公司研发全球化的空间组织研究.经济地理,2005(9):620-623.

[43] 祝影,杜德斌.跨国公司研发全球化的组织类型及其演化.科技管理研究,2005(8):171-173.

[44] 杜德斌.跨国公司海外 R&D 的投资动机及其区位选择.科学学研究,2005(2):71-75.

[45] 张仁开,杜德斌.中国 R&D 产业发展的空间差异及地域分类研究.地域研究与开发,2006(8):20-25.

[46] 吕惠娟.跨国公司本土化网络组织在我国的发展及其启示.经济论坛,2007(14):49-50.

[47] 程建华,武立永.跨国公司在华本土化研发的影响与对策.经济问题,2006(3):3-4.

[48] 黄楠.跨国公司研发本土化对区域创新能力的影响:以上海为例.经济论坛,2007(21):22-24.

[49] 黄兆银.跨国公司全球化战略下的中国本土化策略.中国公共安全,2007(7):88-91.

[50] 闵伸,万欣荣,赵敏.跨国公司 R&D 分散化对中国技术的影响及对策.华东交通大学学报,2002(12):108-111.

[51] 周静,陈湛匀.对跨国公司 R&D 分散化影响因素的分析.经济与管理,2005(2):35-37.

[52] 元利兴,宣国良.跨国公司 R&D 全球化中的信息流动机制研究.情报科学,2004(11):1281-1283.

[53] 罗炜.企业合作创新理论研究.上海:复旦大学出版社,2002:67-69,196-197.

[54] 高文兵.中小企业技术创新的合作创新模式研究.全国商情经济理论研究,2006(5):24-25.

[55] 宋文娇.基于跨国技术联盟的合作创新研究.长春:吉林大学,2007.

[56] 陈培樗,屠梅曾.产学研技术联盟合作创新机制研究.科技进步与对策,2007(6):37-39.

[57] 戴开富,幸理.企业合作创新运行机制的探讨.现代经济探讨,2007(4):56-58.

[58] 幸理.企业合作创新的动机与模式.企业改革与管理,2006(1):9-10.

[59] 幸理.企业合作创新的基本理念辨析.现代经济探讨,2006(7):30-33.

[60] 魏非.浙江产学研合作创新机制研究.杭州:浙江工业大学,2003.

[61] 罗炜,唐元虎.企业合作创新的组织模式及其选择.科学学研究,2001(12):103-108.

[62] 卢福财,周鹏.企业间网络是合作创新的有效组织形式.当代财经,2006(9):53-57.

[63] 朱桂龙,彭有福.产学研合作创新网络组织模式及其运作机制研究.软科学,2003(17):49-52.

[64] 申先菊.论虚拟企业的作用与运行机制.中国青年政治学院学报,2002(5):75-78.

[65] 马仁钊,翟运开.虚拟企业创新平台的运行模式研究.科技管理研究,2007(12):39-41

[66] 李莉,李伟平,薛劲松,等.基于多智能体的虚拟企业的构建及运行研究.中国机械工程,2002(3):477-480.

[67] 徐正,叶丹,黄涛.ONCE:一种基于XML的虚拟企业运行支撑平台.制造技术与机床,2004(9):53-56.

[68] 张成考,聂茂林,吴价宝.基于改进型灰色评价的虚拟企业合作伙伴选择.系统工程理论与实践,2007(11):54-61.

[69] 廖成林,宋波,李忆,等.基于离散选择模型的虚拟企业伙伴选择.科技进步与对策,2006(6):66-68.

[70] 金琳,何建民,杨国兰,等.基于Web Service的多Agent虚拟企业伙伴选择方法研究.合肥工业大学学报,2006(1):55-59.

[71] 刘宝剑,吴春旭.基于蚁群算法的虚拟企业合作伙伴选择.计算机应用与软件,2008(1):127-128.

[72] 汤勇力,胡欣悦.基于动态任务价值链的虚拟企业组织体系.科学学与科学技术管理,2007(10):145-149.

[73] 邓小健,赵艳萍.基于自组织理论的虚拟企业组织模式研究.商业研究,2006(6):136-138.

[74] 邱允生.网络环境下虚拟企业组织及其商业智能系统构建研究.情报科学,2006(8):1228-1234.

[75] 夏维力,杨海光,曾文水.虚拟企业组织网络集成框架研究.科技进步与对策,2006(10):14-17.

[76] 杨武,申长江.开放式创新理论及企业实践.管理现代化,2005(5):4-6.

[77] 郑小平,刘立京,蒋美英.企业开放式创新理论的研究述评.中国科技论坛,2007(6):40-44.

[78] 后锐,张毕西.企业开放式创新:概念、模型及其风险规避.科技进步与对策,2006(3):140-142.

[79] 杨静武.企业吸收能力与开放式创新.企业管理,2007(4):98.

[80] 杨武.基于开放创新的知识产权管理理论研究.科学学研究,2006(2):311-314.

[81] Schumpeter J A. TheInstability of Capitalism. Economic Journal,1928,38(151):361-386.

[82] Schumpeter J A. Business Cycles,A Theoretical,Historical and Statically Analysis Capitalistic Press. New York:Mograw Hill Press,1939:231-244.

[83] 陈伟.创新管理.北京:科学出版社,2006:86-89.

[84] 吴贵生.技术创新管理.北京:清华大学出版社,2000:110-113.

[85] 傅家骥.技术创新学.北京:清华大学出版社,1998:12-15,34-38,45-48,77,81-89,141-145,165-166.

[86] 汤世国.技术创新:经济活力之源.北京:科学技术文献出版社,1994:24-28.

[87] 胡哲一.技术创新的概念与定义.科学学与科学技术管理,1992(5):68-69.

[88] 张新胜,等.国际管理学:全球化时代的管理.北京:中国人民大学出版社,2002:201-203.

[89] 杜彦坤.农业企业技术创新与管理.北京:经济科学出版社,2004:53-54.

[90] Imai K,Baba Y. Systemic Innovation and Cross-border Networks:Transcending Markets and Hierarchies to Create a New Techno-economic System // OECD. Technology and Productivity:The Challenge for Economic Policy. Paris:OECD,1991:11-18.

[91] Freeman C. Networks of Innovators a Synthesis of Research Issues. Research Policy,1991(20):10-15.

[92] Cooke P,et al. Regional Innovation System:The Role of Governance in the Globalized World. London:UCL Press,1996:5-59.

[93] 武康平.高级微观经济学[M].北京:清华大学出版社,2001:36-39.

[94] 盖文启.创新网络:区域经济发展新思维.北京:北京大学出版社,2002:59,62.

[95] 周三多,陈传明,鲁明泓.管理学:原理与方法.上海:复旦大学出版社,1999:115.

[96] 霍云福,陈新跃.企业创新网络研究.科学学与科学技术管理,2002(10):24.

[97] Aekoff. From Data to Wisdom. Journal of APP Lies Systems Analysis,1989(16):3-9.

[98] 刘量衡.物质 信息 生命.广州:中山大学出版社,2004:23-25.

[99] Dretske F. Knowledge and the Flow of Information. Cambridge：MAMIT Press，1981：67-69.

[100] Alavi M，Leidner D E. Knowledge Management and Knowledge Systems：Conceptual Foundation and Research Issues. MIS quarterly，2001(l)：107-136.

[101] Tuomi I. Data is more than Knowledge：Implications of the Reversed Hierarchy for Knowledge Management and Organizational Memory. Proceedings of the Thirty-Second Hawaii International Conference Systems Sciences，Los Calamites，CA，IEE Computer Society Press，1999：77-89.

[102] Clarke P，Cooper M. Knowledge Management and Collaboration. Proceeding the Third international Conference on Practical Aspects of Knowledge Management（PAKM2000），Basel，Switzerland，2000：10-15.

[103] 朱祖平. 刍议知识管理及其框架体系. 科研管理，2000，21(1)：19-25.

[104] Polanyik M. The Logic of Tacit Inference. London：Rutledge and Kegan Paul，1969：114-115.

[105] 维娜·艾莉. 知识的进化. 珠海：珠海出版社，1998：21-23.

[106] Lundvall B A，Johnson B. The Learning Economy. Journal of Industry Studies，1994(1)：23-42.

[107] Hubel G. Organizational Learning：The Contributing Process and the Literature. Organization Seience，1991(1)：88-115.

[108] Davenport T H，Prusak L. Working Knowledge：How Organizations Manage What They Know. Boston：Harvard Business School Press，1998：1112-1116.

[109] Szulanski G. Exploring Internal Stickiness：Impediments to the Transfer of Best Practice with in the Firm. Strategic Management Journal，1996(17)：27-43，233-245.

[110] Grant R M. Toward a Knowledge：Based Theory of the Form. Srtategic Management Joumal，1996(17)：109-122.

[111] 安同良. 中国企业的技术选择. 经济研究，2003(7)：76-83.

[112] 钟书华. 面向经济全球化的企业技术创新战略[J]. 科学技术与辩证法，2004，(6)：121.

[113] Leslie，S. and Kargon，R. Selling Silicon Valley[M]. Business History Review，1996，70(4)：435-472.

[114] Karlgaard R. Life 2.0. New York：Crown Business，2004：113-115.

[115] Kogut B，Metiu A. Open Source Software Development and Distributed Innovation. Oxford Review of Economic Policy，2001(17)：248-264.

[116] Prahalad C K，Hamel G. The Core Competence of the Corporation. Harvard Business Review，1990(516)：22-26.

[117] 王大洲. 企业技术创新过程中对知识的运用：中西比较与启示. 科学管理研究，2001(10)：35.

[118] Nonaka I. The Knowledge Creating Company. Harvard Business Review，1991，69(6)：96-104.

[119] 高小芹，刘国新. 企业分布式创新国外研究现状. 武汉理工大学学报：信息与管理工程版，2008，31(3)：455-458.

[120] 汤圣平. 走出华为. 北京：中国社会科学出版社，2004：113-116.

[121] 唐元凯. 华为的国际化之路. 中国电子商务，2004(7)：77-79.

[122] 沈必扬，池仁勇. 企业创新网络：企业技术创新研究的一个新范式. 科研管理，2005(5)：84-86.

[123] 王缉慈，等. 创新的空间. 北京：北京大学出版社，2001：165-167.

[124] Antonelli C. The Economics of Localized Technological Change and Industrial Dynamics. Economics of Science，Technology and Innovation. Blower Academic Publishers，1995：267.

[125] 罗建原. 企业合作创新博弈中复杂性与演化均衡稳定性分析. 当代经济管理，2009，31(11)：33-36.

[126] Desanetis G，Monge P. Introduction to the Special Issue：Communication Process for Virtual Organizations. Organization Science，1999，10(6)：693-703.

[127] Nonaka I. A Dynamic Theory of Organizational Creation. Organization Science，1994(511)：14-37.

[128] Dixon N M. Organizational Teaming Cycle：How We Can Learn Collectively. New York：McGraw-Hill，1994：39-40.

[129] Dixon N M. Common Knowledge：How Companies Thrive by Sharing What They Know. Boston：Harvard Business School Press，2000：122-125.

[130] Gilbert M，et al. Understanding the Process of Knowledge Transfer to Achieve Successful Technological Innovation. Technovation，1996，16(6)：301-312.

[131] Fraser P，Gregory M，Minderhoud S. Distributed Innovation Processes：An Exploratory Study in the Consumer Electronics Industry. 11th International Product Development Management conference，Dublin，Ireland，2004：

116-120.

[132] Carter C. Reasons for not Innovating. London:Heinemann,1981:116-119.

[133] Azquez R M,Alvarez L. Market Orientation,Innovation and Competitive Strategies in Industrial Firms. Journal of Strategic Marketing,2001,9(1):69-90.

[134] Webster F. The Rediscovery of the Marketing Concept. Business Horizaons,1988,31(3):29-39.

[135] Han J, Kim N,Srivastava R. Market Orientation and Organizational Performance:As Innovation a Missing Link?. Journal of Marketing,1998,62(4):30-45.

[136] Christensen C,Bower J. Customer Power,Strategic Investment,and the Failure of Leading Firms. Strategic Management Journal,1996,17(3):197-281.

[137] Atuahene S,Gima K. Market Orientation and Innovation. Journal of Business Reasearch,1996,35(2):93-103.

[138] Slater S, Narver J. Customer-led and Market-oriented:Let's not Confuse the Two. Strategic Management Journal,1998,19(10):1001-1006.

[139] 约瑟夫·阿·熊彼特. 经济发展理论. 何畏,等译. 北京:商务印书馆,2001:73-74.

[140] 董景荣. 技术创新过程管理:理论、方法及实践. 重庆:重庆出版社,2000:31-32.

[141] Connor T. Customer-led and Market-oriented:A matter of Balance. Strategic Management Journal,1999,20 (12):1157-1163.

[142] Narver J,Slater S. The Effect of a Market Orientation on Business Profit Ability. Journal of Marketing,1990,54 (4):20-35.

[143] Kohli A,Jaworski B,Kumar A. Marker:A Measure of Market Orientation. Journal of Marketing Research,1993, 30(4):467-477.

[144] Im S,Workman J. Market Orientation,Creativity,and New Product Performance in High-technology Firms. Journal of Marketing,2004,68(2):114-132.

[145] Henderson R,Clark K. Architectural Innovation:The Reconfiguration of Existing Product Technologies and the Failure of Established Firms. Administrative science Quarterly,1990,35(1):9-30.

[146] Schmookler J. Invention & Economics Growth. Cambridge:Harvard University Press. Cambridge:2006:91-96.

[147] Myers S,Marquis D G. Successful Industrial Innovations. Washington:National Science Foundation,NSF,1969: 69-17.

[148] Mowery D C,Rosenberg N. The Influence of Market Demand Upon Innovation:Acritical Review of Some Recent Empirical Studies. Research Policy,1979(8):102-153.

[149] 谢光亚. 技术创新. 长沙:湖南科学技术出版社,2000:48-53.

[150] 安立仁,张建申. 企业技术创新的动力分析. 西北工业大学学报,1995(2):29-35.

[151] Slater S,Narver J. Market Orientation and the Learning Organization. Journal of Marketing,1995,59(3):63-74.

[152] Hurley R,Hult G. Innovation,Market Orientation,and Organizational Learning:An Integration and Empirical Examination. Journal of Marketing,1998,62(3):42-54.

[153] Beker W,Sinkula J. Learning Orientation and Product Innovation:Delving into the Organizations Black Box. Journal of Market Focused Management,2002,5(1):5-23.

[154] Bower J,Christensen C. Disruptive Technologies:Catching the Wave. Harvard Business Review, 1995, 73 (1):43-53.

[155] 斋藤优. 技术转移论. 东京:文真堂出版社,1979:61-68.

[156] Kogut B. Country Capabilities and the Permeability of Borders. Strategic Management Journal,1991(12):33-47.

[157] Kogut B, Zander U. Knowledge of the Firm and the Evolutionary Theory of the Multinational Corporation. Journal of International Business Studies,1993,24(4):625-646.

[158] Almeida P. Knowledge Sourcing by Foreign Multinationals:Patent Citation Analysis in the U. S. semiconductor Industry. Strategic Management Journal,1996,17(Winter SpecialIssue):155-165.

[159] Kuemmerle W. Foreign Direct Investment in Industrial Research in the Pharmaceutical and Electronics Industries Results from a Survey of Multinational Firms. Research Policy,1998,28(2/3):179-193.

[160] Frost T S. The Geographical Sources of Foreign Subsidiaries Innovations. Strategic Management Journal,2001, 22(2):101-123.

[161] Tripsas M. Surviving Radical Technological Change Through Dynamic Capability:Evidence from the Typesetter Industry. Industrial and Corporate Change,1997,6(2):341-377.

[162] 杨丽娟,徐亮. 工艺与企业产品创新. 中国工程师,1998(3):14-15.

[163] 史忠良. 工业资源配置. 北京:经济管理出版社,1997:77-81.

[164] 汤丽萍,孔颖,等. 工业企业环境污染管理分析. 中州大学学报,2004(1):111-113.

[165] 席俊杰. 在制造业实施绿色制造的探讨. 机床与液压,2005(10):42-46.

[166] 王重鸣. 心理学研究方法. 北京:人民教育出版社,1990:63-66.

[167] 马庆国. 管理统计. 北京:科学出版社,2002:12-15.

[168] 马庆国. 中国管理科学研究面临的几个关键问题. 管理世界,2002(8):105-115.

[169] 刘大海,李宁,晁阳. SPSS 15.0 统计分析. 北京:清华大学出版社,2008:95-98,310-311.

[170] Rothwell R. Towards the Fifth-Generation Innovation Process. International Marketing Review,1994(1):7-31.

[171] 许庆瑞. 研究、发展与技术创新管理. 北京:高等教育出版社,2000:66-78.

[172] 周洪刚,邹朝晖. 全球信息化和合作创新全球化. 科学管理研究,1998(5):24-28.

[173] Nonaka I,Takeuchi H. The Knowledge-Creating Company:How Japanese Companies Cerate the Dynamics of Lnnovation?. NewYork:Oxford University Perss,1995:18-20.

[174] Galbraith J R. Designing Complex Organizations. Reading:Addison Wesley Publishing,1973:244-256.

[175] Chandler A. Srategy and Structure:Chapter in the History of the Industrial Enterprise. Cambridge:MIT Press, 1990:161-163.

[176] Agrote L,Ingram P. Knowledge Transfer:A Basis for Competitive Advantage in Firms. Organizational Behavior and Human Decision Peeresses,2000,82(1):150-69.

[177] Katila R,Ahuja G. Something Old,Something New:A Longitudinal Sutdy of Search Behavior and New Product Introduction. Academy of Management Journal,2002,45(6):1183-1194.

[178] Graves S B. Why Costs Increase When Projects Accelerate. Research Technology Management,1989(1):16-18.

[179] Smith K. Innovation as a Systemic Phenomenon:Rethinking the Role of Policy. Enterprise & Innovation Management Studies,2000,1 (1):73-102.

[180] Cooper R G. From Experience:The Invisible Success Factors in Product Innovation. Prod. Innov. Manag,1999,1 (16):115-133.

[181] 12manage. com. Stag-gate. http://www. 12manage. com/methods_cooper_stage-gate_zh. html [2011-6-25].

[182] Ulrich K T,Eppinger S D. 产品设计与开发. 詹涵菁,译. 北京:高等教育出版社,2005:115-119.

[183] Ulrich K T. 产品设计与开发. 杨德林,译. 大连:东北财经大学出版社,2001:123-130.

[184] Koen P J,et al. New Concept Development Model:Providing Clarity and a Common Language to the Fuzzy Front End of Innovation. Research Technology Management,2001,44(2):46-55.

[185] Khurana Rosenthal. Towards Holistic "Front Ends" in New Product Development. The Journal of Product innovation Management,1998(15):57-74.

[186] 任守榘,等. 现代制造系统分析与设计. 北京:国防工业出版社,2000:122-125.

[187] Burgalman R,Madidique M A,Wheelwright S C. Strategic Management of Technology and Innovation. New York:McGraw Hill Inc,1996:141-146.

[188] Barton D L. Core Capability & Core Rigidities:A Paradox in Managing New Product Development. Strategic Management,1992,(13)1:117-121.

[189] 许庆瑞. 研究与发展管理. 北京:高等教育出版社,1986:68-71.

[190] 魏江,寒午.企业技术创新能力的界定及其与核心能力的关联.科研管理,1998,19(6):12-17.

[191] 马松尧.科技中介在国家创新系统中的功能及其体系构建[J].中国软科学,2004,(1):44-48.

[192] 王涛,林耕.科技中介服务体系的经济学视角.科学管理研究,2004(6):21-25.

[193] 何晓群.现代统计分析方法与应用[M].北京:中国人民大学出版社,2007:342-347.

[194] Cohen W M,Levintha D A. Absorptive Capacity:A New Perspective on Learning and Innovation. Administrative Science Quarterly,1990,35(1):128-152.

[195] Zahra S A, George G. Absorptive Capacity:A Review, Reconceptualization, and Extension. Academy of Management Review,2002,17(2):185-203.

[196] Liao J,Welsch H,Stoica M. Organizational Absorptive Capacity and Responsiveness:An Empirical Investigation of Growth-Oriented SMEs. Entrepreneurship:Theory & Practice,2003,28(1):63-85.

[197] Matusik S F, Heeley M B. Absorptive Capacity in the Software Industry:Identifying Dimensions that Affect Knowledge and Knowledge Creation Activities. Journal of Management,2005,31(4):549-572.

[198] Hakansson H. Industrial Technological Development:a network approach [M]. London:Croom Helm,1987:21-26.

[199] Johanson J,Mattsson L G. Interorganizational Relations in Industrial Systems:A Network Approach Compared with the Transactioncost Approach. International Studies of Management and Organization,1987,17(1):34-48.

[200] Moller K K,Halinen A. Business Relationships and Networks:Managerial Challenge of Network Era. Industrial Marketing Management,1999,28(5):413-427.

[201] Hakansson H,Snehota L. No Business Is an Island:The Network Concept of Business Strategy. Scandinavian Journal of Management,1989,1(5):187-200.

[202] Bullinger H J, Auernhammer K, Gomeringer A. Managing Innovation Networks in the Knowledge-Driven Economy. International Journal of Production Research,2004,42(17):3337-3353.

[203] Gulati R,Gargiulo M. Where Do Inter Organizational Networks Come From?. American Journal of Sociology, 1999,104(5):1439-1493.

[204] Dubois A. Organizing Industrial Activities Across Firm Boundaries Rutledge. London:Rutledge,1998:1211-1214.

[205] Heimeriks K H, Duysters G M, Vanhaverbeke W. The Evolution of Alliance Capabilities. Netherlands:Eindhoven Center for Innovation Studies,2004:117-121.

[206] 丁国盛,李涛.SPSS 统计教程:从研究设计到数据分析.北京:机械工业出版社,2005:250-253.

[207] 陈敏,周志明.基于 EViews 软件对某地区的消费和支出进行分析预测.咸宁:咸宁学院学报,2008(6):8-11.

[208] Brush C G,Greene P G, Hart M M. From Initial Idea to Unique Advantage:The Entrepreneurial Challenge of Constructing a Resource Base. Academy of Management Executive,2001,15(1):64-78.

[209] Sirmon D G, Hitt M A, Ireland R D. Managing Firm Resources in Dynamic Environments to Create Value:Looking Inside the Black Box. The Academy of Management Review,2007,32(1):273-292.

[210] 朱秀梅,蔡莉.基于高技术产业集群的社会资本对知识溢出影响的实证研究.科学学与科学技术管理,2007,28(4):117-121.

[211] Ritter T,Georg H. Network Competence:Its Impact on Innovation Success and Its Antecedents. Journal of Business Research,2003,56(9):745-755.

[212] 吴贵生,等.技术创新网络和技术外包.科研管理,2000(4):33-43.

[213] 徐金发,许强,王勇.企业的网络能力剖析.外国经济与管理,2001(11):42-44.

[214] Singh J. Distributed R&D, Cross-regional Knowledge Integration and Quality of Innovative Output. Research Policy,2008,37(1):77-96.

[215] Boutellier R, Gassmann O, Zedtwitz M V. Managing Global Innovation:Uncovering the Secrets of Future Competitiveness. Berlin:Springer-Verlag Berlin Heidelberg,2008.

[216] Kuemmerle W. Optimal Scale for Research and Development in Foreign Environments: An Investigation into Size and Performance of Research and Development Laboratories Abroad. Research Policy,1998,27(2):111-126.

[217] White H C,Boorman S A,Breiger R L. Social Structure from Multiple Networks. I. Blockmodels of Roles and Positions. The American Journal of Sociology,1976,81(4):730-780.

[218] Wang G J. Empirical Analysis on Enterprise Distributed R&D Personnel Networks. 2011 International Conference on Energy and Environment. Shenzhen,P. R. China,IEEE,2011,VI:536-539.

[219] Huang X G,Wong Y S,Wang J G. A Two-Stage Manufacturing Partner Selection Framwork for Virtual Enterprises. International Journal of Computer Integrated Manufacturing,2004,7(4):294-304.

[220] Fischer M,Jähn H,Teich T. Optimizing the Selection of Partners in Production Networks. Robotics and Computer-Integrated Manufacturing,2004,20(6):593-601.

[221] Sinha D K,Cusumano M A. Complementary Resources and Cooperative Research: A Model of Research Joint Ventures Among Competition. Management Science,1991,37(9):1091-1106.

[222] 袁磊. 战略联盟合作伙伴的选择分析. 中国软科学,2001(9):53-57.

[223] 李健,金占明. 战略联盟伙伴选择、竞合关系与联盟绩效研究. 科学学与科学技术管理,2007,28(11):161-166.

[224] 陈莉平,黄海云. 战略联盟伙伴的动态管理模型及其运用. 科技进步与对策,2006,23(5):17-20.

[225] Watts D J. 小小世界:有序与无序之间的网络动力学. 陈禹,等译. 北京:中国人民大学出版社,2005.

[226] Barabási A L. Linked:The New Science of Networks. Massachusetts:Perseus Publishing,2002.

[227] 汪应洛. 系统工程理论、方法与应用. 北京:高等教育出版社,2006.

[228] 刘国新,闫俊周. 国外主要技术创新方法述评. 科学管理研究,2009,27(4):30-38.

[229] 刘国新,闫俊周. 产学研战略联盟的冲突模型分析. 科技管理研究,2009,29(9):417-419.

[230] 刘国新,闫俊周. 评价产业集群竞争力的 GEMS 模型构建研究. 科技进步与对策,2010,27(2):105-108.

[231] 刘国新,罗建原,李霞. 企业分布式创新:概念、特征和类型. 郑州航空工业管理学院学报,2011,29(1):52-58.

[232] 刘国新,王圆圆. 分布式创新:涵义、背景与特征. 管理学家:学术版,2010(11):58-63.

[233] Liu Guoxin,Gao Xiaoqin. The Establishment and Application of the Risk Evaluation Model of the Enterprises' Collaborative Technological Innovation Under the Internet Environment. The 6th Wuhan International Conference on E-Business,2007:559-564.

[234] Liu Guoxin,Gao Xiaoqin. Information Integration System of Enterprise Distribution Innovation Based on Web Services. 2008 International Conference on Wireless Communications,Networking and Mobile Computing,2008.

[235] Liu Guoxin,Li Xia,Gao Xiaoqin. Study on Dynamic Mechanism of Enterprise Distributed Innovation. 2nd International Workshop on Knowledge Discovery Data Mining,2009:456-459.

[236] Liu Guoxin,Luo Jianyuan,Gao Xiaoqin. Analysis on the Influencing Factors Model in the Enterprise Distributed Innovation Process. The 6th International Symposium on Management of Technology,2009.

[237] Liu Guoxin,Piao Yu,Gao Xiaoqin. Researches on Main Driving Factors for Distributed R&D. 2008 International Conference on Innovation and Management,2008:18-21.

[238] Gao Xiaoqin. The Establishment of Cooperative R&D Game Models in the Distributed Innovation System. The 6th Wuhan International Conference on E-Business,2007:2337-2344.

[239] Luo Jianyuan. The Framework for Analyzing Knowledge-Sharing Behavior. Proceedings of The 6th International Conference on Innovation Management of Technology,2009:1572-1575.

[240] Luo Jianyuan,Liu Guoxin. Model of Distributed Innovation Determinants on Firm Performance. 4th International Conference on Product Innovation Management,2009:1978-1982.

[241] 罗建原,刘国新,李霞. 全球视角下分布式创新的形成因素分析. 当代经济管理,2010,3(12):30-33.

附录　分布式创新过程问卷调查表

请在回答问题前先阅读以下信息

调查目的

- 您所提供的资料对我们研究企业分布式创新过程是非常重要的。这些信息能够用于公司的市场分析,行业协会研究产业的绩效和其他特征,以及政府发展国家区域经济政策。

重要声明

- 在没有得到贵公司授权的情况下,如果我们将贵公司数据公开是违法的。
- 参与这个问卷调查活动是自愿的,但是,您的合作对我们收集到准确的数据是非常重要的。

仅供参考

- 请贵企业如实填写本问卷调查表。
- 这项调查将有利于企业得到政府制定有效的科学技术政策。
- 请保留副本。

协助说明

- 如果您对这次问卷调查进行有关咨询或需要帮助完成,请致电:0086-27-63583058 or 0049-421-2185539.
- 地址:武汉理工大学管理学院;University of Bremen,BIBA,Hoschulring 20

请完成以下信息

企业名称

企业地址电话

邮政编码

填表人姓名

填表人职位

联系电话　　　　　　　　　　　　E-Mail

感谢您和贵公司的参与!

武汉理工大学管理学院

一、企业基本情况

1. 企业所有制类型	是	否
国有独资	¹☐	⁰☐
有限责任(是否为国有控股:☐是　☐否)	¹☐	⁰☐
股份有限(是否为国有控股:☐是　☐否)	¹☐	⁰☐
集体企业	¹☐	⁰☐
私营企业	¹☐	⁰☐
股份合作企业	¹☐	⁰☐
三资企业(☐中外合作☐中外合资☐外商独资)	¹☐	⁰☐

其他(请填写):

2. 企业所属行业:
☐A. 电工电器业　☐B. 家电产业　☐C. 服装业　☐D. 钢铁业　☐E. 汽车产业
☐F. 通讯产业　☐G. 食品加工业　☐H. 纺织业　☐I. 信息产业　☐J. 金融机具业
☐K. 生物制药业　☐L. 化工业　☐M. 机械装备制造业
☐N. 汽车摩托车零部件制造业　O. 其他:＿＿＿＿＿＿＿＿＿＿＿＿

3. 企业主营的产品或服务:

4. 企业经营情况
注册资本:　万
固定资产:　万
产品销售收入:　万
新产品销售收入:　万
出口海外收入:　万
利税:　万

5. 公司员工及研发人员总人数
员工人数:＿＿＿人
研发人员人数:＿＿＿人

6. 分公司或分厂数量

序号	分公司或分厂名称	研发部门		地理位置
		是	否	
1				

2				
3				
4				
5				
6				
7				
8				
9				
10				
11				
12				
13				
14				
15				
16				
17				

二、企业研发基本情况

7. 研发机构	是	否
独立的研发机构（如研究员）	1 ☐	0 ☐
境外设有独立的研发机构	1 ☐	0 ☐

8. 年研发经费

年研发经费（单位：万）	2005	2006	2007
金额			

9. 各分公司或分厂的研发部门地理分布	是	否
位于本省	1 ☐	0 ☐
北京	1 ☐	0 ☐

上海	¹ ☐	⁰ ☐
广东省	¹ ☐	⁰ ☐
浙江省	¹ ☐	⁰ ☐
福建省	¹ ☐	⁰ ☐

在中国其他地方,请注明:

美洲	¹ ☐	⁰ ☐
欧洲	¹ ☐	⁰ ☐
非洲	¹ ☐	⁰ ☐
亚洲	¹ ☐	⁰ ☐

其他国家,请注明:

10. 产品创新	重要程度			
	高	中	低	无关
采用新材料	⁵ ☐	³ ☐	¹ ☐	⁰ ☐
采用新的中间产品或新的功能部件	⁵ ☐	³ ☐	¹ ☐	⁰ ☐
采用有重大变化的新技术	⁵ ☐	³ ☐	¹ ☐	⁰ ☐
全新的功能(全新产品)	⁵ ☐	³ ☐	¹ ☐	⁰ ☐
产品或服务形式发生重大变化	⁵ ☐	³ ☐	¹ ☐	⁰ ☐

其他(请填写):

11. 工艺创新	重要程度			
	高	中	低	无关
采用新的生产工艺或方法	⁵ ☐	³ ☐	¹ ☐	⁰ ☐
采用新的或有重大改进的生产流程、产品或服务的交付方式、销售方法	⁵ ☐	³ ☐	¹ ☐	⁰ ☐
采用新的或有重大改进的辅助生产活动(如,设备的维护系统)	⁵ ☐	³ ☐	¹ ☐	⁰ ☐

其他(请填写):

12. 研发的方式	高	中	低	无关
主要由企业研发部门自主研发	⁵ ☐	³ ☐	¹ ☐	⁰ ☐

主要与合作伙伴等进行合作研发	5 ☐	3 ☐	1 ☐	0 ☐
完全由其他研发机构研发	5 ☐	3 ☐	1 ☐	0 ☐

13. 合作伙伴的类型	本省	北京	上海	广州	其他地方	美国	欧洲	亚洲	其他国家	无关
设备、原材料、零部件或软件供应商	1 ☐	2 ☐	3 ☐	4 ☐	5 ☐	6 ☐	7 ☐	8 ☐	9 ☐	0 ☐
市场竞争者或对手	1 ☐	2 ☐	3 ☐	4 ☐	5 ☐	6 ☐	7 ☐	8 ☐	9 ☐	0 ☐
高等院校	1 ☐	2 ☐	3 ☐	4 ☐	5 ☐	6 ☐	7 ☐	8 ☐	9 ☐	0 ☐
政府或公共科研机构	1 ☐	2 ☐	3 ☐	4 ☐	5 ☐	6 ☐	7 ☐	8 ☐	9 ☐	0 ☐
私人研究机构	1 ☐	2 ☐	3 ☐	4 ☐	5 ☐	6 ☐	7 ☐	8 ☐	9 ☐	0 ☐
其他类型合作伙伴 请填写：	1 ☐	2 ☐	3 ☐	4 ☐	5 ☐	6 ☐	7 ☐	8 ☐	9 ☐	0 ☐

三、创新动力与分布式创新动力

14. 创新动力	重要程度			
	高	中	低	无关
提高产品或服务质量	5 ☐	3 ☐	1 ☐	0 ☐
增加市场份额	5 ☐	3 ☐	1 ☐	0 ☐
开辟新的市场	5 ☐	3 ☐	1 ☐	0 ☐
减少生产成本	5 ☐	3 ☐	1 ☐	0 ☐
减少环境污染	5 ☐	3 ☐	1 ☐	0 ☐

其他（请填写）：

15. 分布式创新动力	重要程度			
	高	中	低	无关
客户本土化需求	5 ☐	3 ☐	1 ☐	0 ☐
快速地响应市场	5 ☐	3 ☐	1 ☐	0 ☐
资源配置与共享	5 ☐	3 ☐	1 ☐	0 ☐
知识共享	5 ☐	3 ☐	1 ☐	0 ☐

减少创新风险	5 ☐	3 ☐	1 ☐	0 ☐
减少研发成本	5 ☐	3 ☐	1 ☐	0 ☐
开辟新的地域或境外市场	5 ☐	3 ☐	1 ☐	0 ☐
分公司或子制造厂的地理分布	5 ☐	3 ☐	1 ☐	0 ☐
工艺和制造过程的需要	5 ☐	3 ☐	1 ☐	0 ☐

其他（请填写）：

四、知 识 资 源

16. 企业内部	重要程度			
	高	中	低	无关
研发部门	5 ☐	3 ☐	1 ☐	0 ☐
销售部门	5 ☐	3 ☐	1 ☐	0 ☐
生产部门	5 ☐	3 ☐	1 ☐	0 ☐
管理部门	5 ☐	3 ☐	1 ☐	0 ☐
分布在其他地理位置的分公司或分厂的研发部门	5 ☐	3 ☐	1 ☐	0 ☐

17. 市场	重要程度			
	高	中	低	无关
设备、原材料、零部件或软件供应商	5 ☐	3 ☐	1 ☐	0 ☐
客户或消费者	5 ☐	3 ☐	1 ☐	0 ☐
市场竞争者或对手	5 ☐	3 ☐	1 ☐	0 ☐
咨询机构	5 ☐	3 ☐	1 ☐	0 ☐

18. 机构	重要程度			
	高	中	低	无关
高等院校	5 ☐	3 ☐	1 ☐	0 ☐
政府或公共科研机构	5 ☐	3 ☐	1 ☐	0 ☐
私人非营利的研究机构	5 ☐	3 ☐	1 ☐	0 ☐

19. 其他	重要程度			
	高	中	低	无关
商品交易会、展销会、展览会、专业会议	5 ☐	3 ☐	1 ☐	0 ☐
科技杂志、科技文献、贸易/专利文献	5 ☐	3 ☐	1 ☐	0 ☐
投资者(银行,风险资本家,等等)	5 ☐	3 ☐	1 ☐	0 ☐
专业行业协会	5 ☐	3 ☐	1 ☐	0 ☐
互联网络	5 ☐	3 ☐	1 ☐	0 ☐
经验丰富的风险承担者或企业家	5 ☐	3 ☐	1 ☐	0 ☐

其他(请填写):

五、专利及知识产权获取情况

20. 专利申请数: /人

21. 拥有发明专利数: /人

22. 知识产权保护情况	重要程度			
	高	中	低	无关
注册工业设计	5 ☐	3 ☐	1 ☐	0 ☐
注册商标	5 ☐	3 ☐	1 ☐	0 ☐
申报发明专利	5 ☐	3 ☐	1 ☐	0 ☐
保密协议	5 ☐	3 ☐	1 ☐	0 ☐
版权	5 ☐	3 ☐	1 ☐	0 ☐
实用新型、外型设计	5 ☐	3 ☐	1 ☐	0 ☐
相对竞争者的领先时间优势	5 ☐	3 ☐	1 ☐	0 ☐

23. 知识的整合	重要程度			
	高	中	低	无关
公司开发新产品由多个部门一起承担	5 ☐	3 ☐	1 ☐	0 ☐
员工之间能够分享信息、经验和技能	5 ☐	3 ☐	1 ☐	0 ☐
公司很容易利用外部新知识开发新机会	5 ☐	3 ☐	1 ☐	0 ☐

六、组织形式

	是	否
24. 垂直层级式,公司设有	是	否
公司研发中心	1 ☐	0 ☐
部门级研究所	1 ☐	0 ☐
工厂级研究室或试验室	1 ☐	0 ☐
25. 产品事业部制:产品事业部负责从产品开发、制造到营销的所有工作	1 ☐	0 ☐
26. 集中式(技术中心):产品开发任务集中由一个部门完成	1 ☐	0 ☐
27. 创新团队式(项目小组)	1 ☐	0 ☐
总公司与分(子)公司联合式	1 ☐	0 ☐
总公司与分(子)公司分工式	1 ☐	0 ☐
分(子)公司独立式	1 ☐	0 ☐
总公司独揽式	1 ☐	0 ☐

七、信息系统

	是	否
28. 应用系统	是	否
计算机辅助设计 CAD	1 ☐	0 ☐
计算机辅助制造 CAM	1 ☐	0 ☐
计算机辅助工程(研究) CAE	1 ☐	0 ☐
计算机辅助工艺过程设计 CAPP	1 ☐	0 ☐
企业资源计划 ERP	1 ☐	0 ☐
供应链管理 SCM	1 ☐	0 ☐
客户关系管理 CAM	1 ☐	0 ☐
分布式控制系统 DCM	1 ☐	0 ☐
其他(请填写):		
29. 数据库平台及版本	是	否
Oracle:	1 ☐	0 ☐
SQLServer:	1 ☐	0 ☐

其他（请填写）：		
30．网络平台		
31．如有企业官方网站请填写网站地址：		

32．操作系统平台	是	否
Windows XP	1 ☐	0 ☐
Windows Vista	1 ☐	0 ☐
Linux	1 ☐	0 ☐
Mac OSX	1 ☐	0 ☐
其他（请填写）：		

33．杀毒软件	是	否
诺盾杀毒（Norton Antivirus）	1 ☐	0 ☐
卡巴斯基（Kaspersky Antivirus）	1 ☐	0 ☐
瑞星	1 ☐	0 ☐
金山毒霸	1 ☐	0 ☐
趋势杀毒	1 ☐	0 ☐
天网	1 ☐	0 ☐
其他（请填写）：		

八、阻碍创新的因素

34．阻碍发展创新的因素	重要程度			
	高	中	低	无关
本企业内部资金不足	5 ☐	3 ☐	1 ☐	0 ☐
本企业外部资金来源不足	5 ☐	3 ☐	1 ☐	0 ☐
创新成本太高	5 ☐	3 ☐	1 ☐	0 ☐
缺少合格科技人力资源	5 ☐	3 ☐	1 ☐	0 ☐
缺少技术信息	5 ☐	3 ☐	1 ☐	0 ☐
寻找合作创新的伙伴难度大	5 ☐	3 ☐	1 ☐	0 ☐
创新风险太大	5 ☐	3 ☐	1 ☐	0 ☐

其他(请填写):

35. 阻碍创新商业化的因素	重要程度			
	高	中	低	无关
市场被主导公司占有	5 ☐	3 ☐	1 ☐	0 ☐
创新产品或服务需求不确定	5 ☐	3 ☐	1 ☐	0 ☐
缺少市场信息	5 ☐	3 ☐	1 ☐	0 ☐
缺乏市场销售渠道	5 ☐	3 ☐	1 ☐	0 ☐
不当的市场定位	5 ☐	3 ☐	1 ☐	0 ☐
不当的包装	5 ☐	3 ☐	1 ☐	0 ☐
缺乏消费者接受	5 ☐	3 ☐	1 ☐	0 ☐
组织结构不合理	5 ☐	3 ☐	1 ☐	0 ☐
缺乏组织能力	5 ☐	3 ☐	1 ☐	0 ☐

其他(请填写):

最后:请您就贵企业技术创新方面提出一个最关心的问题和建议

问题和建议:

再次感谢您和贵公司的参与!

武汉理工大学管理学院